徐雁 著

轉益集

白謙慎署

文匯
出版社

"转益多师"是吾师

（自序）

编集一本有关怀师念友主题文集，是久萦于我脑海之中的一个愿景。因而在我的电脑里，多年来就积存着一个名为"思云怀师录"的文件夹。承宁文君美意，愿将此集文字纳入其组编的品牌产品——"开卷书坊"第八辑中，于是汇辑旧作，修订定稿，既追昔，又抚今，也便成为了己亥阳春的一件有益身心之事。

本集文字命名为《转益集》，取自杜甫七绝："未及前贤更勿疑，递相祖述复先谁？别裁伪体亲风雅，转益多师是汝师"，其中含义，似最切合我撰写诸文并编集本书的心意。

话说我于一九八四年夏天，从北京大学图书馆学系本科毕业并同时获得文学士学位以来，并未随逐后来的经院派价值取向，与时俱进地继续攻读硕士、博士这种"含金量"似乎更高级的学位，而是先后工作于国家教育行政机关、南京大学编辑出版单位及图书文献学教育岗位，后来还曾在江苏省民主党派和统一战线的社会活动平台上兼职。

这也就是说，三十余年来，先是短暂的"北京站"，然后是较长时期的"南京站"，我在"中国特色社会"这个"大研究生院"的不同"学科"里自学，而且还曾转学多次，认认真真且自勉自励地走过来了……一方面所遵循的，无非是兴趣的初心与爱好的衷怀；另一方面，自然是在此人生之道上的种种机缘巧合。如今，年过半百，毛白两鬓，虽仍心头有惑，但毕竟天命渐知，乃于"惜时""惜缘"及"惜福"之古训，感之日益深切。

大抵在此人生道上的种种机缘乃至巧合之中，最为莫测的，当数茫茫人海之中的人缘了。而人缘之中，则在先天的亲缘之外，该数师友弟子之缘，最为神奇莫测啦。

孔夫子云："三人行，必有吾师。"在曾经尊严师道、敬畏师父、崇尚师德的中国传统社会，流传过"一言师"及"一字师"之类的美谈，而"谊在师友之间"一语，更是对"教之以事而喻诸德"的良师和"友直，友谅，友多闻"的益友至高评价。

也因此，年岁渐长而感怀愈切，编集一部怀念师友文集的想法，也就愈益迫切了。日来归拢散篇，裒为一集，名之曰《转益集》。

余生也晚，回忆有缘面谒并亲炙的文坛学界师长，其出生最早者，仅有被誉为"中国书评之父"，后任中央文史研究馆馆长的萧乾先生，及中国古典文学家、南京大学中文系教授程千帆先生。其中萧乾先生出生于一九一〇年，千帆先生出生于一九一三年，于是写两老之文，顺理而成本书的开卷之作。

由此便也决定了本书的体例。全集即按所写人物的出生年排列，在萧乾、程千帆两位先生之后，依次为吴小如、来新夏、陈伯良、余光中、姜德明、朱天俊、傅璇琮、钱文辉、谢灼华、潘树广、李高信、徐重庆先生，共计十四人。

我自度拙笔不足以传诸位先辈、前辈之才学及德行于万一，但按记主出生年代的次序排列先后，读者顺序读

作者（左四）与薛冰、董宁文、周瑞玉（自左至右）
及钱军（左五）合影于南京夫子庙之"书香阁"前

来，多少可以了解到二十世纪文教中人的某些精神风貌。因为即使本集中排列在最末三位的潘树广、李高信、徐重庆先生，也都分别长我二十岁左右，其间正是差不多一代人的时段。

辛稼轩词云："不恨古人吾不见，恨古人不见吾狂耳。知我者，二三子。"古人有抱负者，素有"得友天下士，旦夕相过从"之类的鸿鹄之志。余虽性偏不及于此，但在人脉之中，如本集中的人物都是忘年之交，"曾得过从乐，相看不烦厌"，师长缘分，非谓不厚也。是为自叙。

己亥仲春夜于金陵雁斋山居。时庭院之中海棠方羞涩，樱花已烂漫矣。

目录

I

II

『应该有独立于发行之外的』书评（外三篇）

——『中国书评之父』萧乾先生的书评观

　　有关建立一个"健全的书评制度"问题，对于书评及其学问研究有素的萧乾先生，在二十世纪三十年代后期，早就有过一回生动的实践。他以《大公报》"文艺副刊"为阵地所进行的书评实践，不仅造就了当时文坛书林中的书评风气，而且为我们讨论一个健全的"书评制度"的建设，提供了不可多得的成功经验和值得借鉴的教训。

　　萧乾先生曾自述道：临到在燕京大学新闻系四年级该写毕业论文时，"我就挑了个介乎新闻与文学之间的题目：书评研究。"他在《我的出版生涯》中说，当一九三五年春夏之际，完成论文以后，誊抄了两份，"一份交燕大，另一份就随着《篱下集》和散文集《小树叶》一道，由郑振铎先生交给了商务（印书馆），一九三五年，三本书就这样同时问世了。一九九〇年，台湾的商务印书馆又把《书评研究》重印了一次。"

当年的萧乾在做《书评研究》时，是很下了一番资料搜集和研究考查的功夫的。他说："从读书时候起，我一直认为，为了推动、普及和提高文化，书评是必要的。对于广大读者，它既可提供信息，并且可起些指导作用"，"在探讨中，我深感书评对于一个国家的文艺事业——对于整个文化事业的重要性。它是读者的顾问，出版界的御史；是好书的宣传员解说员，是坏书的闸门"，在晚年他还说，"理想的书评当然是既对读者有指导作用，写得又令原作者心服。然而后者往往做不到"。

因此，当一九三五年六月，萧乾二十五岁时在燕大新闻系毕业后，到天津《大公报》编辑《小公园》，并在两个月后接替杨振声、沈从文，负责编辑《文艺》版和《国闻周报》的文艺栏以后，便首先开辟了一个"书报简评"的专栏。他回忆道，当时我约了十几位同好，组织起一个书评队伍，"我费了不少力气。读者或还记得杨刚、刘西渭、宗珏、常风、李影心、刘荣恩等。有的还健在，有的已作古；有的移居海外，有的仍在我们中间……"

一九三五年七月九日，萧乾在天津《大公报》上，公开答复读者"楚君"有关"书报简评"专栏事宜时说："在目前，我们的'简评'预备先由'介绍'入手：即是只举荐好书。除非是流行极广，毒害大众极深的，一般庸作我们将以沉默对付……把健全的读物多在大众面前晃晃，不是更能积极地吸引读者层的注意吗？"他还说："很少好的批评是抱了批评的心情去接触原书的。你得多读书。当你读到一本极好的书时，你会情不自禁把它介绍给别人。这

百科小叢書

書評研究

蕭乾著

王雲五主編

商務印書館發行

萧乾著《书评研究》一九三五年十一月初版本

是一种热忱。惟有在这样的心情下，书评才写得好。缺乏了作者激情，很少小说中的人物能写得生动。缺乏了评者的激情，一篇书评也不易促使别人阅读。一切艺术工作莫不需要共鸣。"至于具体做法，他指出，应该"简短地说明作品的背景，书的本身。话虽不宜武断，可也不能模棱两可。不要把功过平均一下，不知所云地结束了全文，使读者茫无头绪。长度虽只一千字，可还得把书的梗概轮廓道出。这真是难为你了。但如果对这方面你真有兴趣，这本领是该逼出的"。

一九三九年八月三十一日前往英国前，萧乾移交香港《大公报》的《文艺》版编务，给了接任主编的杨刚（一九〇五——一九五七）。他自己则于十月抵达伦敦，同时兼任《大公报》驻英特派记者，开始了一段新生涯。

关于这个包括刘西渭、常风、杨刚、宗珏、李影心、陈蓝等书评骨干在内的"书评网"，萧先生表示，当初正是通过这些评论笔杆，"曾尽力不放过一本好书，也尽力不由出版家那里接受一本赠书"。显然，这个"书评网"是萧乾《大公报》时代的得意之笔，他在《萧乾选集》的"代序"《一个乐观主义者的独白》中说：

三十年代编《大公报·文艺》时，我曾利用编辑职权，花了好大力气，想提倡一下书评。那是我在没出大学门之前就热衷过的一项文化服务工作，《书评研究》是我那时的毕业论文。编《文艺》时，我曾努力组织起一个"书评网"……为了"独立"，我不接受出版商的赠书。那时每个星期人都跑两趟四马路，每次总抱回一大叠书，然后，按书的性质和评者的癖好，分寄出去。"书评"成为那个刊物的一个固定栏目。此外，我又连编过几个整版的"书评特辑"，一心想把这服务性质的文化工作开展下去。记得"八一三"那天，我还在出着这种"特辑"。

努力保持书评人立场和媒体园地立场的"独立性"，显然是一个"健全的书评制度"的题中应有之义；而"尽力不放过一本好书"，也"不接受出版商的赠书"，正是保障这一制度既着眼于品位自觉，又可有效排除人情的基本途径。然而，对于编者来说，这样的坚持并不是那么容易的。此其一。

萧乾先生后来表示，"最重要的但也是最难坚持的一条原则是：持论客观，不捧不骂"，因此对于那些在"书评"栏目中即将发表的评论作品，"遇到文字过于尖刻或迹近挖苦时，我总在保持评者的观点及评价的前提下，尽量把带刺的字眼删去。倘如双方心平气和地进行辩论，我是绝不去干预的。象卞之琳为了《鱼目集》的书评同评者刘西渭交了三个回合的锋，而通过这种反复商榷，只会加深了读者对作品的理解。"

对于书评人立场和作者反驳言论的无分轩轾，一体尊重，显然是"健全的书评制度"的另一个题中应有之义。批评和争辩，讨论和商榷，只是为了进一步接近作品的原本，加深"读者对作品的理解"，这是由书业的生态圈所决定的。批评者多元化批评立场的自由表露，以及作者始终保持有可以争辩甚至抗辩的自由，就必然能够引领一个好的书评风气。此其二。

宗珏（本名卢豫东，曾任福建师范大学教授）在《萧乾与书评》一文中回忆说，自己是在一九三五年间因为投稿关系而应编者之邀入"网"的："作为编者和书评组织者，萧乾的可贵之处，就在于他对书评作者的评论能予以充分的尊重，从不轻率作任何改动。至少对我来说是如此。"

他注意到，萧乾对于自己当年那么热情地扶植书评，却终未能使之"成为一种不可忽视的力量"而耿耿于怀，并认为这是一个自己"未完成的梦"。他不仅在给美籍作家的书信里曾经发牢骚说："在我们这里，书评并不风行。很少刊物经常刊载书评，专登书评的刊物更是凤毛麟角了。这里，倘若一本书中出现了严重错误（特别是指政治性的），立刻会有评论家（而且很多位）出来指责的。一本书倘若刚好写到当前政策的点子上，也不愁有人来称赞。然而倘若一本书没有差错，题材又不特别时髦，那么没人理睬是经常也是正常的事。你们那边说，没有消息就是好消息。我们这里是：一本没人来评的书是好书。至于我们什么时候也像你们那样，书出来总有人来评评，在下实在不敢确信。从三十年代我就在盼望着这一天。"

萧乾晚年，曾在一篇文章中颇为失落地表示："半个世纪后，书评并没在读书界成为一种不可忽视的力量，也还没见到有人像当年的宗珏、李影心那样以写书评为职业，书评更算不上一种文学品种，它依然以'聊备一格'偶尔出现在报刊上。"对此宗珏先生议论道：

确实，书评未引起重视，其实，未引起重视者又何止书评？中国社会读书风气本来就很薄弱，加上其他种种原因，正当的出版业处于不景气状态之中，有价值的学术著作往往出不了。萧乾感慨还没见到有人像我和李影心那样以写书评为职业，无非借以表明我们当年曾对书评有过那么一种傻劲。其实更应该感慨的倒是，没见过有人像当年萧乾那样（后继者为杨刚），如此热衷于提倡书评，积极发展书评事业，为出书评专栏、特辑，开展书评理论探讨，组织书评网，不惜花费那么多年的气力，而且孜孜不倦地干得那么真诚……

一九三八年十一月二十四日萧乾在给滞留在上海的宗珏写来的一封信，其中第一件事情就是希望他"不落掉一本在沪出版的值得一评的新书"。显然一个乃至一群书评活动的积极倡导者，以及一群书评写作的积极分子，是"健全的书评制度"的又一题中应有之义。此其三。

宗珏先生在文章中同时指出，书评写作之所以在当年能够驰骋一番，《大公报》文艺副刊和《国闻周报》的跑马场，是必不可少的支持因素。否则，萧乾"虽有此抱负和才智，也属枉然"。此其四。

宗珏先生还在文章中商榷了萧乾有关"书评失败"的悲观言论，认为这样的评估太低下了，"不论是萧乾临行撰此文前，抑或杨刚接编后的书评发展情况，都是如此。即使是战时，《国闻周报》停刊了，《大公报·文艺》版的书评依然兴旺发达。由于出'综合版'，书评的范围扩大了，往往超出文艺书评的界限之外……杨刚对书评也抓得很紧而有力。萧乾离开香港不到一个月，他就促我写一篇关于书评的评论，无非想引起人们重视书评。"

原来一九三九年秋，萧乾先生在《一个副刊编者的自白》中专有一个小标题自陈"书评是怎样失败的"，他说：

> 战前，为建立一个书评网，我费了不少力气……我们曾尽力不放过一本好书，也尽力不由出版家那里接受一本赠书。每隔两三天，我必往四马路巡礼一番，并把拣购抱回的，一一分寄给评者。这方面我承认我并未成功。第一，战事：交通线的阻断，出版物的稀少，书评家的流散，拆散了这个脆弱的网。同时，书评在重人情的中国，并不是件容易推行的工作……书评最大的障碍是人事关系。一个同时想兼登创作与批评的刊物，无异是作茧自缚。批评了一位脾气坏的作家，在稿源上即多了一重封锁。

其实"书评是怎样失败的"，无非说明了书评之事在萧乾心目中是何等被看重，是"恨铁未成钢"的愤激之言；而宗珏说"萧乾的提倡并开展书评运动，从天津发端，中经上海，最后到香港，总算开花结果了。至于成果到底有多大，可待把历史资料全部掘全以后，再加分析"，也是公允之论。

北京大学教授吴小如回忆说，一九四七年前后，他虽然还在北京大学中文系求学，但是由于得到沈从文先生的厚爱，把《华北日报》的"文学副刊"交给他编辑，于是在为期十个月的课余编辑生涯中，"还经常写书评"（如以"少若"笔名评论萧乾小说《梦之谷》的长篇书评，就写于一九四七年末，次年发表在北平《经世日报》的"文艺周刊"上）。他说：

> 这个副刊署名杨振声主编，实际是由当时北大西语系的青年教师金隄兄负责……我同金隄兄以及其它文艺副刊的真正负责人都很熟悉，在稿件方面总是互通有无的。那时有一批为各报副刊做实际工作的人，大抵都是北大的教师（有的是从西南联大北上的），如署名朱光潜先生主编的杂志和报纸副刊由常风先生负责，署名杨振声先生主编的《大公报》"星期文艺"由袁可嘉先生负责，天津《益世报》的文学副刊由穆旦负责，北平《平明日报》的副刊由萧离负责……这些副刊都是由沈从文师在做后盾。

熟知书评甘苦的萧乾先生，对于这篇《梦之谷》（上海文化生活出版社一九三八年十一月初版）的书评印象颇为深刻，曾经对江苏南通的现代文学研究专家陈学勇先生谈起，这才从尘封的旧报中被陈先生发掘出来，复印后并由作者重抄一过，"并改动了几个字，寄呈萧乾先生"，于是这篇书评缀上书评作者的"附记"，得以排印在《中国现代文学研究资料·萧乾研究专集》之中，也为中国现代书评史留下了一段书作者与书评者文谊的花絮。

吴小如这篇书评，有自己经历的印证，也有对于作家创作的那带有极大自述成分的故事的解读。他指出："我之所以欣赏《梦之谷》，所以钦慕萧乾先生，只是由于他能有那抒写这种平凡故事的艺术技巧，与其感情流露时所给予人的适当的分量。干脆说，同样一个故事，他能写得出而我只有放弃，欣赏它就是因为这个"，"我们得承认《梦之谷》是抒情诗，是一首内容并不惊人的抒情诗。然而，可惊人处乃是作者在运用艺术技巧时的身手，乃是作者安排结构时的匠心。有了这些，抒情诗才能伟大"。

难能可贵的是，这篇书评还指出了小说所包含的深刻的社会意义，那就是由这部小说所昭示的"教训"，从而彰著了书评者的见识：

《梦之谷》里的教训是什么呢？责备"拜金主义"的可恶么？警诫青年人不可滥用痴情么？都不完全是。主要的，这个社会里尚存着若干不合理的现实，如此而已。过去这现实使若干人沉沦，毁灭；现在、将来，也还需要更多的男女去填补这空白，这永远填不完的残忍酷烈的空白。《梦之谷》里的梦境，不过是一个牺牲者的横剖面，一个短而又小的挣扎的涟漪。往大处说，往远处看，这里面不止蕴蓄着多少罪恶的渊薮，而且更酝酿了多少兴衰隆替的世相。一个老大民族所以衰弱的症结，一个封建势力所以依然巩固的原因，在这儿都可找到它的剪影。作者不过是用抒情诗来做它的装饰罢了。

其实，书评在当代中国的失败，除了受制于传统的人情氛围、当代的政治氛围以外，还极大地受制于新闻及出版行业的制度安排。一九九六年春，萧乾在《我的出版生涯》中说："我把心坎上顶关心的问题放在最后，这就是应该有独立于发行之外的书评。"他指出：

把书的评论与广告之间画等号，始终是我们对书评有意或无意的莫大误解。广告是为出版者服务的。它只能王婆卖瓜，自卖自夸。而书评则是为读者服务的，它没有文学批评那么全面、高深，但它比文学批评要及时而且扼要。九十年代书出得那么多，可书评却零零落落。

几年前，在北京举行过一次书评会议，主持人把我接去，要我讲几句话。坐在台上，我望到会场上黑压压足来了五六百人。没想到竟有这么多位献身于文化界这一咨询行业！出于好奇，我问主持人：他们都是从哪里来的？他回答说：全是首都及各地出版社里搞发行的同志。原来书评作者还是推销员的化身。

曾为萧乾先生所识拔的傅光明，在《朱带地图行旅人生（萧乾卷）》（海天出版社，二〇〇一年版）中议论说，"他大失所望，因为这么一来，书的评论与广告就混为一谈了"。因为萧乾从来都认为，"我们需要的是既有修养又有独立见解的书评家，他们应当像三十年代的李健吾那样，既是作家的指引，又是对读者负责任的顾问"。

傅氏指出："说如今的书评界尚不及三四十年代的萧乾所为并不为过。首先萧乾作为书评编辑自律的'约法三章'，今天的编辑、记者就很难做到"——第一，"不接受任何形式的赠书"；第二，"不评论自己和好友的书"；第三，"持论客观，不捧不骂"。他认为："这三条原则，是萧乾主持下书评保质保量的生命力的支点，它同样值得今天的书评编辑思之，用之，行之。"

傅光明还直言批评时下的"评坛新一怪"，大声疾呼道:"评论有偿使不得!"

他指出,如今在中国,"人情书评和有偿书评愈演愈烈,媒体记者要靠报社和出版商养活,书评写作者也要躲在编辑、书商和作者卵翼下挣饭吃。出版商收买记者和书评吹鼓手已是不争的事实。我曾见到某读书报社记者堂而皇之地写道:由于工作关系,我常从出版社白拿书。白拿了人家的书,谈何保证评论的独立、客观、公允?实际上,中国的书评业早已陷入一种恶性循环的怪圈。这与出版界的腐败不无关系……"他回忆道:

萧乾由于在阅读中喜欢上一套书,就写了篇评论寄给一家报社。文章发表后,出版那套书的出版社两次来函,务请将报社寄来的汇款单复印寄去,以便他们"照章再寄一份稿酬"。

他颇感惊讶,文章是自己主动写的,并非那出版社所约,何以要再领一份稿酬?他便给出版社回了一信,说:"我写过一些书刊评论,但从未领过——也不打算领双份稿酬。'新闻有偿'已够为文化人丢人的了,'评论有偿'可千万使不得!""我是真心喜欢你们这套书并希望更多的人也喜欢才动笔的。但倘若我接了你们那份带有'贿赂'意味的双份,那就该用我那篇小文去擦屁股……我学的新闻学告诉我任何言论——其中包括书评,如果不具独立性,就不会客观,也就没有一读的价值。而且一本书倘若靠红包儿来推广,那本书的价值必然会大大降低。贵社出了好书,理应得到承认,何必这样采取人为的——也是不那么体面(对出版社及评者个人)的办法去推广呢?"

面对如此怪异的现象，萧乾先生在发表于一九九五年六月二十七日《解放日报》上的《评论有偿？使不得》文末，不得不一声长叹："呜呼，代读者挑选、监督的书评本来在我国就不发达，而今到了九十年代，竟然丧失了监督的职能，沦为书贾推销的一种工具了！""难道社会主义国家的读者就该像灾民那样给啥吃啥，就不需要独立的鉴定与品赏了吗？"

然则此话是从何说起的呢？原来由花城出版社编辑秦颖当年策划并编辑的"汉英对照中国古典名著丛书"的书评而起。

关于"独立的鉴定与品赏"，我在这里可再举出一例，那是保存在姜德明先生记忆中的一段珍贵回忆：

记得我请萧乾先生为拙著《清泉集》作序时，他正要住院开刀，有点为难地说："我这可是第一次答应为别人写序。其实你应该像我一样，尽量自己作序总结一点经验么。"最后，他还是勉为其难地在开刀之前，为我赶写了一篇短序，其中不免鼓励的话，我总感到于心不安，并记住了他的忠告。晚年的萧乾先生住在北京医院的病房里，偶读我的近著，不声不响地专门为我写了一篇书评《人缘与书缘》，发表在一九九八年一月四日的《新民晚报》上。这次我们事先全无联系，彼此却感到了分外愉快，非常自然。后来我终于改变想法，不再麻烦前辈名人作序了。

原来，萧乾先生在《关于书》一文中说过："拿起一本书，我喜欢先看序跋，主要是为了预先知道作者的意图。

一般情形下，我不赞成请旁人写序，因而对这种序读来也总有些保留。序中往往是些空洞的褒嘉之词……我也一向怕人找我写序。我总觉得一本书应当靠它自身的价值去与读者见面。"（一九八九年八月十五日）

那么，自现代到当代的一个甲子，为什么书评发展的道路在中国内地就那么艰难呢？

萧乾先生在一九九六年春所写的《我的出版生涯》中说："除了出版者既然把书印成，就不能积压，得尽快推销之外，还涉及我们的传统及社会风气。尤其一九四九年后，一个人只要政治上未倒，就只许多夸，不许贬；真个谁要是政治上有了辫子，就只许贬而不许夸。"他极其形象地说："没有点容忍和雅量，书评是很难扎根的。没有明真伪、辨是非的书评，好书得不到褒奖，坏书乏人指摘，那就像是足球场没有了裁判。球还是踢着，甚至十分勇猛热烈，可就难免乱成一团。"

那么，理想的书评职能该是怎样的？他指出——

书评——一种比广告要客观公允，比作品评论浅显实用的文字。

食品需要经过鉴定，精神食粮也应允许品评。书评可以使好书更畅销，坏书受到淘汰。它应是读者的顾问，出版者的御使；是好书的宣传员，坏书的闸门。对于出版工作，它应起到筛子、镜子和轮子的作用。

萧乾先生对书评天职的固守，是以其广泛的浏览和细致的精读为坚实基础的。据其夫人文洁若女士介绍："他对书的爱好很广泛……他认为读书人切忌急功好利"，他"精读某一本书时，爱折书角、画线、做记号，还经常做笔记"，还喜欢"在书上记载读时的情况"。她还回忆说："我常听到他对来访的年轻人说，必须认真读古典作品，但下笔时要努力超过前人"，"他常向人谈起《金银岛》的作者路易斯·斯蒂文森的一句名言：凡志在写作者，袋中应有两本书。一本是古今名著，另一本则是人生这部更大的书。"

二〇〇五年五月十六日初稿，

二〇一九年七月七日下午，改定于金陵雁斋山居

外一篇：萧乾口述自传《风雨平生》读后

萧乾先生是一位活动于二十世纪三四十年代的著名记者，也是一位卓有成就的知名作家和翻译家。但正如《萧乾评传》（国际文化出版公司，一九九〇年版）第一作者王嘉良先生在该书"后记"中所回忆的："六十年代初，当我还在大学读书时，中国现代文学史课程就没有关于萧乾的评述"，因而，在八十年代立志与昔日同窗周健男一起编写完成了这部二十五万余字的"评传"，凡七章。二十余年后，在现代文学馆傅光明研究员协助下，萧乾晚年完成了一部口述自传《风雨平生》（北京大学出版社，二〇一三年版）。该书凡三十四题，其中予人印象最为深刻的，当是他如何不断地应对人生道路上的"负能量"，由北京东北城一个贫寒之家的孤儿，在人事的是非和社会的曲直中，终于成长为一个对时代有所贡献的人。

作为一部二十六万余字的口述自传，萧先生是从其坎坷的身世、蒙古族的属性及其艰难的童年生活讲起的。

在孩童时代，他那苦命的母亲不仅以自己的勤劳，庇护着让萧乾成人，而且以其一定要让儿子读书上进有出息的坚强心愿，鼓励了他的成长。会唱《寒衣曲》《葡萄仙子》《丁郎寻父》等儿歌俚曲，并看过如《济公传》《小五义》《东周列国志》之类演义小说的大堂姐，给他启了蒙，并使他接受了"路遥知马力，日久见人心"和"贫居闹市无人问，富在深山有远亲"之类的中国传统人生哲学观念。至于上过齐鲁大学，并娶了美国姑娘安娜为妻的四堂兄，则使他最早地接触到了一点"新文化"，并将他引入了"洋学堂"（《童年生活》）。与此同时，北平的庙会，也成了他见识民俗文化、接受民间文学的社会大课堂。于是，母亲，识字的大堂姐，皈依了基督教的四堂兄，均是给予他童年时代人生进取正能量的三个亲人。

萧乾是在十四岁时，主动结束了寄附在已主持家务多年的三堂兄的篱下，开始独立自主的人生的。他进了位于翠花胡同路北的北新书局，做了一名从事编务的练习生。校对《语丝》等书刊的业务，尤其是奉命到北大图书馆所在的红楼抄录徐志摩等人的作品，以及允许借阅北新书局门市部摆卖书籍的便利，不断地训练和提高了他的文字能力。这份在书局打杂的经历，再次有助于他的人生成长，"在这里，我接触到五四运动后出现的种种思潮，也浅尝了一些文艺作品"（《北新书局》），还模模糊糊地接受了社会主义的价值观，甚至想要做一个"革命家"（《小革命者》）了。

在经历了一九二八年北平城里的国民革命余波后，十八岁的萧乾远走汕头做教师，并在那里初饮了平生第一杯"爱情的苦酒"。酒醒多年之后，一九三八年五月二十日，他在昆明为上海文化生活出版社印行的《梦之谷》初版所写"代序"中说："这本书是在太平年月写成的，也是写给太平年月的。"这是他的第一部长篇小说，仅十三万余字。时隔半个多世纪，他在口述自传中，再一次公开地表达了自己的歉意："在这部自传体的长篇小说的结尾，我把她（指其初恋情人曙雯，也即作品中的'盈'——引用者注）描绘成一个没有灵魂、无情无义的女人"，其实，当年的曙雯"为了不让我为她送命，才违心地写了封绝情绝义的信。我在小说中错怪了她，其实她完全是由于爱我而丢弃我的"。

燕京大学的师生，如教授杨振声及女同学杨刚等，再一次为萧乾的人生提供了帮助。譬如说，他与杨刚联合为埃德加·斯诺选译《活的中国》的经历，使他们大大地提高了把现代中文小说译为英文的本事（《大学生涯与〈活的中国〉》）。再如旅人要不要带"地图"这个人生哲学概念，本来源自他俩在圆明园废墟上散步的一次争论。尽管后来的结果是，坚持带上"地图"旅行的杨刚，在一九五七年十月，被她所致力奋斗而来的"红色中国"的"阶级斗争"所吞噬；而当年坚持不带"地图"的旅人萧乾，则九死一生，并把这个具有喻义的话，作为一部随笔《不带地图的旅人》的书名出典。

一九三五年春，基于在校读书期间的笔耕佳绩和毕业论文《书评研究》的优秀，在杨振声和沈从文先生的联合推荐下，萧乾为大公报社社长胡霖所接纳。但令他当时即感郁闷的是，他只能坐在天津的"租界"里，主编《大公报》的一份消遣性的《小公园》。作为一位已有若干生活历练的大学毕业生，萧乾认识到："在生活中，一方面自己要有个目标，另一方面，又得懂得通过妥协，一步步地争取。"于是，他未在当时面露不平之色，而只是提出在完成编副刊的本职工作之余，是否可"准许我外出采访"这种不太过分且自动请缨愿意承担额外任务的个人请求，自然得到了胡老板的批准。入职后，经过一番历练，他还适时地向胡氏提出了想要到更广阔的天地紧密接触社会现实的强烈愿望。

事实证明，正是在胡老板宽厚而又富有远见的支持下，萧乾利用天津《大公报》副刊这一职业平台，开创了人生的一波又一波辉煌。他首先大胆地改革了《小公园》副刊主要谈京戏、说昆曲、唱和旧体诗词的编风，使之成为顺应并进而能为"五四"新文学推波助澜的重要园地，开辟了《文艺新闻》等栏目，并将新开辟的《海外文坛》栏目外包给清华大学图书馆毕树棠先生负责，《诗特刊》栏目外包给梁宗岱负责，《译文》栏目外包给黄源负责，甚至在一九三六年成功举办了中国新文学史上首次"文艺评奖"活动，使得芦焚的小说《谷》、曹禺的戏剧《日出》和何其芳的散文《画梦录》得以脱颖而出，名登金榜（萧军的小说《八月的乡村》首先获得提名，但为他拒绝受奖）。

与此同时，凭借自己有关媒体书评的专业学识，萧乾在《大公报》上开辟了一个书评园地。他认为，书评"既涉及文学，又具有一定的新闻价值""最适宜刊登在报纸副刊上，因为又快又及时"，他甚至还组织起了一支由黄照、李影心、宗珏、杨刚、刘荣恩、常风等组成的各有所长的社外书评作者队伍，并尝试性地建立起一个"书评制度"，以保障所刊书评的客观性和公正性。

就这样，一九三五年至一九三六年的《大公报》"文艺"副刊，终于在萧乾手上编辑得风生水起，得到了当时青年读者和新文学作者们的欢迎。但先后接受了杨振声、沈从文和巴金创作理念及其新文学作品影响的萧乾，却不能安于编辑岗位的"洋舱"，他要努力实现自己做一个"不带地图的旅人"的梦："我所向往的却是乘一条帆船，撑着孤桨，到生活的海洋上去漂荡。"于是从他成功采写《鲁西流民图》开始，他决心用自己的自来水笔，以旅行特写的文体，专门来描写和反映"民间疾苦"，做一个为民请命的好记者。（《采访人生》）正当他明确目标想要有所作为时，时代却改变了他的初衷。

一九三九年，一份来自伦敦大学东方学院的讲席邀约，让萧乾的人生道路发生了重大改变，其职业生涯的第二波辉煌就此展开。作为第二次世界大战期间，在一九四四年六月开始，唯一活动在欧洲战场上的中国《大公报》社特派驻伦敦记者，他及时地向国内民众传递了国际反法西斯联盟反击德国纳粹的进展，鼓舞了中国人民抗击日本侵略者的必胜信心。

一九四九年初，随着国共内战形势的变化，时在香港《大公报》服务的萧乾又走到了人生道路的一个"大十字路口"。后来的事实证明，这次选择不仅决定了他后半生的命运，也决定了他自己一家老小的命运。仅仅在八年后，他同千千万万个中国读书人一样，积极响应中国共产党中央委员会的号召，满怀着"让这个新社会好上加好，不要美中不足"的良好愿望，在一九五七年春天的全国宣传工作会议上放声献议，结果很快就被打成了"右派分子"，被迫闭上了嘴，搁置了笔和墨，在"万马齐喑"的年代里，消磨着自己本该大有作为的壮年时光，他甚至后悔自己"没能安于当个技术干部"而重新回到了所谓的"文艺队伍"中去重拾"笔杆子"。（《人民中国》）他感慨说："在无产阶级专政下，最安全（的）还是当个置身局外的老百姓。"（《被划为右派》）

总之，在《风雨平生》中，萧乾先生以少掩饰、无畏惧的态度，向读者坦陈了他成人的过程，尤其是与复杂的社会、多变的时代和个人性格之间的关系。相比他一生所写的三百余万字回忆录、散文、特写、随笔和译作，本书是一部更为率性直白的书，他所讲述的人生道路的坎坷和曲折性，足以为读者提供无尽的心智启迪。

二〇一三年七月三十一日于金陵江淮雁斋

外二篇：萧乾回忆录《搬家史》读后

在安土重迁的国人心目之中，一旦搬家，往往是一件可喜可贺的好事，是日子好过的一种吉兆。这从"乔迁之喜"这句古老成语中可以约略看出。然则以"搬家"为题的散文古已有之，由于个人和世道的种种变故，从一地搬迁到另一地，原是不足为奇的。然而，以搬家为"史"的专书，却是旷古未曾有的作品；何况，作者又是国中赫赫

萧乾先生自传性著述二种

有名的萧乾，何况萧老又在作品的最末一行，郑重写上了"为纪念难忘的一九五七年三十周年"这沉甸甸的十五个字！

因此，当你开卷阅读"骆驼丛书"之一的这部薄薄的《搬家史》（湖南人民出版社，一九八七年八月初版）时，你的心情一定是不会轻松的。

然则当社会个体的搬迁小事，大致可以写成一部专书的时候，那么，这就绝不是平淡无奇的个人遭际了，其间必定还密切地系着时代和社会的大变局。萧乾先生《搬家史》的可读之处，也正在此。

在该书七篇凡五万八千字的篇幅里，我们虽然找不到多少作者关于个人身世出处的怨艾，也找不到任何对于中国共产党及其国家的愤言激语，虽然多的是一个老知识分子的宽宏和一个作家的理解，然而，那由个人命运所折射出来的那种时代的变故、社会的悲剧，却还是分明不差的。萧乾先生在自序中说：

我个人搬来搬去本是微不足道的，不值得去费笔墨。然而，个人经历中往往反映着社会的演变。正因为如此，野史才是正史的补充。说不定我的搬家史，也能从侧面反映一下近三十几年来，我们这个国家和社会的变迁。

信鸽在归途中，也不免遇到风雨甚至闪电；然而，一旦飞回故巢，就安顿下来了。我这只归鸽在飞回来之后，却又搬动了十几回，不少次搬动都和个人的政治命运分不开，而个人的命运又同时代是息息相通的。

《搬家史》叙传的，是这样一番经历：当一九四九年新

中国在北方向一位青年读书人敞开欢迎怀抱的时候，他便
"像只恋家的鸽子那样，一心奔回到自己的出生地——北
平"。他内心里是这样的想法："我要回到北平去，在那里，
我要第一次筑起自己的家，一个稳定可靠的家，并力所能
及地做点有益的工作。"

在新首都北京，他的心情是"激动和好奇"，"感到自
己在受重视"（《服水土》）。然而，好景不长，仅一年多的
时间，他便在"三反"运动中，首先领略了"革命的残酷
面，就开始害怕起来"。

"害怕"是有道理的，在以后的日子，便是充分的注
脚。除了一九五五年一度被公正"鉴定"以后，过上了一
段极其短暂的自由、平等的日子外，此后历一九五七年的
"反右"、一九六二年的"反修"、一九六六年的"文革"，
社会地位和家庭生计每况愈下，越来越惨，终于从一九五
七年末"下放劳动"时的"妻离子散"（《以场为家》），落
到一九七三年"五七干校"后的"无家可归"（《终于又有
了家》）的地步。

几经折腾，反复奔走，这个以追求一个"稳定可靠的
家"为初衷的"归鸽"，终于又有了一个"家"。然而，那
是个怎样的"家"啊——

多亏了这个八（平方）米的门洞……可是这里还是没
有洁若（其妻子的名字——引用者注）的容身之地。从
（一九）七三年到七八年的五年间，她每晚就只好在办公
室用八把椅子为自己搭个床，日夜地工作……有了门洞虽
说就有了个家，可一家人仍无法团聚。

有了这个门洞，至少桐儿用不着再和三姨挤在那间小南屋里了。我们把两张铁床叠起。他睡上铺，我窝在下面。洁若"以社为家"：白天在办公室工作，晚上就用几把椅子拼成个床位。星期天她回到门洞，和我们吃顿团圆饭。我们就这样从一九七三年对付到一九七八年。

门洞里只容得下一张小学生用的双屉桌，前面放把椅子。我发明了个权宜办法，把为客人（我常有难友来，每次限一人）准备的一把破藤椅用绳子吊在顶棚上，客人进屋后再落下来，这时，沙丁鱼罐头盒最后一块空间便已填满。万一孩子下学，只好请他先在街上转转了。

于是，"有个很好的家，一个再也不用搬的家"，就成为萧乾先生当年的最高憧憬了。

读了这些并非隔世的真实故事，善良的读者是不能不一掬同情之泪的。终于，到了他回返"新中国"的第三十四年后，也就是一九八三年，他才混上了一个"可以安心放胆住下去的家，一个估计不至于再迁移的家"。

《搬家史》，当然是一部萧乾先生及其家人的搬迁史，然而事实上，更是一部当代知识分子的辛酸史。阅罢这个真实的关于一个知识分子在五十至七十年代的遭遇，实际上，我们已不难认识到二十世纪中叶以后中国社会生活不正常的源流和当今许多"社会病"的症结了。这在本书第二篇《在大酱园里》、第五篇《又没家了》等篇中，描写分析得比较深刻。

经历了政治的风波和人事的挫折，萧乾也从"书生气"中逐渐明智了起来，一度追随起"苟全性命于乱世"

和"识时务者为俊杰"之类"人治社会"的世俗哲学来。

如在一九五五年，他即已体会到："尽量不写信，也不保存朋友们的来信，免得互相牵累。倘若非写不可，也只限于事务。语句要一清二楚，无可推敲。"（《在大酱园子里》）熟悉现代文学掌故的人都会知道，当年鲁迅先生在迫不得已的情况下，就曾这么干过。到了一九六一年，则"已学得什么都装在肚子里，谁也不信任了"（《以场为家》）。再后来便产生了"飞跃"，认识到："在你死我活的斗争中，再也不可躺倒挨打了。不当猫，就必然得当老鼠。"（《避风港》）诸如此类。由此我们不难窥见在非常时代的时政压迫下，一个文人心灵被扭曲被异化的历程。

作为一部真实反映生活现实的书，《搬家史》所涉及的人，至今仍大多健在且生活得很滋润，其中很少有人已经呜呼作古。唯其真实，以萧老狷介耿直的本性，自然笔触之端不免"伤人"。从这一层意思上讲，这部书也许会如作者所预计的那样，会"冒点风险"的。然而，既然社会还不能"大庇天下寒士俱欢颜"，既然年节又恰逢"为纪念难忘的一九五七年三十周年"，那么有此一部书又有何碍呢？冒点风险又有何惧呢？因为我"一个人破破例，冒点风险"有了它，可以"让后世也了解一下这段历史，他们从而会更加珍惜自己享受到的稳定日子"（《终于又有了家》）。这正是一个历尽沧桑的长辈的仁和义。

让我们同萧乾先生一起私心祈祷"居者安其家"这种美好生活的来临吧！让我们衷心祝福那怀抱"什么山川都无从阻挡的依恋之情"飞返祖国安家的信鸽吧！我们多么

希望这部空前的"搬家史",是一段永远绝后的历史啊。

　　　　一九八八年十月二日于北京西城大木仓胡同之灰楼

外三篇:追记萧乾先生

　　一九八七年十二月,叶浅予先生(一九〇七——一九九五)在北京看了《搬家史》之后写道:

　　萧乾自比为一只信鸽……"我这只归鸽,在飞回来之后,却又搬动了十几回,不少次搬动都和个人的政治命运分不开,而个人的命运又同时代是息息相通的"。"搬家史",其实是作者的政治遭遇史。

　　萧乾在三十多年颠沛流离之后,一九八三年搬进了一套三居室的宿舍楼,朋友们认为他的新居既没澡盆,又没地板,没坐桶,为他抱不平,萧乾自己却认为:"还有多少三代人住一间斗室的,多少家还在睡双层床,很多中国人还在排队上公厕,我还有心肠去挑挑拣拣!"他愿老于斯,死于斯,再也不希望搬动了。

　　第二次世界大战期间,萧乾为《大公报》写过不少篇伦敦人在希特勒狂轰滥炸中的艰苦狼狈相,和一九四〇年我在重庆所经历的日寇"疲劳轰炸"相对照,特别感到激动。萧老怀着对祖国的深厚感情,拒绝了剑桥(大学)的优厚待遇,甘愿回北平体验解放和喜悦,和一九四八年我在"北平围城"中等候解放的心情,可以说是相同的。三十多年来,我们为社会主义事业躬尽绵力,任劳任怨,不计个人得失，也颇为相似。由于这种相似的机遇，使我对萧乾的几次搬家，甚至遭到无家可归的地步，不免为他洒一把同情之泪……在《搬家史》的结尾，萧乾似也在自言自语，对一切不幸，虽有怨恨，而并不以为是奇耻大辱，表现了中国老一代知识分子的坦荡胸怀。看他最后的几段话，说得多有感情，多有见知。

因撰写过《搬家史》的书评，刊登在《光明日报》上，所以在二十世纪九十年代初，已调动至南京大学出版社做图书编辑的我，与王余光师兄一起合作主编《中国读书大辞典》（南京大学出版社，一九九三年五月版）时，便通过业师、北京大学孟昭晋先生联系上了萧乾先生，并浏览有关各书，抄撮成了"萧乾读书"和"《书评研究》"两个词条。

写成之后，我记得还把文稿邮寄给了萧老本人过目。不多日收到北京回函，打开一看，原来萧老已在"萧乾读书"一条的文字上亲笔做了一点儿修订。现抄录两个条目内容如下：

萧乾读书　萧乾（一九一〇—　），原名萧秉乾。蒙（古）族，北京人。著名记者、作家和翻译家。少年时即崇尚读书，但家境贫寒，以半工半读形式读书，时辍时续。曾醉心于《济公传》《东周列国志》《小五义》等演义小说。

十六岁入北新书局当练习生，接触到鲁迅、冰心、刘半农、钱玄同、周作人等文化名人，并得到了借读门市部陈列新书的机会，"我个人的读书史就是那时开始的"。后来得到杨振声先生指导，"他不但教我认真地读了鲁迅、郁达夫、蒋光慈、沈从文、茅盾、叶绍钧的书，也把托尔斯泰、罗曼·罗兰、屠格涅夫等介绍给我"(《关于书》)。三十年代初，在燕京大学读书时常常到燕京、清华大学图书馆和北京图书馆看书。并喜访书于北平东安市场、隆福寺和琉璃厂的书摊书肆。当时对其影响最大的，是华林的《新英雄主义》一书，"这是一本用热情的笔调鼓动弱者魄力的书，我曾把公寓的房门倒锁上，流着泪，通夜反复地读"(《我并非有意选择文学》)。

一九三五年，(燕京)大学毕业后即开始其"报人"生涯。曾主编天津、上海及香港《大公报》文艺副刊，并写旅行通讯，一度收集了足足一箱的当时作家的签名本，后毁于战火。一九三九年后负笈剑桥，常埋首于大学图书馆，并买书于剑桥中心广场的"大卫书摊"。第二次世界大战中又成了"欧洲战场上唯一的中国记者"。一九四九年由香港回到北京，历任英文月刊《人民中国》《文艺报》副总编辑等。现任中央文史馆馆长。著译甚多。有小说《梦之谷》、随笔《这十年》和《萧乾选集》等。藏书屡集屡失，"最后一次浩劫，当然是一九六六年的'红八月'。从那以后，我对藏书再也打不起兴致了。现在，我只求让书能尽量派上用途"(《关于书》)。

他说，"拿起一本书，我喜欢先看序跋，主要是为了预先知道作者的意图"。他还把自己的读书分成甲、乙、丙、丁、戊、己六类。"甲类是业务上需要的，必得有目的有系统地去读"(《漫谈种种——读书》)。四十年代在剑桥读英国心理派小说的几套全集，"我几乎是逐页仔细阅读的"；"乙类是为了欣赏观摩而阅读的"，如古华、宗璞的小说，姜德明、贾平凹的散文；丙类是放在厕所里读的一些闲书，三十年代"我就是这么读完张资平的小说的"；丁类是放在枕畔的，如"湖南出的那套《走向世界丛书》（尤其爱看钟叔河为每本书写的序言）和一些游记"，以及读书札记、曲艺等书；戊类大多是"版式很小的书"，"每逢去医院或去车站接人，我必带上一本"；己类"纯然是为了查找用的。特别是工具书，像中外百科全书"。

他于读书情趣多有体会，他说："一本真正被我爱上的书"，如屠格涅夫的《猎人笔记》和都德的《小东西》，"都曾使我神往过，同它们有心心相印之感"。而"在特殊境遇中读的书，就会形成一种特殊感情。他好像跟我共过一段患难"。如今，萧氏虽无意藏书，但"他的家处处都是书，连走道的墙壁上也用木板钉了一个双层书架，有点'悬空寺'的味道"，至于写作间则"乱"中有"雅"，"雅"中有"乱"，不仅"书柜高耸，书多成林"，而且，"写字台上有个简易书架，有杂志，有书，更多的是往来的信函"（如水《萧乾的书房》）。这里正是近年来编写其数十万字著述的，到其晚年才拥有的"书房"。

书评研究 萧乾著。商务印书馆一九三五年出版。该书原系作者一九三四至一九三五年在燕京大学新闻系就读期间写作的毕业论文，共二十八节。随写随在报刊上发表。后经郑振铎介绍，由商务印书馆收入《百科小丛书》，印行单行本。初版时分为七章，即序论、书评家、阅读的艺术、批评的准绳、批评的艺术、书评写作和书评与读书界。附录由作者所写《创作界的瞻顾》《小说》《欣赏的距离》和《文学的绘画》四篇文论。一直到八十年代中期，该书仍是我国大陆唯一的一部书评理论专著。一九八四年，四川人民出版社编辑出版《萧乾选集》第四卷时，收入了《书评研究》的七节；一九八八年同济大学出版社出版《怎样写书评》时，亦做了节录。直至一九八九年，人民日报出版社出版《书评面面观》时，才予以全文照录，编为该书第一辑。

随后，在南京大学已被评为"副编审"职称的我，组稿并编辑了孟老师的《书评概论》（南京大学出版社，一九九四年八月版）。该书计三十五万字，主体内容分为七章，依次是：《书评与书评研究》《书评工作者》《书评的标准》《书评工作中的审读》《书评的方法》《书评写作》《书评受众与书评传媒》。

本书有两个附录，一个是"中外书评作品选读"，分为"文艺类图书"和"非文艺类图书"书评选；另一个是"课程教学法献议"。如今看来，在提供的中外选读作品上，不免带有那个时代的见识拘囿和审美局限。但孟老师所提出的理念："在书评课程的教学中，师生共同研读若干篇书评文章是十分必要的……有一册'选读'在手，许多事实、现象、概念，就不必多费口舌。共同研读，更为讲授、练习、讨论，提供了方便"，却并不过时。他金针度人的"课程教学法六议"是："写作书评阅读心得""走访本地区的书评报刊或书评专栏""走访本地区的书评作家""命题阅读，课堂研讨"，并于学期末，"独立完成一篇书评习作"。此外，在课程教学的学期内，还应当组织全班同学合作编刊一期书评壁报或书评小报，策划并组织一次一定规模的书评征文比赛，以加强"书评活动组织能力的训练"，实际上成为我在二十世纪九十年代以后，在南京大学中文系、文献与情报系（后易名为"信息管理系"）开设本科课程"书评写作与书评理论"的基本教学指南。

孟老师在《书评概论》的"前言"中说明道：

为大学生开设"书评"课程，在北京大学始于一九五二年。业师王重民教授当时为图书馆学专修科三年级学生讲授过《目录与书刊评介》……一九八五年起，作为对"导读书目"问题予以热情关注的目录学教师，我被邀请参加了中国图书评论界的一系列活动。我的主要责任是试开书评课程，编写书评教材。国家教委高等学校文科教材办公室编审一处的徐雁（秋禾）同志给予了大力支持……书评界的前辈和中国图书评论学会伍杰、吴道弘、宋镇铃、王大路等师友，八年来也一直鼓励、关心着这项工作，萧乾先生题写书名，就是这种支持的集中表示。

一九九四年冬，我利用赴京公差之便，到孟老师家中致送《书评概论》的稿费。谈次，相约于次日下午，同去复兴门外木樨地某塔楼中拜访萧乾先生。当萧老在他兼作书房的客厅，拿到印有其扉页题签的《书评概论》时，真是非常高兴，不免随口讲起了他当年主编《大公报》书评专刊的那些往事来。

临别之际，萧老随手拿过书桌脚边的一本新版书，打开扉页题写给我，这就是被编者列入"中国现代小品经典"系列的《人生采访》（河北教育出版社，一九九四年五月版）。在一九四七年二月，作者于上海江湾所写的该书

作者（右一）拜访萧乾先生（中）后喜获《人生采访》签赠本

"前记"中说："我虽喜欢写山水，我的这枝秃笔却应留给那些在黑暗中挣扎的人们"，"我有的只是一个企图，那就是褒善贬恶，为受蹂躏者呼喊，向黑暗进攻。"此行，我还获得了他赠送的一张名片，可见晚年忙碌异常的萧乾先生是多么的热情好客，乐于与人交际！

回到南京后，我把这张名片粘贴在《书评概论》封面的页背上。由此可知，当日萧老的主要社会职务是：中央文史研究馆馆长，及中国人民政治协商会议全国委员会常委、国际文化出版公司副董事长、中国作家协会理事。

在公务余暇，他正与其夫人文洁若女士一起，争分夺秒地合作翻译着《尤利西斯》呢。

我素有认作者买其书的癖好，当然这个"人"一定是自己衷心景仰的师长。因此，在雁斋之中，萧老的著述便络绎不绝地到来了。

譬如说，他的自传体长篇小说《梦之谷》（广东人民出版社，一九八一年六月版），因为特别喜爱封面上那个长着一双梦幻般大眼睛的女孩画像，及用桃红色印出的张充和女士书名题签的缘故，我先后在不同的旧书摊上购置了一模一样的两本。得自旧书铺的，还有《一本褪色的相册》（百花文艺出版社，一九八一年四月版），也是张女士题写的书名。看来萧老是特别喜爱张女士即沉静而不失灵动的墨迹。还有一册萧乾的短篇小说集《栗子》（花城出版社，一九八一年四月版），林墉先生所做的书衣，真是美得令人无言可赞。

其余所得，有李辉兄编选的《红毛长谈》（台声出版社，一九九〇年一月版），该书扉页有所谓出版者的题献辞，曰："谨以此书的问世，敬贺萧乾老八十华诞"，然后

印有萧乾亲笔签名的头像照片一帧，看来当系编者李辉的
策划。李辉兄在序言中写道："我本想将这本书命名为《萧
乾杂文选》……此书所选入的文章，除第一辑部分选自一
九四八年出版的《红毛长谈》外，其余数十篇均散见于报
刊上，主要是萧乾解放前创作的作品，从未收入集子。此
次撰写《萧乾传》之后，将它们挑选排队，组成一个新的
集体。故文章各自的年龄也是很杂的，最长者出生距今已
有五十多年，最小者也有三十岁了。"

除《红毛长谈》《过路人：萧乾》（中国青年出版社，一九
九六年三月版）、《余墨文踪》（百花文艺出版社，二〇〇〇年
一月版）、《心的解读》（中共中央党校出版社，二〇〇二年一
月版）等多种别集外，我还收藏有符家钦先生所撰《记萧乾》
（时事出版社，一九九六年五月版）及王嘉良、周健男合著
《萧乾评传》（国际文化出版公司，一九九〇年六月版），以及
文洁若所著《我与萧乾》（广西教育出版社，一九九二年二月
版）及《文学姻缘》（湖南人民出版社，一九九七年十二月版）
等，集中组合排列在一起，占据了我书橱中的一大格，也就
是说，"萧乾主题书籍"乃是我书斋中众多专题特藏之一也。

在本文的末尾，我想抄录的，是一九四三年毕业于国
立中央大学中文系的符家钦先生的一段真诚回忆。他在
《记萧乾》卷首的《杖履追随五十年》一文中写道：

虽然一九五〇年，我才在国际新闻局与萧乾先生共
事，但从一九三七年我读《栗子》，决心当个私淑弟子算
起，真正追随时间近六十年。抗战时期，我在重庆沙坪坝
南开、中央大学读书，文化区买书方便，几角钱一本，我

专挑萧乾的作品读。《栗子》《废邮存底》后，又读《梦之谷》，很喜欢其中缠绵悱恻的佳句。对《鹏程》更击节叹赏，它把一个道貌岸然的市侩内心，解剖得十分透辟。《大公报》上萧乾《话说当今英格兰》的通讯，我读了又读。后来老向年轻记者推荐《人生采访》，认为是记者必读之书。一九四三年，未领到大学毕业文凭便考进《时事新报》，在新闻界干了一辈子，更完全是受萧乾的启迪。

论年纪，萧乾只比我大十岁。但我们的共同点之多，也属罕见。同样出身贫家小户，从小爱好文艺，懂点外文，因跟外国人打过交道，同样难逃一九五七年那场灭顶之灾。只不过萧乾到底是世界名记者，"右派"帽子摘得早，下放农场监督劳动时间短；我则一戴二十年，还跟纪昀、刘鹗这些文人一样，发配新疆，比"苏武留胡"还多了一年。一九七九年和萧乾一起复出后，才在京华真正开始了追随杖履的来往。

符先生说，萧乾有着如鲁迅、叶圣陶、沈从文一般扶植后进的风范，"把奖掖后进当作一种社会责任"，并甘为"人梯"。此种隐德，则非符先生自己则无人能道出也。

今天以一日工夫，检出上述有关书籍观览，翻检之余，方知自己多年来，所谓"读书"是多么的轻浮躁进。原来在过往的岁月里，斋藏如许好书却并未认真开卷，更不必说，书中又有多少篇章没有细读，真是愧对萧乾他老人家引读者为知己的那一番苦心呢！

二〇一九年七月七日傍晚，于金陵雁斋山居

立雪虽无缘，程门可窥微（外二篇）

——写在纪念程千帆先生诞辰一百周年之际

我虽无立雪程门受教进学之缘，但自一九八九年秋从教育部机关调至南京大学工作以后，却也曾登堂入室，略得千帆先生亲炙，并获珍贵的翰墨缘。值此纪念程千帆先生（一九一三—二〇〇〇）一百周年诞辰之际，谨将我识荆后七八年间的一些难忘往事写出来，以见前辈学人之仪型。

一、初访结书缘

一九九二年十二月一日上午，我接受了《光明日报》评论部委托的任务，在程门大弟子之一徐有富教授引荐下，落座在位于汉口路北侧大院里的闲堂之中，开始了一次对千帆先生的访谈。

今日重展当日那纸采访随录，才知道访谈共计约一个半小时，但因时代语境以及报社预约篇幅等原因所限，于次年一月八日发表在该报的《闲堂老人程千帆访谈》一文却写得浅薄，未予深入叙明的话题大致还有三个：

一是他老人家提到的家藏书的终局。当年在武汉大学任教期间，程宅有四十箱线装书之多，遭遇一九六六年夏"文化大革命"初的"红卫兵"抄家，"抽毁"后仅剩下残遗书卷五六箱，后来连同约四十件名人字画，都分别捐献给了南京大学、岳麓书院等单位。

二是他告知我的一些治学习惯。说在年轻时常开"夜车"，熬夜读书、写作，到凌晨一二点的静夜始睡是常事。一九七八年，应南京大学校长匡亚明（一九〇六—一九九六）之召重来金陵，在中文系发挥"余热"，但读书看报已逐渐要借助放大镜了。眼下仅在早饭后，可集中精力读写两个小时左右。由此谈到少时的记诵之益，他认为背诵名篇，是非常必要的；而从事文学批评，则应有诗、词和文章的写作经验方好。"我希望有人知道，如果我的那些诗论还有一二可取之处，是和我会做几句诗分不开的。"

三是他自述的为学态度。他经常提醒自己不要成为"百无一用"的"书呆子"，因此，始终坚持的学术立场是"重今不薄古"，并为我解说了袁枚（一七一六—一七九七）赠赵翼（一七二七—一八一四）的名句"生面果能开一代，古人原不占千秋"的含义。他说，"以己之短，比人之长"，是一个人保持头脑清醒、不断追求进步的修养方子。身为人师，还须注意处处严格要求弟子们，不能给他们戴"高帽子"，因为"廉价的赞扬，决不是栽培科学之花的好肥料"，但要注意的是，所施加的压力必须是友善

程千帆先生在南京大学之南秀村宅中观书留影

的，耐心的和不断的。假如在研究生论文中出现了错别字和不规范简化字、语句不通顺及引用别人论点而不出注解等情况，那就是为师的失职了，所谓"教不严，师之惰"。

二、翰墨寓史识

在首访闲堂临别时，获得了千帆先生在扉页上用钢笔签题了"徐雁贤友正之"字样的《沈祖棻程千帆新诗集》（陆耀东编，武汉大学出版社，一九九二年版），这使我在一九九三年十月，为南京大学校报代编的一份专刊《南大书友》上，得以选刊了他昔年所写的两首白话诗《鼓楼》和《卢沟桥》，是在金陵大学期间有感于日寇侵华而作，表达着强烈的民族忧患意识和爱国主义思想倾向。

记得在我选定发表这两诗时，千帆先生还写了约五百字的《旧诗二首重刊题记》，现据当日的清抄稿转录如下：

下面是写于三十年代中叶及四十年代初的两首诗，距今已有半个世纪以上了。前一首是面对一座古建筑——南京鼓楼的遐思。它眼见过明代和民国政权的建立，见过蒙、满贵族及汉族大地主联合政权的消亡，它当然也更清楚地见到当时日寇入侵的现实。但在蒋政权"不战不和不守，不死不降不走"的政策下，它又能抱着什么希望呢？所以，"唯有装出沉默，向苍天"了。第二首作于抗战已进行了三年之后。它也是一首寄情于古建筑的诗。那时，卢沟桥早已成为敌占区，曾在桥头英勇抗击敌人英勇牺牲的战士们也已长眠桥下好几年了。但他们发出的第一声号角和用血肉筑成的长城，都依然在召唤全国人民继续抵抗凶恶的敌人。这两首诗的色调不很明丽，情绪也颇低沉，正如人们所说，涅克拉索夫的诗常常是悲哀的，因为他生活在一个使人悲哀的时代。我当时又何尝不是这样呢？也许现代的青年人不容易接受这类作品，但这不也正是由于你们一直生活在强大的社会主义中国当中吗？今年已经八十一岁的我只想借此机会，告诉大家一句话：一个富强的祖国比什么都重要，没有她，就没有了一切。

千帆先生对于这两首白话诗作得以重刊，内心显然是十分欣忭的，因为我注意到他特意在清抄稿上改动数处后，顺笔添加了一句附言："感谢徐雁同志，他使我这种幼稚的习作有机会和读者再见一次面。九三年十月记。"不过在复印件上进行编辑时，我将受谢主体改动成了"《南大书友》月报"，以符当日通行的"对公不对私"的"潜规则"；并从《卢沟桥》中选出"让岁月负起沉重的记忆"一句作为正标题，还加写了一则"编者按"，唤起读者的注意。

由于曾在时位于鼓楼二条巷的徐有富教授家中的客厅墙壁上，赏观过千帆先生给他写的一帧隶书："月落参横，数峰天末"，还曾在组稿编辑西安梁永先生的《雍庐书话》（南京大学出版社，一九九三年版）过程中，见过千帆先生应作者之请书写的"咏苏斋"一匾。笔迹秀美，结体雅静，当下心生无限歆羡。遂告知徐雁平学弟，他作为程门再传弟子，宜求取祖师爷为其书房"醉纸斋"书额，以为长久纪念。

　　据千帆先生回忆，他少时求学于堂伯父程君硕先生设在汉口的私塾"有恒斋"数年间，在日记之外，每天必做的功课就是临帖写字。难怪他的隶书我看了真是喜爱，原来学的是《张迁碑》及《曹全碑》。他的小字习的是《洛神赋》《灵飞经》，而楷书则以颜真卿、褚遂良、欧阳询三人为师。不过，我虽也算得是程门熟客，却从不曾以一己之私，向他开口求赏过墨宝：非不爱也，乃顾惜千帆先生晚年精力也。

　　但也曾有过那么一两次的例外。二十世纪末，有一个纸本图书销售的所谓"黄金时期"，高校林立、人文荟萃的南京图书市场为北京三联书店和商务印书馆所看好，便在湖南路东端设立了一家由店、馆合营的人文书店——"三联商务文化中心"，果然很快成了南京读书人和藏书家所喜踪迹之地。店主人为锁定基本客户，便接受一个名为"南京收藏家协会藏书分会"（成立于一九九六年七月）的民间团体相挂靠，并指名想求得千帆先生的一幅墨宝。

　　几次三番，我拗不过其热情追逼，只好出面予以引荐。遂约定在当年秋天某个下午三时正，备上鲜花束和水果篮前往拜访，并预先声明只以半小时为限，至于能否求得墨宝之赐，则需全凭他的运气。结果在早已乔迁到南秀村的新闲堂里喝了不到半小时的热茶，就如愿以偿了。千帆先生命我提供书写内容。不多日一幅"藏书不可以不多，而不可以徒多"（吴澄语）的题词，便挂到了"三联商务文化中心"的办公室里。可惜的是，这家书店因经营不善而未跨入新世纪，于一九九九年夏就歇了业。不知这帧墨宝制成的镜框，还尚存天壤间否？

一九九七年夏，我为《东方文化周刊》客座主编一个"大众人文"版面时，适遇一期主题是要庆祝"香港回归"，便向千帆先生约稿，他用时任馆长的江苏省文史研究馆所印的八行笺，用毛笔书写了旧年才作的《题静海寺》诗："静海前朝寺，沧桑二百年。蛮夷曾猾夏，汉帜复中天。殿宇松篁古，勋名日月鲜。凭阑望台岛，怜汝尚孤悬。"诗中多用古典，表达了他的民族主义情意。

我后来因缘获藏的一帧墨宝，却是在千帆先生去世多年之后，冥冥中可谓似有天助！原来这是孙卿子（即荀子，约公元前三一三—公元前二三八）两段语录的合幅，曰：

以仁心说，以学心听，以公心辩。（《荀子·正名》）
是非疑，则度之以远事，验之以近物，参之以平心。
（《荀子·大略》）

前者意谓以慈爱之心、求真之心、公平之心为学处世，则主观意气自消，客观态度自正；后者谓在遇到是非难辨的时候，不妨从平和之心出发，以远事相推度，加以近物之验证，便可获取公明。想千帆先生当日择此两则慧语以示众人，必心有所感而深有寓意者也。或系为南京大学五月二十日校庆活动所书，也未可知。

字幅书于一九九五年春，时千帆先生已届八二高龄。落款后一押阴文"程千帆印"，一钤阳文"闲堂老人"。获藏此幅，乃可遇不可求之"翰墨缘"也，遂于南艺后街选得一家书画铺做成镜框，以为雁斋主人座右之铭。

三、赠书见笃情

《闲堂老人程千帆》一文在《光明日报》专刊"读书与出版"上刊登后，也许笔墨尚获老人家的认同，因而从此让我惊喜莫名的是，每当闲堂主人处有了新书问世，如《沈祖棻诗词集》（程千帆笺注，江苏古籍出版社，一九九四年版）、《闲堂诗文合钞》（陶芸书，一九九六年自印本）等，他总是记着书赠一册签名本，由有富教授或本栋兄带交我，赐我以第一时间展读之福。

基于此种后续的书缘，我先后写成数篇文章或书评，收录在我的随笔集《开卷余怀》（东南大学出版社，二〇〇二年版）。如二〇〇二年三月一日，我在接到师母陶芸女士赐赠的《程千帆先生纪念文集》（莫砺锋编，江苏古籍出版社，二〇〇一年版）后，就曾在文章中随笔写下了这样一段话，动情地表达了自己一时的感怀：

惊闻先生去世噩耗后，我先偕同薛冰兄，次日又与中国思想家研究中心诸同僚，两次致奠于先生灵堂。在鲜花簇拥的遗像前，凡六鞠躬。尚记得程门在宁弟子所挽一联云："绛帐留芳，汉甸江皋，树蕙滋兰荣九畹/青灯绝笔，文心史识，垂章立范耀千秋。"……此前数年，时可邂逅两老于我校南秀村与鼓楼北园道中皓首相携，蹒跚前行——此道"夕阳红"的动人风景，当时只道些事寻常，今日又何可复睹耶？临笺不胜怀想之至。

受此种书缘亲情的感染，我每于旧书店见到如沈祖棻《宋词赏析》（上海古籍出版社，一九八〇年版）、程千帆《闲堂文薮》（齐鲁书社，一九八四年版）等老版本著述，都会一并请回雁斋，开卷拜读。一九九五年至二〇〇二年间，我在南京大学中国思想家研究中心的办公室，恰好与接收了其藏书的资料室相邻。因此，若得闲暇，便会站到那老式的书橱前，随意浏览千帆先生的一些旧藏之本。有时偶见我也熟悉的如黄裳（一九一九—二〇一二）等专家学者签赠给他的著作，端详着扉页上的题赠笔墨，便会产生一种跨空越时、如晤似对的奇妙感觉。

不仅如此，我的雁斋藏书中，还颇多徐有富学兄《校雠广义》及巩本栋博士《俭腹抄》等程门弟子们的赠书，有的还成了我写作书话或书评文章的对象。如在《光明日报》上做了评介文章的，有张宏生兄的专著《江湖诗派研究》；在《藏书报》上写了长篇读后感的，有莫砺锋兄的《浮生琐记》和《莫砺锋诗话》；用书话文体推荐的学人随笔集，有程章灿兄的《旧时燕》等。

四、便笺启后学

我读《闲堂自述》一文，曾注意到其中"衡如先生给学生讲授目录学，兼及版本、校勘，事实上即校雠学。他首先强调这门学问作为治学门径的特殊性质和重要意义。我信受奉行，所以我的治学可以说是从校雠学入手的。我认真学习过由《汉书·艺文志》到《书目答问》，以及郑樵、章学诚诸家著作，后来并长期讲授这门课程……"一段回忆，因此，当一九九九年秋冬间，我为曾任金陵大学文学院院长、图书馆馆长，后任我的母校北京大学图书馆学系主任的刘国钧先生（字衡如，南京人，一八九九——一九八四）的生平史实所困时，曾投书求教。不久，我就接到了雁平学弟取得"醉纸斋"墨宝时，一并捎转来的四张信笺，顿时感激盈怀！

千帆先生当日开示的十款意见，足解我心头诸般疑惑。因其中"今典"，若非当事者明白训示，则何能悉其隐耶？函中示我留意阅读《沈祖棻诗词集》第一二八至一二九页，第二七五页中的有关诗词，顿时为我解开了刘先生在一九四三年夏离金大职，由成都赴任国立西北图书馆馆长的生平转折之谜（正因为有此一番金大人事方面的曲折，他才在一九五一年八月从兰州馆长任上，调转到了北京大学图书馆学系任教授，兼北京图书馆研究员）。而沈祖棻《呈衡如师》四首，则写于一九五七年千帆先生被打成所谓"右派"之后。其中"江南名德经时尽，北国灵光一老存""谁知皓首穷经日，不畏前贤畏后生""惟余一样江南梦，犹趁回潮向秣陵""纵来燕市同呼酒，师弟相看总白头"诸句，莫不情真意切，意味深长也。

此通答疑函，现已收录在《闲堂书简》（上海古籍出版社，二〇〇四年版）第六三五至六三六页中，成为千帆先生生命不息、诲人不倦的学行明证。

在千帆先生晚岁的七八年里，我的所得所闻，自然不止如此。且再随口说上两件细事。记得他乔迁南秀村新寓后，接了地气，心情特别好。每回前往拜访，他总要喜滋滋地开了朝南小院落的门，指点我看又开了什么样的花。

我曾惊异于庭院中的盛木繁花，结果老人家神秘一笑道，自有"师傅"代劳——原来这院子中的花花草草，是由南大后勤科的一位花木师傅来帮主人栽植并负责今后养护的。

还有一个下午，我按约造访，却不见师母应门。正狐疑间，闻得楼面东侧的自行车棚里却有熟悉的人声，但见千帆先生和师母一个手执笤帚，一个端着簸箕，正在秋风里扫落叶呢。我急忙趋前，帮助完成了剩余的活计。坐定后问师母何故劳此？答曰，邻居们都在上课上班地忙，顾不到这些门面上的事，一楼只有他们俩是"闲人"，"搬来后已一起扫过好几回了，不累的"。

二〇一三年四月五日于金陵江淮雁斋

外一篇：书《程千帆沈祖棻学记》后

顾学颉先生在《海峡两岸著名学者师友录》（人民文学出版社，一九九七年版）中，有副题为"吊珞珈山上的幽灵"一组怀师悼友之文。其中第四篇为《记女诗人沈祖棻》，对这位"始终没见过面的"词人、诗人，寄予了极大的理解和同情，读之令人感怀不已。

顷由南京大学巩本栋博士编集的《程千帆沈祖棻学记》（贵州人民出版社，一九九七年版），以其程门立雪的特殊机遇，为程千帆、沈祖棻夫妇的生平际遇和学术历程，提供了一部足资信赖的文献集。

程千帆教授是中国文史界硕果仅存的著名学者之一，

学识渊博，著述严谨，诲人不倦，桃李满园。在现代学术界久有定评。沈祖棻女士（一九〇九—一九七七），系中国现代文学史上最杰出的女词人，其文学成绩已载《二十世纪中国女性文学史》（天津人民出版社，一九九五年版），素有"易安（李清照）而后一人"之誉。因此，贵州人民出版社出版此书，以嘉惠学林，其选题眼光是值得称道的。

《程千帆沈祖棻学记》分编为上、下两辑，凡四十二万字，使得从此研讨程、沈两位的学术源流和治学心得，信史有绪，文献足证。

占本书四分之三篇幅的，是上辑《程千帆学记》，编者从千帆先生的传记资料、治学思想和方法、友朋论诗札、弟子忆述和序跋、评论多个角度，分为五编，并附录了《程千帆著述目录》和《程千帆生平及著述评论资料存目》。下辑《沈祖棻学记》，则由沈氏生平、创作和学术的一组文章组成。

程、沈二氏当日缔结连理，颇为文坛学界所乐道，历经旧、新中国四十年风雨坎坷，终成其为患难夫妻、诗词知己。或如沈女士诗云："待将思旧悲秋赋，寄与耕田识字夫"（《寄千帆》），诗句记录着在山清水秀的珞珈山麓，"那难熬的漫漫长夜"（顾学颉《吊珞珈山上的幽灵》）里苦度的特殊心境。

因此，借助《程千帆沈祖棻学记》，不仅可以分别窥知程、沈二氏各自的人生历程、文学道路和学术贡献，而且足以深刻理解他们夫妇是怎样面对"廿年分受流人谤""卖尽藏书岂为贫"的恶劣时政环境的。因而，该《学记》实际上也就成了以程氏夫妇为线索的中国现代知识分子人文心灵史上的一个有机构件，或者可据以回答顾先生在结束《记女诗人沈祖棻——吊珞珈山上的幽灵之三》这篇文章之前所设问的"究竟是谁的过错！"之一二。

早在七年前，中华书局总编辑傅璇琮先生，就对类似图书选题提出过郑重建议。他说：

> 在文史界，（千帆）先生承前启后，对辛亥以后至二三十年代学术界有亲身接触。如能以回忆录的形式，或以自传的体裁，写数十年来社会、人生及学界情况，其本身价值即非一般所能代替。

如今成书以后的《程千帆沈祖棻学记》，以广搜博采而得的文献资料，以"学记"的体力，多方面、多角度、多层次地记录和反映了程、沈伉俪身内身外的生活场景和精神风貌，加上本书各篇作者或为朱自清、吴调公、金克木、舒芜、钱仲联、周勋初等老辈学者，或为崭露头角的程门弟子，故全部篇章组合起来，其书视野阔大，内容丰富，允是一部中国现代学术文化史的有益读本。

一九九八年三月于金陵鼓楼雁斋

外二篇：由程千帆先生《闲堂书简》想起的往事

八月中旬，在南京大学举办"中国古代文学文献学国际学术研讨会"期间，读到了才出版不到一个月的程千帆先生的《闲堂书简》（陶芸编，上海古籍出版社，二〇〇四年七月版），不由得勾起了我的若干旧忆。

记得九十年代中期的一天傍午，我独自到南秀村程邸看望千帆先生。落座沙发以后，才发觉自己的不告而访，其实打扰了他与陶芸师母的案头事务，原来老夫妇俩正一起忙着拾掇一摞子旧信件呢——大致的办法是逐件粘裱在格式统一的纸张上，按来函的先后编上顺序。问询后才晓得，整理着的都是海内外友生们的来函，准备送南京大学档案馆密藏起来呢。

何以谓之"密藏"？程先生告诉我说，这些来函中有不少内容谈及个人思想的波动、单位的纠葛、学术界的是非，乃至各自的"家务事"，它们在多少年内是断断不能见世的，那会平添许多无谓的风波，不过这些真实的东西假如就此毁掉也未免可惜，所以准备全部整理停当以后一起交给档案馆保存，无非要将这些史料藏之密室、以待来者的意思罢了。

有此见闻，因此我在一九九九年十一月十四日参加母校北京大学为故系主任刘国钧教授（原金陵大学图书馆馆长、文学院院长，字衡如，江宁人，一八九九——一九八〇）举办的"百年诞辰学术研讨会"上，便想到回到南京以后，应当尽快向程先生报告会议的盛况，并看看他那里是否还有刘国钧先生当年与其通信的存留，因为北京大学有征集旧函的要求。

于是我把会议论文集《一代宗师——纪念刘国钧先生百年诞辰学术论文集》（北京图书馆出版社，一九九九年十一月版）一册，以及我在写那篇论文过程中心中尚存的若干疑问写成一纸，委托程门弟子本栋兄先期转呈过去，并

大致预约了随后面谒的时间。记得在我捎去的口信里，还
表达了这样一个愿望，想请程先生回忆一下当年所写《上
衡如先生》诗二首的背景情况：

> 老厌京尘自闭关，还将肠胃绕钟山。
> 长怀寂寞刘夫子，广座春风梦寐间。
> 争关梦觉叹何曾，敬业传薪愧不能。
> 未死白头门弟子，尚留孱魄感师承。

千帆先生对于我的要求的回应，便是如今收录在《闲
堂书简》里的那通《答徐雁先生问》。原件是用钢笔漫写在
四张南京大学的格式稿纸上的——那时候先生的目力已经
大衰退，即使潦草大字也早就不能按着格子来写了（如其
二〇〇四年四月二十六日致雁平学弟函中语："目力不佳，
写字潦草"），但尚勉力执笔做此答复，令我感怀不已，于
是我收到雁平学弟捎回的复信以后，即用塑膜口袋珍藏了
起来，虽然我处有关千帆先生的照片、墨迹远非这一件。

其实，我自一九八九年秋从北京南还以后，才有一
个偶然的机缘拜谒了千帆先生。记得第一次走进汉口路
上的程邸，还是在他的弟子徐有富学兄的引领下，那不
过是为了完成《光明日报》友人指名索写的一篇人物专
访而已。

适才查看到偶然保存在《沈祖棻程千帆新诗集》（陆耀
东编，武汉大学出版社，一九九二年八月版）中的采访记
事纸，居然还准确地记录着访谈时间，是一九九二年十二
月一日上午的九点十五分至十点三十分。那时候千帆先生

的精神十分健旺，能够健谈一个多小时而少有倦色。记得这部新诗集，就是他当日题名赠送的。采访初稿在两天后的晚上就写成了五页，题目用的是千帆先生早年旧诗中的一句："举世非知识，何由判醉醒？"一个月后，这篇文章在《光明日报》的"读书与出版"专刊上登出，篇幅被压缩了不少，标题也被改为《闲堂老人程千帆》。

一九九三年一月上旬，我在为南京大学出版社编辑的《南大书友报》创刊号上，还以《"装饰你那么长的五千年"》为题，把这次访谈摘要发表了一遍。标题用的还是千帆先生的诗，不过选的是他早年新诗中的一句，因为他当日早已被认为是学渊识博、德高望重的人物了，在其晚年才回归设坛授徒的南京大学，已经很少有师生知道他早年写过的那些新诗了——

在时人的感觉和印象中，三十年代中期他在南京与孙望、常任侠等结社"土星笔会"时扬起的那片《诗帆》，连同"爱情的悬记"之类的吟咏声，以及"你怎么这样不珍重，珍重自己"的诘问声，早就随着岁月的流逝一起失去了影踪——时人似乎已经淡忘了千帆先生这样致力于古典并因此享誉学坛的"老夫子"，其实也是从众人一式的"少年狂"中走过来的这样一个基本人生事实。

不过是如此简单的一点文缘，竟让我就此像是在程门挂上了号一样。随后多年，千帆先生只要有新印的著述问世，总是会留给我一册，如一九九四年十二月二日题赠的《沈祖棻程千帆新诗集》（程千帆笺注，江苏古籍出版社，一九九四年八月版）、一九九六年八月自印陶芸楷书本《闲堂诗文合钞》等皆是。

令人感念的还有，一直到《程千帆先生纪念文集》（莫砺锋编，江苏古籍出版社，二〇〇一年五月版）问世，师母陶芸还记着让本栋兄捎给我了一本。她老人家大概是知道我本心里对于千帆先生的敬爱的吧？尽管在不多几次的拜谒记忆中，除了我的问候以外，她从来不多说话，往往走到一边屋里去，留下我们一老一少在书房里散漫地交谈。

由于程门弟子人多势众的缘故，闲云野鹤惯了的我，总以为自己既无立雪请益的学缘，自然也乏往来程门的资格，而且内心里确也不愿以非驴非马的身份老三老四地朝前凑，因此尽管到南大以后，一直同其门下多士保持着淡如水式的君子之交，但与千帆先生本人的往来确实并不是很密切；对于南京内外朋友们再三的求见请托，我也是能推辞则决不承应的，总是说千帆先生年高，不宜轻扰了。

虽然造邸拜访的次数不多，但是见面的机会却着实不少。

在千帆先生晚年，我在时位于南大鼓楼校区北园南楼二层的中国思想家研究中心有行政上的差事，因此，在一、三、五上午的点卯日，常常往来校园里。大概是九十年代后期吧，在南秀村入西门经过北校园前往南大门的路上，不时能见到两位老人相将着前行，那就是千帆先生和陶芸师母了。二〇〇二年三月一日，我在收录在《开卷余怀》（东南大学出版社，二〇〇二年五月版）中的《程千帆先生》一文之末，还写及这一道"夕阳红"的动人风景。

开始时只要路遇照着了面，我总是急忙趋前问安，询问两老出门所为何事。师母说，他要到校南门口的邮政所寄信，此事总是不大肯假手于人。也好，路不远，如今在家也是闲着，我们一起出来走动走动。今日读到了《闲堂书简》，才知道原来千帆先生对于通信这种传统交流方式，是何等的看重——

仅在此次不完全征集中，他致早年学生杨翊强的函（从一九七四年六月三日到一九九九年十月二十五日）、致晚年弟子蒋寅的函就各达六十九通（从一九八〇年十二月十二日到二〇〇〇年四月二十七日）！

关于《闲堂书简》，当以千帆先生弟子莫砺锋发表在今年《人民政协报》七月二十六日上的长篇读后感《密旨深衷皆肺腑，长书短简俱文章》为上乘。他写道：

> 我立雪程门长达二十一年，其间除了有两年在国外工作之外，一直伴随在程先生身边，所以他很少给我写信。现在读着这近千封的长书短简，看到程先生与各种身份、各种年龄的人们的对话，既感到亲切，又觉得新奇。而当我看到书信原件上那熟悉的字迹，以及字迹由工整清晰逐渐变为潦草模糊而体现出来的岁月沧桑，更是感慨万千！

书信中所谈中国古典文学乃至传统文化之道，自是千帆先生的当行本色，将有同行专家来各探其门道，我这里姑且搁下，只略谈千帆先生早年不多的书评实践所表现出来的两个写作特点，以及在其晚年书信中发表的有关书评见解的片言只语。

千帆先生于一九九一年致武汉大学中文系陆耀东先生的函中说："我写的新诗评论也不多，除评于赓虞《世纪的脸》外，还有两篇评戴望舒的。"原来这一时候，陆耀东

先生正忙于编集沈、程两人的新诗合集。虽然只写了评
《望舒草》（上海现代书店，一九三三年八月版）、《世纪的
脸》（北新书局，一九三四年六月版）等三篇以论诗为特色
的书评，可是当日也是诗坛一将的千帆先生的评论技巧是
娴熟的，其书评也是受到欢迎的。如《评〈望舒草〉》一
文就刊出于一九三三年十一月发行的《图书评论》第二卷
第三期，《评〈世纪的脸〉》则登载在一九三五年二月发行
的《青年界》第七卷第二期上。

　　"名不正则言不顺"，就一个成熟的读者而言，启动任
何文本的阅读，往往都是从题名开始的，由文本题名这个
信息点，大致可以把握文本的基本体式乃至若干本质性的
作文规律。书评作者如能认识到这一点，也就等于开启了
一个理想的评论视角。

　　于赓虞（一九〇二——一九六三）是河南西平人，早年
曾与赵景深先生等组织"绿波社"，是"新月派"诗人之
一，历任河南大学、西北师范大学和开封师范学院教授。
除本文提及者外，还著有诗集《晨曦之前》等，翻译有
《但丁神曲》和《雪莱诗集》等。

　　千帆先生所写《世纪的脸》一评，是在一九三四年八
月二十二日的南京写成的。他在起首就议论道，"轮着指头
一个一个数'五四'以来的诗歌制作者，我们每每容易忘
掉一些人。'沉默'，在某一些人看起来，是'消沉'的意
思；很少人把它解释成为一种转变之前的必要准备。于赓
虞先生今年出版了《世纪的脸》，并附有《序语》一篇，
带回了我们对于这位作者的记忆"。他随后指出：

这位作者的风格与情调，在国内，我们很难找出一个同它比拟的人，在国外，我们自然会想起波特莱尔的《恶之花》与其他恶魔派中人的诗集。虽然，作者似乎不很愿意担承"恶魔派"这个名词……我们只要看一看作者创作集的题名，也可以想象到他作品的内容了：《魔鬼的舞蹈》《骷髅上的蔷薇》《落花梦》《孤灵》，在这些集子中，强烈的理想追求，是一贯的，强烈的幻灭悲哀，是一贯的，强烈的伤感情调是一贯的。

为了说明诗人一贯的"伤感情调"，评论者别具只眼，通过集中排列其作品集自己的题名来示意诗人的美学趣味，这样虽然诗作者并不接受赵景深所谓的"潮湿"、沈从文所说的"阴暗"，乃至波特莱尔的《恶之花》可代表的"恶魔派"诗风之类的评语，但是他自己的某种追求和偏爱也就昭然于读者面前了。

作为一篇以印象批评为特征的书评，评论者注意到了诗人的个性、生活、思想状态与创作之间的联系，尤其关注了诗人"没有写过一行诗"的默然两年的经历，所带来的创作态度"比较地客观，冷静"的变化态势，以及由此出现在诗作中的与"作者前两期作品不同的声音颜色"，从而把握了本集诗作在意境的独造性、辞藻的平实化和音节的流畅性方面表现出来的新倾向。显然这是一篇不可多得的优秀书评之作。因此，当千帆先生晚年重读旧评的复印件之后，在复陆耀东的信中不无自得地说：

将书评看了一遍，恍如隔世，如果当时在上海而不在

南京，我也许就搞现代文学了。这篇文字还是赵景深先生
要我写的，他正主编《青年界》……

注重作者为作品集所写的自序，或者他人应作者邀约
所写的客序，以及有关人士的文艺评语，是千帆先生所写
书评表现出来的另一个特点，这是由其作为一个学人的文
学素养所决定的。

在上评中，他引用了不少取自《世纪的脸》的附文作
者的《序语》，以及洪深先生的文论观点；在评《望舒草》
一文中，他在引用了沈从文先生"批评者要理解作品的艺
术，就该明悉作者当时的生活和心性"的观点之后，对于
杜衡为《望舒草》所写的长序也给予了点评，认为："它帮
助我们了解这部诗集，能使我们看出作者的内在的心灵发
展是如何地隐现于字里行间。序者所言，虽不能免袒护朋
友之嫌，但就大体观察，还可说是很公允的"，并在文中，
先与客序作者关于戴望舒"诗风"的有关论点进行商榷。

关于这部计划由武汉大学出版社编印问世的新诗合集
的装帧，千帆先生也自有见解：

书名题字，我想不用我自己写的，你可与出版社美编
研究一下，是否可画一幅与三十年代现代诗歌风格相应的
封面，或用剪纸图案。剪纸常有对称的结构如双鱼、双花
等，可暗示两位作者的关系。我希望，书为塑胶面，软精
装，勒口，封面白底子，宋体字黑色，如用图案（剪纸），
则印成红色。

这是我的初步想法，请你考虑，美编是专家，也许他

（她）有更好的意见。我们应当尊重。（可参考当时出版的书的某些设计好的封面，当然水平比现在的低。）

后来由马重慧设计问世的《沈祖棻程千帆新诗集》（武汉大学出版社，一九九二年八月版），整幅书衣以浅湖蓝色作底，在浅绛色的封面框架内，布置书名、编者和出版者信息，饰以对鱼剪纸，封底饰以并蒂莲花，可以说是充分体现了千帆先生的想法。虽然初印才一千册，但其装帧效果是十分出色的。

由于受金陵大学乃至南京教育文化氛围的制约，千帆先生不久就搁置了创作新诗和评论新诗之笔，但是他对于书评一体依然是重视的。他自己就曾总结过："我一辈子就是两套本事，既搞考据，又搞批评"，主张"把批评建立在通过考据而得出的坚实材料基础上"。

一九八〇年夏，他在山东大学中文系对研究生们做了一个以"治学方法"为主题的讲座，其中说到萧涤非先生评郭沫若《李白与杜甫》一书的事来。他认为："萧先生的文章很有说服力，而且态度非常好。"郭著这部"文化大革命"十年中出版的"唯一一本古典文学专著"，就整体来说，"那些叙述和论证都是非常古怪的……而且，那本书的写作态度特别坏"。为什么说郭氏著书的态度"特别坏"，而萧涤非评书的态度"非常好"呢？原来千帆先生是很看重批评立场，是否站在实事求是的学术基础上这一点的。

一九九三年冬，他在一通指示自己的弟子张三夕做学术书评的函中说："书评可徐徐为之，亦不必执着于本书，能从近世学风着眼；不重视入门奠基，故多无根之谈、空疏之说，则尤可药今人之病也。张老（舜徽先生，时张三夕在其门下做博士生——引用者注）著述札记能见其大，若能从湖湘学术渊源着眼发挥之，则更善矣。"

在次年夏天接受的一次访谈中，他还明确指示道：

你们可以集合一批同时代的人共同朝一个大的方向努力，同时，你们要注意整个文化界的大动态……你们要做调查研究，在当前的文化文学领域争取并赢得发言权。可以通过发表专文或书评的方式来进行，不要限于评一本书，尤其不要那种先事吹捧，曲终奏雅，略指缺点的公式化的书评，要讨论式的，而且像荀子说的"以仁心说，以学心听，以公心辨"，这样就能吸引别人注意……还可以评论最近若干年来对国外汉学成果的介绍。这样就同广大的学术界结合起来了，一上来就要防止几个人摇旗呐喊，要融入潮流，又保持特色。

我感到，现在学术界也不无官僚作风，一些书评变成了不痛不痒油头滑脑的应酬文字。这不但是可悲的，甚至是可耻的。以前《清华学报》的书评都是很扎实、很客观的讨论。我曾经组织你们在《南京大学学报》上写过一些这样的书评，就是要提倡这样的风气……书评中讨论搞不起来，就是顾虑多。不少人甚至认为你批评我，就是攻击我，触犯了我。其实哪里是这么回事呢？

显然千帆先生要求弟子在作书评时，要特别注意对于相关的学术史渊源的考察和时代学术风尚的梳理，并认为学术书评应该表现出自己的学识和见识。他在读了日本汉学家村上哲见对其旧著《唐代进士行卷与文学》所写的书评后表示："尊评推许过当，实感荣幸，而指出便面之出班《汉》，《世说》之语不误，尤见卓识。孔子云：'益者三友，直、谅、多闻'，于先生见之矣。"

如今再回头来说《闲堂书简》其书。在其总体风格上，莫文总结指出："程先生的绝大多数书信都直抒胸臆，在毫无修饰的文字中洋溢着真情实感，读来娓娓动人……书信大多用文言写成，偶然也用白话，无论文言还是白话，都写得流畅生动，朴实无华。"

莫兄于壮年起到南京亲炙闲堂老人謦欬，随侍之余多窥其学问堂奥，且于导师生前有文集之纂，于其身后有纪念文集之编，自是不可多得的优秀掌门之士。他在文章中的种种评述，多中千帆先生书翰肯綮，举凡浏览《闲堂书简》者均不宜随意放过也。

二〇〇四年八月三十日于金陵江淮雁斋

补记： 程千帆先生于二〇〇〇年六月三日在南京仙逝，享年八十八岁。我自一九九二年十二月一日上午，以《光明日报》评论部友人李春林兄之托，初谒访谈为始，此后七八年间凡有请益，千帆先生无不循循善诱，先后有赐赠《沈祖棻程千帆新诗集》（陆耀东编，武汉大学出版社，一九九二年八月版）、《沈祖棻诗词集》（程千帆笺注，江苏古籍出版社，一九九四年八月版）和《闲堂诗文合钞》（陶芸书，一九九六年十月程氏自印本）之雅。

尚忆一九九三年十月，我正主持着《南大书友》小报。为纪念日寇侵华屠杀南京同胞五十六周年，特意选出千帆先生新诗《鼓楼》和《卢沟桥》重新发表。千帆先生为写《旧诗两首重刊题记》，谆谆告诫今天的读者："一个富强的祖国比什么都重要，没有她，就没有了一切。"

一九九五年四月，恰值南京大学又将迎来新一年度的校庆。《南京大学校报》编辑特意约请千帆先生书写寄语，于是有了他集录孙卿子语的一幅墨迹："以仁心说，以学心听，以公心辩"及"是非疑，则度之以远事，验之以近物，参之以平心"。后来这幅墨宝辗转为我收藏后，为之制作了一个镜框，时或追思时已八旬的千帆先生择此二语的用意。

一九九七年春，我代薛冰先生主编的《东方文化周刊》客座主持一个"大众人文"版，为庆祝当年度的香港回归要做一个专版，千帆先生乃以"静海前朝寺，沧桑二百年。蛮夷虽猾夏，汉帜复中天。殿宇新篁古，勋名日月鲜。凭栏望台岛，慊汝尚孤悬"一律书赠。凡此，俱见其终生不渝的爱国主义的情怀。

我在南大惊闻千帆先生去世的噩耗之后，先是偕同薛冰先生，然后又与南大中国思想家研究中心诸同事，两次致奠于设在文科楼文学院中的灵堂，在鲜花簇拥的遗像前凡六次鞠躬。尚记程门在宁弟子所拟挽联云：

绛帐留芳，汉甸江皋，树蕙滋兰荣九畹
青灯绝笔，文心史识，垂章立范耀千秋

在千帆先生周年忌辰前一月，《程千帆先生纪念文集》

（莫砺锋编，江苏古籍出版社，二〇〇一年五月版）问世。全书三十余万字，收录了各界人士及程门弟子纪念文章数十篇，挽联、挽诗、挽词和唁电、唁函，以及程千帆先生学术思想研讨会（二〇〇〇年十一月二十五日至二十六日，南京大学）纪要和言谈录，这是对千帆先生一生业绩的最好纪念。承本栋兄求得其师母陶芸女士相赠该书，至感！尚忆此前数年，时可邂逅皓首两老，携手行走在鼓楼区南大北校园的绿荫道中，趋前致意问候之后，方知是往来汉口路邮局门市部，以投寄致友生之挂号件书信也。

——此道"夕阳红"的动人风景，当时只道些事平常，然则今日又何可复睹耶？临笺不胜怀想之至。

改定于二〇一九年三月二十八日，金陵雁斋山居

『不敢不勉』的书评者
——吴小如先生的书评理念及其书评文章

　　吴小如先生本名吴同宝，原籍安徽泾县，在一九二二年出生于哈尔滨一个书香门第之家。曾用笔名"少若"，一九四九年于北京大学中文系毕业。一九九三年五月初的一天，我在业师白化文先生带领下，到吴府呈上请柬，盛邀他出席五月四日下午，在北大勺园举办的《中国读书大辞典》（王余光、徐雁主编，南京大学出版社，一九九三年版）的专家品评会。吴先生愉快地接受了邀请。

　　吴先生曾自述与沈从文、李健吾和常风三位先生之间的关系是："健吾先生是沈从文和常风两位先生的好友。而从文先生是我的恩师；常风先生则是我昔年写书评时心目中的楷模，至今我同常老还有书信来往。"不过他与李健吾先生却从未有过什么直接的交往，当年所结无非书缘。一九九六年九月，吴先生在应邀为《李健吾文学评论选》所写的序言中说：

　　缘分始于读书。健吾先生是我崇拜的人,我读过他不少书……而我最喜欢并服膺至今的,乃是他用"刘西渭"笔名写的《咀华集》和《咀华二集》。由于喜欢并由衷佩服,缘分发展了。我在一九四八年曾专为这两本文学评论集写过一篇书评,发表在当时由朱光潜先生主编的《文学杂志》上……关于那篇评论两本《咀华集》的拙文,还有两点想说明的。一是有人认为这篇文章是由沈从文先生授意,我才执笔的。这纯属臆测。这里我想顺带郑重声明:我在一九四五年至一九四八年三年间所发表的各类书评,没有一篇是由人授意的,都是有感而作的由衷之言。二是有人认为我写的这篇书评基本上还是公允中肯的。这不是我想借此抬高自己,只是为读者在阅读健吾先生这选集时做个参考。①

　　关于其执笔写书评的因缘,吴先生在《读书是求师的桥梁》一文中说:"一九四六年我考入清华大学中文系,沈从文先生嘱我为他主编的报纸副刊写文章。我寄给从文师的第一篇习作是综合书评,题为《废名的文章》,内容是对废名先生的每一本书都做出评价,当然也有一些批评的话。后来我去拜访废名先生,先生说:'你写的文章我看过了。你能把我写的书都读了,这很不容易;可惜有的地方你没有读懂。'意思说我有些批评是不中肯的。但先生并未因此对我有成见,相反,他对我一直很爱护、很关心。在先生的课堂上,我备受青睐。至一九四九年我离开

---

　　① 吴小如《李健吾文学评论选》序言,见《今昔文存》,湖南人民出版社,一九九八年一月版,第二四○—二四四页。

北大前，我在废名先生心目中始终是一个好学生。"①

对书不对人，决不因言废人，据说这是二十世纪"京派"文化的一个优点，体现在文艺批评方面，则是"无论批评与反批评都比较自由"。为此，吴先生特意说明道：

反映在《咀华集》里，就是刘西渭和卞之琳关于新诗理解的争论。就我个人的感受，我对卞之琳先生的《鱼目集》原是十分爱读的；但当我读到"圆宝盒子"不是"元宝"而是"圆"的"宝盒子"时，连我这旁观者也不禁哑然失笑了。然而论辩的双方态度都比较严肃认真，没有嬉笑怒骂人身攻击（今天通常叫作"扣大帽子"），更没有仗势欺人挟嫌诬陷。文章可读性强，读者也从中受益。

与刘西渭同时的还有专写书评的常风先生，其批评的锋芒竟触及当时的文坛权威鲁迅和茅盾。而批评的态度并非报喜不报忧，只捧场不摘谬。遗憾的是，从三十到四十年代，文艺批评领域中只有刘西渭和常风两位带有专业批评家性质，彼时写这类文章的人不是太多，而是太少了。

不过两者也有所区别。吴先生在《读常风先生〈弃馀集〉》中明确指出："就笔者私见，专门从事批评工作而品学俱备者，十几年来只有两个人"，那就是刘西渭和常风两位先生。"如果说刘西渭先生是合于理想的批评家，则理想的书评家将舍常风先生莫属。一般人总认为批评家比

① 吴小如《读书是求师的桥梁》，见《书廊信步》，辽宁教育出版社，一九九五年十月版，第二五〇页。

书评家难做，我却认为刚好相反，至少是做一个好的书评家其难并不下于一个好的批评家。"①

吴先生所言甚是，遗憾的是，连他自己也只不过写了三年的书评，直到晚年才重提旧笔，又写了俞平伯《唐宋词选释》等多篇书评。然而，至一九九九年三月初，他不免在《书评难写》一文中感慨道，由于世道人心以至社会体制的流变，"我这半个世纪前带半职业性质的写书评的人，却不得不时常为一些无聊的纠缠而爽性搁笔了……唯一息事宁人和心安理得的办法，就是不写书评。"

（上）

吴小如先生早年的书评，收录在《书廊信步》（辽宁教育出版社，一九九五年十月版）之"书评、序文及其它"和《今昔文存》（湖南人民出版社，一九九八年一月版）之"昔日书评"两辑中的，大抵是有关现代文学作家作品的评论；而《读书拊掌录》（山西教育出版社，一九九八年一月版）之"书评与书序"一辑，则主要是有关中国古代文史著作方面的评论。其余书评文章，则散见于《心影萍踪》（上海教育出版社，一九九八年十一月版）及《常谈一束》（福建教育出版社，二〇〇〇年四月版）等书中。借此分类，可梳理出其在文学书评和专业学术书评方面的作为。

四十年代后期，吴先生怀抱的还是当作家写小说的文

---

① 吴小如《读常风先生〈弃余集〉》，见《书廊信步》，辽宁教育出版社，一九九五年十月版，第三十六页。

书趣文丛

吴小如

书廊信步

辽宁教育出版社

学人文丛

吴小如

心影萍踪

上海教育出版社

吴小如先生随笔集二种

学创作梦，所以当年特别爱读小说。他在北大中文系求学期间，就听了一学年沈从文先生教授的《现代文习作》课程。沈先生对他引导和提携甚力，因此，文坛上不断问世的文学作家作品，必然成为其书评的重点对象。

废名、巴金、老舍、茅盾、萧乾、沈从文、钱锺书、师陀、冯至、顾随、张爱玲的小说，冰心的散文，李广田、朱光潜的随笔，罗家伦的诗等，都曾经纳入其阅读的视野，并终于写成一篇又一篇评论。如写于一九四七年末，刊于次年北平《经世日报·文艺周刊》的评萧乾小说《梦之谷》，就是典型的一例。在这篇文学书评中，吴先生坚持从作品的文本出发加以恰当的分析和议论，最后结论于称道作者"运用艺术技巧时的身手"和"安排结构时的匠心"，以及作品所给予"我们的教训"——

想从一个失恋的故事背后暗示给我们，这个社会里尚存余着若干不合理的现实……过去这现实使若干人沉沦，毁灭；现在、将来，也还需要更多的男女去填补这空白，这永远填不完的残忍酷烈的空白。《梦之谷》里的梦境，不过是一个牺牲者的横剖面，一个短而又小的挣扎的涟漪。往大处说，往远处看，这里面不止蕴蓄着多少罪恶的渊薮，而且更酝酿了多少兴衰隆替的世相。一个老大民族所以衰弱的症结，一个封建势力所以依然巩固的原因，在这儿都可找到它的剪影。①

① 吴小如《读萧乾先生〈梦之谷〉》，见《书廊信步》，辽宁教育出版社，一九九五年十月版，第十八—二十四页。

吴先生的书评，颇得常风书评及刘西渭书评的技巧。如他在《读师陀〈结婚〉》一文中说："如果人们不是健忘的话，总该记得刘西渭先生在十年前对《里门拾记》曾有一篇恳切周至，同时也十分公允正确的批评……为了与芦焚先生的作品做综合比较，那篇批评中举了另外带有浓烈地方色彩的作家的作品为例，一本是沈从文先生的《湘行散记》，一本是艾芜先生的《南游（行）记》……根据刘西渭先生的批评，我们知道，沈、艾与芦焚之间明显地有着不同方向的趋（取）舍，功力的深浅也不尽似。然而毋宁说，刘西渭先生所以不用其他的书而专把这三本书作比较，正是他承认这几位作家的作品毕竟是有若干共同之点的。为了行文的方便，现在不妨仍用沈从文和艾芜两位先生的写作态度与作品风格引申而比较之，作为探讨师陀先生新作《结婚》的桥梁。"①

吴先生的书评颇善运用比较手法或者比喻手法，来分析和把握一个作家的创作风格，从而发表为自己所独有的读后见解。试看两例：

在新文学领域里，首先对孩子予以十二分热诚的礼赞者，要算冰心女士。其后，叶圣陶先生也很注意这方面的许多现实问题。不过他们或她们所写所说，大都偏重于母爱，以及手足之爱，扩而充之，还注意到家庭生活和儿童教育等，却很少写到孩子们本身的朋友情谊。而巴金先生

① 吴小如《读师陀〈结婚〉》，见《今昔文存》，湖南人民出版社，一九九八年一月版，第一一三——一一四页。

的近作《还魂草》，却明显地、直接地写出了孩子们之间的浓烈友情，给抗战时期的文坛添了一朵至可珍重的新葩。

（《读巴金〈还魂草〉》）

自有新文学以来，以散文名家记景擅胜者颇不乏人。如果说，朱自清先生的文章像小家碧玉，从温存朴素中露出天真的妩媚；则俞平伯先生，恰似抑郁春闺的少妇，从苦闷中吐露着婉娈的风光；而郁达夫先生则如颓放于山巅水涯的酒人，从不拘束中显出落拓的兴致。那么，萧乾先生，便活脱是一位跌宕生姿、斜看绮霞的公子哥儿，在傲岸的神情里透出一股温文之气，隽永而流走。尤其那份儿倜傥英俊的才华，使他在所写的事物中间平添了多少活力。这活力，就是作者文章"时间的防腐剂"。

（《读萧乾〈人生采访〉》）

当然，运用比较或比喻的手法，对一个乃至一类作家的某种创作风格做解析和类比，是必须以书评家充沛的阅读量为基础，以宽广的知识面为前提的。少年时即爱好文学杂览的吴先生，恰好把自己这方面的优势结合到了文学书评写作上，所以备见其胜任愉快。

《读书拊掌录》集中有十二篇书评，是当年所写有关古典文史著作的：朱自清《诗言志辨》《经典常谈》，俞平伯《读词偶得》《清真词释》，郭沫若《十批判书》，傅庚生《中国文学欣赏举隅》，萧望卿《陶渊明批评》，周予同《朱熹》，陈登原《金圣叹传》，萧士玮《春浮园全集》，蒋春霖《水云楼烬余稿》，以及青木帖儿《元人杂剧序说》，可见当年涉略之广。

吴先生的学术书评，常常通过对有关著述做细致的学理分析，然后指出该书作者的专业建树和学术缺失，进而勇于发表其个人因之获得的启迪和见解。如评俞平伯《读词偶得》结末的话就是典型一例：

就我个人读书态度说，一向是对考据头痛的，过去平伯师曾时加针砭，认为考据本身固须学力，而考据之所以存在，亦有它不可磨灭的道理。即平伯师自己，也颇致力于考据，虽然尽人皆知平伯师是位讲欣赏的专家，近来我于听平伯师讲课时乃悟到考据究竟是重要的。盖如考据得不到家，欣赏的路也就容易阻梗，考据得愈精，欣赏时始愈知古人遣词设意之工巧之难。《读词偶得》便是代表此一趋向的最大证明。于是我戏名之曰"考据的欣赏"，而以刘西渭的《咀华集》为"欣赏的考据"。盖必"欣赏的考据"才不至使人头痛，亦唯有"考据的欣赏"，才能是在真正刻画入微的欣赏，如《读词偶得》所收的效果。[①]

书评家尽可在评论他人的著述中充分发表自己的学识和见识，但切不可固执己见，自以为是。吴先生早年受文坛风习影响，颇以"趣味"和"性灵"作为衡文的标准。在评介萧士玮《春浮园全集》中说："我始终是提倡风趣的，却并非教每一个人都做魏晋玄谈家，风流固然佚群，却是一群废物。而是认为能做大事业者，必须他本身有点小趣味的培养，才能有其成大事业的轮廓。换言之，小趣

① 吴小如《读俞平伯先生〈读词偶得〉》，见《读书拊掌录》，山西教育出版社，一九九八年一月版，第二十三—二十六页。

味之养成，也正是做大事业的张本。"①

他曾不遗余力地贬责"考据之学"，张扬"辞章之学"：

我相信，治文学所应走的路，单凭饾饤的考据或渺茫的创作是不够的，到终结，还该回到"欣赏"和"了解"古典作品这一条路上来……这本小书，不独可作为专门读物，可用来当作纯文学的作品看，即此已足证"文学批评"也应该符合于"文学作品"的条件与标准。晚近写散文的人，能于绵密深厚、委曲周至中得疏宕空阔之趣者，除萧先生外还真不多见。

（《读萧望卿著〈陶渊明批评〉》）

希望今后治文学的人，既须利用古人遗产，从事于探讨钻研；更须从"性灵"方面着手，不惟识古人真精神所寄，且可免去游谈无根之积弊。倘能将古今中外的精心杰作取而熔铸于己，成为自我血肉，则中国文学的前途，才有真正出路。屏（摒）斥前修成果，专务以琐细为学问，总归是行之不远。说得重一点，难免要自取灭亡。这实在是治文学的人值得注意的事也。

（《读傅庚生〈中国文学欣赏举隅〉》）

在整整半个世纪之后，吴先生却于《读傅庚生〈中国文学欣赏举隅〉》一文的"附记"中自我评说道："此文……确为不成熟的少作。当时立论偏颇，对考据之学心

---

① 吴小如《读萧士玮〈春浮园全集〉》，见《读书拊掌录》，山西教育出版社，一九九八年一月版，第八十三页。

存反感，而有志于从事辞章。及人到中年，自己也转而治考据之学，拙著《读书丛札》之成，便为明证，固难自圆其说……然则半个世纪前之妄论，纯属脱离实际之空谈。"①

勇于承认自己在专业领域中的无识少知乃至妄知误识，固"书评家"者题中应有之义也。

（中）

作为一位书评家，吴小如先生有关书评本体的学术见解，几乎都是通过评论其他几位书评家的代表作而发表于世的。他先后评介过刘西渭的《咀华集》和《咀华二集》（一九四七年十一月），常风的《弃馀集》（一九四八年二月），评介过《龙应台评小说》（一九九三年十一月），为《李健吾文学评论选》写过序言（一九九六年九月），在这些篇什中，他多次发表了自己有关书评的精湛见解，并表达了他对中国书评发展方向的期许。

早在一九四六年秋，吴先生在评论钱锺书的《人·兽·鬼》时，就曾发表议论道：

书评的责任是评"书"，不是评"人"。不过书有作者，为了认识书、了解书，不能不说及作者，尤其是作者与书的关系。古人已有读书须"知人论世"的准则，在今日依然需要。然而一涉及人的问题，就难开口……盖作家

① 吴小如《读傅庚生〈中国文学欣赏举隅〉》，见《读书拊掌录》，山西教育出版社，一九九八年一月版，第四十五—五十一页。

永远喜欢人们说他的文章的好处。留心近十年来文坛动态
的人，不会忽略刘西渭先生的《咀华集》。但你一翻开那
本小书，就可找到好几位作家为了辩护自己的文章而向刘
先生责难的文字。这无疑是说他批评得不对。然而批评者
出于公心，又不能因此不说……①

　　一年后，吴先生索性拿起笔来，写下了《读刘西渭先
生〈咀华集〉〈咀华二集〉》一文。他首先不吝于致以"崇
高的评价"。他认为，两书是"三十年来文坛上，属于批
评部门的头一个宁馨儿"，是一部前无古人、后无来者的
"佳制"；两书"建立了若干文学理论，发挥了不少创作经
验"，尤其可贵的，是积累了作者的心得而使之成为不刊
之论；至于评论文章之琳琅璀璨，"足以成为第一流的文艺
作品"，并使得被论者所评论到的作家作品借以"传世"。
　　接着，吴先生首先指出刘西渭的批评态度之可为人取
法，那就是"诚恳、精细、慎重、温和，却也痛快、硬
朗"的作风，以及"一种不虚伪护短，不矫情干誉"的
"谦撝"。为此，他特别欣赏刘先生写在《咀华二集》跋语
中的"一个批评家有他的自由……对象是作品，作品并非
目的。一个作家为全人类服役，一个批评者亦然：他们全
不巴结"。他认为：

　　有《咀华集》作者的态度，乃可以为批评家。也唯其

────────

　　①　吴小如《读钱钟书的〈人·兽·鬼〉》，见《今昔文存》，湖
南人民出版社，一九九八年一月版，第八─九页。

是这样的批评家写出来的文章，才能收到他预期的效果。在两本《咀华集》中，凡是指摘作家与作品的疵累时，其遣词造意，都极谦和中肯，使闻之者足以为戒。即使有未能恰中窾窍的所在，由于态度的诚恳持重，亦能使人有"言之者无罪"的宽恕。最难得的，乃是能使处于第三者的读者们心悦诚服，钦其公平，爱其允恰。罗列是非以求佐证于读者，窃谓是批评文章所以不朽的大关键。

其次，吴先生指出刘西渭评笔的两个艺术特征："文词的丰饶"与"技巧的熟练"，善于以生花妙笔"推挽"读评论者的"思路"。他说：

我尤爱他对一本作品下批评时，用缜密流畅的笔致"曲绘心得"的所在。那不独可以启发读者的智慧，滋润读者的心灵，而且最能帮助读者懂得如何欣赏作品。加上作者的感情肫挚，文思空灵，笔力沉著，陈义高远，再配合了他那不亢不卑的风度，成竹在胸的见识，犀利中肯的眼光和妥帖自然的辞藻，那些可"咀"的英"华"，真令人"读之千过，口颊犹香"。

在晚年应约为《李健吾文学评论选》所写的序言中，吴先生说，尽管自己不想再重复其当年在评论《咀华集》时的种种观点，但是有两点重要意见，却是他认为"必须补充"的。这与其说是"补充"，还不如说是重申：

其一，半个世纪以来，我们确乎极少看到有使人爱不释手的精彩绝伦的文学评论之作，使人读了就像读创作一样既给人以理性上的启迪，又给人以美感上的享受。两本《咀华集》却恰恰不是这样。我以为，其差异的关键在于：写评论文章（包括一般书评）不仅要有个人独到的见解，而且更须有自己独立的见解。也就是说，作者既不迎合迁就世俗凡庸的肤浅舆论，也不随波逐流追新潮赶浪头，凭借某种门户派别之见以为奥援，倚仗一种外来的声势为自己张目。只有这样的评论才能长远站得住脚，才能使后之来者心悦诚服……

其二，写文学评论、文艺批评乃至一般书评，我始终认为，其本身就应该是一篇篇完美而绚丽多姿，能体现作者个性与风格的好文章……两本《咀华集》与上述古人诸作自然不尽同源，但是作者下笔之初，确是有意识地把这些批评文章当作"美文"来刻意精写的。而今人，在这方面注意得却远远不够。①

对于刘西渭文学批评的缺点，吴先生也曾依据自己的体会予以指陈：一是在《咀华集》中带有的浓厚的"洋绅士"风度，尤其是在旁征博引时，实未脱掉的那种沾沾自喜的"法国头巾气"；且往往对作品的是非优劣精粗缺少评骘。所喜这两种毛病到了《咀华二集》中，已经"濯尽铅华，无复昔时情调了"，在斐然的辞藻上，变得"比较素朴多了"，而且更把借题发挥的瑰丽文字，落实到了"言必有

① 吴小如《李健吾文学评论选》序言，见《今昔文存》，湖南人民出版社，一九九八年一月版，第二四〇—二四四页。

物"四个字上，因此，在继续保持"吐茹绵密的风格"之外，更多地形成了"以理胜、以气胜、以质胜的"文体特点，于是"那娓娓谆谆的说理，不以绚烂的辞藻堆砌，而用明白苍劲的口语阐述，弥足以见出作者的火候与匠心"；二是存在于《咀华集》里的"偏见"，以及即使在《咀华二集》里，依然存在的"过于夸炫自己"的逞才华露锋芒之处。①

（下）

吴先生曾经回忆自己得识常风先生，是在一九四七年《文学杂志》于北平复刊以后，当时由朱光潜先生担任主编，常风襄理。"我在《文学杂志》上发表的几篇书评，都是经常老审读的。一九四八年，我受从文师之嘱，于业余编《华北日报》的'文学副刊'，经常与常老在稿件方面互通有无"，"未几，朱光潜先生又接手主编天津《民国日报》文艺副刊，实际仍由常老主持笔政，我在那个副刊上也发表过几篇书评。"②

在《读常风先生〈弃馀集〉》中，吴先生首先提出的仍然是批评态度问题，他强调："除了基本的修养之外，批评家主要应具有的态度必须是郑重的宽容……只有宽容才能鼓励起作家的勇气，也唯有宽容，才能唤起读者的同

---

① 吴小如《读刘西渭先生〈咀华集〉〈咀华二集〉》，见《书廊信步》，辽宁教育出版社，一九九五年十月版，第二十六—三十二页。

② 吴小如《我与常风先生的过从》，见《心影萍踪》，上海教育出版社，一九九八年十一月版，第三十二—三十三页。

情"，"批评家的任务在于指导作者和读者，并不是专事责难与挑剔。"他认为，一颗"真挚的同情心"，是批评家所不能或缺的。而既有着"基本的修养"——"文学观"，又把握着"很准确的批评尺度"的人并不难找，可是兼有着"宽容态度的人"则太不容易寻觅了。有之，则十余年来唯有刘西渭和常风先生两人。

吴先生在读了常风所写《书评的限制》一文后，所获得的最大启迪是，"我从这一段话里找到写书评更困难的所在"了，就此他发表了一篇自己的书评观：

书评家固然不容易做到"灵魂的探险"，但他必须做到"灵魂的检阅"。"探险"的对象是一两个，"检阅"则是大批的。唯其书评当"质"，他就得言之有物。唯其他得替读者抉择，向读者推荐，什么新书该读或不该读，他必得郑重、准确，尤其眼光非犀利见解非透辟不可。看上去一个书评家的基本知识与训练不必如批评家那样渊博精深，实际上书评家的"渊博"正不让批评家，不然他将无从进行他的工作。同时，丰富经验的归纳也就代替了批评家的精深。批评家侧重劳心，书评工作却是心力兼重。何况，"他们都需要了解那作品作者创作的历程"。批评家固然所注意者大，可是书评家不但大者不能放过，而且还得把枝叶和琐细末节都要弄清楚。

唯其"书评者无选择"，书评者乃更难于批评家。盖书评家不但吃的得多，胃口得好，消化力得强，还得尝出酸甜苦辣，品出仙凡雅俗，甚至还得说出哪一样过点火候，哪一样短点作料。批评家是比较单纯的，科学的，书评者则是多方面的，无所不包无所不容的。有时书评者反如批评家来得爽快，反正"合于道者著之，离于道者黜去之"，其态度尽可不如书评家来得宽容。而书评者除了无所不知无所不尝之外，还得"宽容"地指给作者和读者一条比较切实可行而通情达理的去路。批评家的对象也许仅及于作者，书评家却不能把对象只集中于读者，至少他对作者提出的意见总要使人能心悦诚服。

不过，吴先生也赞同常风所说的"书评"的"品"要比"批评"来得低的说法，认为"一篇书评不如一篇批评易于传世垂后"，何况，书评太"质"了，又不免沦于"商业化"，加以如上所述的诸多限制，那么写书评"更是一件吃力不讨好的事了"。

正是如此这般的欲扬先抑，当吴先生提出常风的书评足以令其"仰止"时，我们也就备感信服了。他分析并指出常风书评的三种"方法"云：

第一种是把一位作家的创作历程进行纵剖式的检讨，以所要批评的书与作家已经问世的旧作比较，看来有什么进步或退步。这方法大抵用于批评老作家的作品，如老舍、茅盾。

第二种是把性质相近的作者与所要评论的对象进行横剖式的综合评量，除了看到彼此间的异同，还可见出每一位作家的优缺点究在何处。这方法于批评当时（三十年代）新进作家如张天翼、艾芜等人的作品时用之。

另一种则是在介绍一本译文或某种理论时，一面分析作品内容，一面以自己的见解论证之。若所评之书为选本，则对编选者的取舍标准特别注意，加以肯定或针砭。这种谨严而平易的写法称得起不蔓不枝，足可为后来人取法。①

吴先生认为，常风对于作家作品的态度颇为"宽容"，但发表出来的书评见解，往往十分透彻而精辟，且不乏"严肃的指摘"，而且往往是独到的。对于常风书评的缺点，他唯一指出的，是其文字失之于"质"，过于质朴、质实、质直的文笔，使其文章"往往写得很短，显得局促，收处不免突兀，同时辞藻也不够蓊郁"——这在潜意识里，恐怕是相对于刘西渭作文时那种"绚丽多姿"的风格而言的，其实"铺采摛文"与"抒写性灵"，未必就是常风当年所愿意追求的。

吴小如先生的《读刘西渭先生〈咀华集〉〈咀华二集〉》写作于一九四七年十一月，而《读常风先生〈弃馀集〉》完成于一九四八年二三月间。这都是作者已经有了一年多书评写作实践以后的作品，虽亦是其"少作"，却也有了相当成分的成熟。因此，他在后文的篇末加写的那段"题外的话"，或者可以看作为他对于自己所写书评经历的总结陈词：

我近年所写多属于书评，虽有时好说到书本外面去，

---

① 吴小如《读常风先生〈弃馀集〉》，见《书廊信步》，辽宁教育出版社，一九九五年十月版，第三十四—四十页。

但总以所要评论的书为主。至于一本正经地写有建设性的文艺批评，却从不敢动笔。盖宁使其有余，不欲使其不足。所以充其量我只是一个"不敢不勉"的书评者而已。

唯一的希望，乃是想在文字结构与作品风格上有所尝试，能够把书评里加进一点抒情气氛与活泼情调而使之"文"一点，就于愿已足了。至于写书评的动机，实是受了常风先生的影响，那是自一九三七年读《文学杂志》时即已酝酿着的了。

在文末，吴先生还表达自己的愿景道，近来很想"力求宽容别人谦抑自己，竭力用态度的冲和来弥补学识的不足"，"我真希望有那么一天，能从经验的积累中寻得一条比较明确的批评者的路，那时，或许会有胆量来写一篇算得'心灵的探险'的文艺批评了"。①

一九五一年秋，吴先生到燕京大学国文系做助教教起书来了，也就因此扑灭了自己当作家的"文学梦"。他说："这才闭口不谈创作，一心妄想挤进学者行列，分享'学术'的一杯羹了。"他认为："做学问诚然必须读书，而读书却不等于做学问"，② 于是无论是"心灵的探险"，还是"灵魂的检阅"，自然都不在他的话下了。

在一九九三年十一月定稿的《龙应台和〈龙应台评小说〉》中，吴先生认为龙应台的小说评论，"严肃认真而且

---

① 吴小如《读常风先生〈弃馀集〉》，见《书廊信步》，辽宁教育出版社，一九九五年十月版，第四十二页。
② 吴小如《漫谈我的所谓"做学问"和写文章》，见《书廊信步》，辽宁教育出版社，一九九五年十月版，第二二三页。

力求公允",说这部书评集给他留下了"极为强烈的印象",感到在台湾,"像龙应台女士这样写书评的作者以及她所写的书评,既严肃认真,以理服人,同时又敢于毫无顾忌地直言不讳,也是不多见的"。他为此声援道:

我感到应台女士写的书评太咄咄逼人了,几乎极细微的小毛病也不放过。其实道理也很简单,书评本应该这样写,犹古人所谓的"春秋笔法",该褒就褒,该贬就贬,只要你"言之成理,持之有故",即使措辞严厉,用语尖锐也是允许的。只要作者爱憎分明,持论公允,却又不乏与人为善的动机,自能使读者(也不排斥勇于改正错误、接受批评而不文过饰非的原书作者在内)心悦诚服。退一步说,批评、反批评和自我批评,都是正常现象;求同存异,或彼此保留甚至坚持自己的意见,也是完全允许的。

吴先生进而联想到八九十年代时常刊载于报章杂志的各色书评:"品种和数量虽不少,作用和影响却不算太大,同时也没有出现过去像刘西渭写《咀华集》《咀华二集》那样具有权威性的书评专著",究其原因,"无非捧场抬轿子者多,摘谬说真话者少;八面玲珑,圆熟无棱角者多;实事求是,严正有锋芒者少。多数是隐恶而扬善,报喜不报忧,甚至'戏台里喝彩',无异于代作者做广告。有的甚至以书评作为文坛登龙有术的一种特定方式"。①

———————————

① 吴小如《龙应台和〈龙应台评小说〉》,见《书廊信步》,辽宁教育出版社,一九九五年十月版,第一〇〇——〇二页。

据吴先生自述，他于四十年代后期所写书评总数有数十篇。但先后找出来编入《书廊信步》《读书拊掌》和《今昔文存》等集子中的，却仅有半数。他回忆当年写书评时的两条守则："一是言必由衷，只说自己的话，不攀附或盲从任何人；二是力求立论公允，即使是自己所曾受业的恩师，对他们的作品也不一味揄扬赞美，我认为好就说好，认为不足就径直指出。这两条规定一直保留到今天，因此一生得罪了不知多少人。"①

是其是，非其非，临文不讳，实事求是，这与其说是吴先生的自责，还不如说是他的自负。吴先生的自负，基于其为学的自信。一九八〇年秋，他在《漫谈我的所谓"做学问"和写文章》中说，自己写学术论文或读书札记所抱定的两条宗旨，"一是没有自己的一得之见决不下笔。哪怕这一看法只与前人相去一间，却毕竟是自己的点滴心得，而非人云亦云的炒冷饭。否则宁缺毋滥，决不凑数或凑趣"；"二是一定抱着老老实实的态度，不哗众取宠，不看风使舵，不稗贩前人旧说，不偷懒用第二手材料。文章写成，不仅要言之成理，首先须持之有故"。他提出："要自信，却不可自命不凡；要虚心，却不该心虚胆怯。"②

然而，毕竟是给尚未经历过时间考验的"新书"做批

① 吴小如《今昔文存》自序，湖南人民出版社，一九九八年一月版，卷首。
② 吴小如《漫谈我的所谓"做学问"和写文章》，见《书廊信步》，辽宁教育出版社，一九九五年十月版，第二二三页。

评,① 而在身份上又必须"为读者先"的书评家之易于冒险犯难，也就因此可知。一九九七年四月底，吴先生在北京大学家中校定《心影萍踪》后写道：

> 收入我最近编定的几本小书中的旧稿（自一九四五年至一九四八年）远非我"少作"的全部。有些书评确已过时（因为所评之书今天早已失去时效，连带着使那样的书评也成为无的之矢），无须重新面世；有的文章则至今尚未找到。值得沾沾自喜的，乃是在已收入本书的旧日书评中有些看法竟与时贤高见不谋而合，如穆旦的《诗八首》，至今仍列为大学教材，给以较高的评价。但愿我的旧作能供今天的读者作为不无用处的参考资料。②

这是在半个世纪以后，吴先生对自己当年书评作品的一种检视——书评文字"不易传世垂后"的风险度之高，与得以"讨好作者及出版者"的回报率之低，恰成鲜明强烈的对比。因此书评家之选评书籍，命笔用墨，可不慎乎，可不慎乎！

　　　　　　　　　　二〇一九年七月八日，于金陵雁斋山居

---

① 吴小如《今昔文存》自序，湖南人民出版社，一九九八年一月版，卷首。

② 吴小如在《心影萍踪》的自序中说，"这里所编入的二十篇书评，所评诸书绝大多数皆出自现代作家中的大手笔，而在当时，它们大都属于'当代文学'……"见上海教育出版社，一九九八年十一月版。

南开园里一『智叟』
（外一篇）
——读邃谷老人随笔，说来新夏先生

　　每当收到来新夏先生寄自津门的新著，总有种该立马提笔写一写这个勤奋笔耕的老头儿的冲动。可冲动了好几年就是没有马上付诸行动，雁斋书橱里积累下来的来自邃谷老人的赠书，眼见着已是书脊挨着书脊地排成班列成队了——积重难返的结果，是连通读一遍的决心都不敢有，遑论开笔评书了。

　　偶然在外场邂逅鹤发童颜的老人家，只是在心中暗唤惭愧，连话都不敢朝那签赠书上多说。何以故？先生长我约四十岁，怕他出口那诙谐的话把自己给"挤"着了："老朽我把书都写出来了，你这'少壮'连篇文章都写不出来？"

　　不过存着一分心、欠着一份情也好，这不前年暑假到合肥访书，居然就在旧书堆里找出了一册宋毓培先生的随笔集《文史杂笔》（黄山书社，一九九七年十二月版）。毫

不犹豫地把它收入书囊的原因，是因为其中有一篇千字文《心中敬仰的来先生》，它为我提供了来自另一个视角的来先生"形象"：

一九六二年至一九六四年来先生担任我班的"历史文选"和"写作"两门课程的教学任务，是我在南开五年学期中任课时间最长的教师之一。先生是浙江萧山人，身材魁梧，善于言谈，而且声音洪亮。他为人谦和，治学严谨，勤于教学，在同学们的心目中是最受尊敬的老师之一。他授课的重点突出，给我的印象最深，启示亦大。

首先在于他具有极渊博的知识，在课堂上总是旁征博引，给人以丰富的知识享受。有时为了解释一句话或者一个典故的出处，他花去的时间比讲正文要多几倍。我们总是越听越爱听，不停地记录……他的讲授不仅课堂上的学生爱听，连外系的学生有时也被吸引过来，在教室门口的走廊过道上常常挤满了物理系、数学系喜爱文科的学生，他们同样在倾听着先生滔滔不绝的讲授。

先生授课的另一个特点是勤于板书，善于板书，学生们对传授的知识能领会和吸收。他的粉笔字写得极好极快，在我所见到的老师中，还没有一个人能比得上他。他的字体遒劲、美观，看到它是一种很好的艺术享受。粉笔在他手里就像使用毛笔那样得心应手，要重则重，要轻则轻。我记得我班有好几个同学常常课后学着来先生练习粉笔字。

宋先生说，还有一点也是他至今所不能忘怀的，那就是来先生当年的表情"虽然显得有点威严，对同学却很和气，和同学们总是打成一片"。

如今推算上去，那时候的来先生其实并不老，不过是我现在这个才过"不惑"的年龄，可是他就已被学生那样地敬仰推重了。到二十世纪八十年代中期，我首次在国家教育委员会文科教材办公室编审一处的大办公室见到来先生时，相比较我北大系里的那些个教过我们课的老师，似乎显得他要"老"上个一辈半辈的样子，不过步履中威仪犹在，说话时中气颇足。

记得他进得门来，便声称找的是我们"办公室"（我当时工作的"国家教育委员会文科教材办公室"，是一个司、厅级单位，我在其下辖的编审一处做科员）的主管领导，这话直率得让热情好客的湖南籍女处长顿时好不尴尬，而我们这些副处长手下处长脚边的机关"小萝卜头"，更在此"声威"之下面面相觑，不敢接谈一语。只在心里琢磨着，究竟是何方神仙驾临我们这个小庙？过后方知，他就是南开大学的图书馆馆长、知名历史学家来新夏教授。

深入一些地认识到来先生的"和气"，是在我次年初夏奉差南开大学以后。

也许我此行叙起了在大学读书时，曾经投书请教他目录学问题的"旧"，十分讲究师道之尊严的来先生，便从此以"小友"相视了——不过这是在时隔近廿年后才得知的信息。因为今年初春，他为我的一个随笔集《苍茫书城》（河北教育出版社，二〇〇五年五月版）所写的序言中，提到了这件往事。而我记忆深刻的却是，那天下午他热情地邀我到其邃谷观书，顺带在其家便饭小酌的那番情意，以及他自书的《邃谷楼记》和两边的联语："旧学商量

加邃密，新知探求转深沉"。经过半天的面对面交谈，才
知他其实是很善于应酬人安排事的，尤其难得的好处是腹
笥丰富，谈吐儒雅，让人如坐春风，或如聆秋籁。

与来先生的交往，就此多了一些起来。

不过我在国家教育机关办公室做一个科员，人微职
低，并没有帮过他的什么忙，有时甚至连一点排难解忧的
作用都发挥不了。但他却不以为忤，曾经提醒我不要身在
机关，把自己的那点专业研究兴趣给"放"了。这对一个
刚刚误入似海侯门，四顾茫然正不知此身何寄的小公务员
来说，不啻是汪洋人生中的导航语。且以来先生当时的学
术地位和社会阅历，对余做此谆谆诚语，我确是心存感激
并将之转化为读写动力的。记得他还曾在他当时主持的
《津图学刊》上刊发过我几篇习作，那些东西有的就编进
了我的第一部读书随笔集《秋禾书话》（书目文献出版社，
一九九四年十月版）之中。

邀请同行专家出席教材编审会，并发表对所评审的教
科书初稿的意见，是当年我们机关的主要业务内容。我在
机关的几年间，走过多少大学校园，见过多少同行和不同
行的学者前辈，由于当日懵懂，不知通过每日记录人生的
经历和感悟，所以至今已是说不清楚那些细节了。

不过还记得当年的一个灵感：一九八六年七月，我到
苏州大学主持由潘树广教授承办的《社会科学文献检索》
教材讨论会，忽然就想写一篇《万里寻师问学记》了，写
一下我大学毕业两年多来"转益多师"，并向社会大课堂
求知进学的收获。当年那一组文章若终能写成，那么来先
生和潘先生两位正是我心目中要写的对象。换言之，也许

正是我从他们那里学到了在校园里和课堂上学不到的东西，才萌生了写那种文章的想法。可惜苏州会后即就近回乡探亲，一番行色匆匆，灵感也就化为泡沫了。

下决心离开国家教育行政机关，调动到南京大学搞业务，也曾征询来先生的意见，他对此是坚决支持的，这当然也添加了我南行的几分毅力几分决心。一九八九年十月，我调入南京大学出版社工作以后，打拼在岗位，埋首于书堆，有一段时间向先生请益得少了。直至三年前我回归到图书馆学专业以后，才在南京、宁波、海宁、嘉兴，尤其是今年五月中旬的天津，有了不少侍座追随并从容问学的机会。

来先生虽然退休了好多年，可是文章一篇接一篇地见报，著作一本复一本地上市，尤其是那学问一层摞一层地在腹，文教界岂能把他忘了！于是他仍时常应邀在学术的江湖上走动走动，开开会，讲讲学，看一看，说一说。虽然走路蹒跚起来了，但这两年有新师母焦静宜老师扶持着，也就让人比较放得下心。至于"来老来老，您要老来老来"的热情乡谈，让旁人听了都感到心里热乎，更不必说他自己精神上的那番受用了。

自从来先生的第一部随笔集《冷眼热心》（东方出版中心，一九九七年一月版）问世以后，近十年间他的随笔文章已近千篇，先后出版了《路与书》（中国青年出版社，一九九七年七月版）、《依然集》（山西古籍出版社、山西教育出版社，一九九八年二月版）、《枫林唱晚》（南开大学出版社，一九九八年十月版）、《邃谷谈往》（百花文艺出版社，一九九九年三月版）、《且去填词》（天津古籍出版社，二〇〇一年十二月版)、《出枥集》(新世界出版社，二〇〇一年五月版)、《学不厌集》(海峡文艺出版社，二〇〇四年七月版)、《邃谷书缘》(河北教育出版社，二〇〇五年五月版)等，其中《一苇争流》(广西人民出版社，一九九九年五月版)、《来新夏书话》(台北学生书店，二〇〇〇年十月版)是他历年随笔作品的自选本；《只眼看人》(东方出版社，二〇〇四年十月版)则是一部专门的历史人物随笔选。他是珍惜自己的文字如同儿女的，曾经真情流露道："面对这些如亲生儿女般的篇什，我似乎回归到依然故我的纯真境界。"

在一九九九年春所写的《衰年变法》中，来先生说：

我随着共和国走过了整整半个世纪的漫长路程。这五十年，我经历了两个阶段。前三十来年，从"忠诚老实""三大革命""整风""反右""大跃进""四清"，直至"十年动乱""运动"不少，我不是当运动员，就是当啦啦队，紧张得透不过气来。特别是一九五七年"反右"，不少人原本是应邀随便说说，哪知道一言既出，驷马难追，招来了几十年的灾难。于是"慎于言而敏于行"，近三十年的大部分光阴就这么度过去了……八十年代，我以花甲之年，进入第二个青春期，看到人们多从心有余悸的状态中逐渐苏醒过来，说自己的话，写自己的文章……经过摸索探求，我找到了随笔这样一种表达形式，于是我开始学写随笔，我要写自己走过的路，读过的书——我读的书不仅是用文字写的书，还读大千世界芸芸众生的无字书；我走的路不仅指地理概念的路，也包含拖着沉重脚步，跌跌撞撞走过的人生道路。我将以动乱纷扰后的冷静，写观书、阅世、知人之作。

上述随笔书目正是其"变法"后的一系列成果，也是一个学人把自己的学问回归到知识本体以后，对社会的文化反哺。

二〇〇二年春，在来先生八十华诞庆祝之际，以"邃谷弟子敬贺"的名义问世了《邃谷文录》（南开大学出版社，二〇〇二年六月版），这是作者的自选文集，卷首冠以《烟雨平生——我的八十自述》，插图有历年生活和学术活动照片、著述书影选。书分四卷，装订为上、下册。第一卷为"历史学"，第二卷为"方志学"，第三卷为"图书文献学"，第四卷为"杂著"，编为《邃谷书话》（分藏书、读书、论书、书序、书评、读书笔记六类）和《弢盦随笔》（含心境、世情、益智、人物、萍踪屐痕五辑）两种。附录有《自订学术简谱》。

本书集中展示了来先生此前在上述各领域的代表性成果。他在卷首说明中表示：

《邃谷文录》是我从事历史学、方志学、图书文献学诸方面研究的成果和另一些杂著的自选集。时间跨度是从一九四一至二〇〇〇年的六十年间（其中六十至八十年代由于众所周知的原因，学术研究几近停顿，形成二十年空白，应说是四十年间）……所收论文和专著是从我全部七百余万字著述中，由自己亲加选辑的。自选文集既可以对以往学术工作做一总检阅，又能在一定程度上体现个人思想与观点，或胜于无所不收的"全集"和由他人代选的文集……如果有人指出我的瑕疵，那是让我在垂暮之年获得改正错误的机会，我将非常感谢。

来先生的随笔，总是能够给人以知识的享受、学识的诱导和见识的启迪。就知识性而言，仅仅其集名就多含典故，破译其书名寓意即为开卷求知一乐，更不必说流淌在全书正文篇章间的真知了；他的文章选题或论史或道今，或评事或品人，总是依托着其丰厚的史学积累，往往言从史出，食古而化，述往足以讽今；更有一层好处，他在笔墨言论间，常常熔铸着自己人生的历练、阅世的心得，因此思路活泼，文风诙谐，出口多莲花，落笔成锦绣。因此，读他的随笔集，不能放过了这种领略汉语言文字丰富魅力的机遇。

读来先生的随笔，必须洞悉作者知识的背景、学识的源泉和见识的根由。凡此，他不乏夫子自道，有关文章中也时有交代之笔。除了讲述家学渊源的《我的祖父》诸篇以外，回忆学府授受、春风化雨的《多谢良师》《难忘师恩》等文，以及以"一颗种子""三点一线"和"十分之八"为小题的一组《书山路忆》，无不显示出他惜缘惜福的情怀。他在《书山路忆》的文末真诚地写道：

如果说，我能从学术上向社会做些微薄的贡献，那是离不开图书馆和馆员朋友们不计功利的帮助的。我应该感谢这种真挚的友情。如果忽视，甚至轻视这点，那是对真挚友情的背弃，是对文化输送渠道的重要意义缺乏足够的认识。愿从事学术工作的人们首先来爱护图书馆，敬重图书馆员，努力转变社会偏见，公允地评价图书资料工作。

当客观上"三美"并具，参差整合其间的主观因素，则是勤奋和坚韧的个人品质了。来先生在《多谢良师》一文中说过"勤是治学的不二法门……与勤相连还必须有点坚韧性"之类的话。因为"人生一世，不可能永远是康衢；挫折、逆境往往会使人消沉、颓废、懒散、嗟叹。这样，一二十年的岁月会无形中蹉跎、荒废掉。一旦有所需用，只能瞠目以对，追悔莫及"，他回忆自己从六十年代起，连续十多年被投闲置散，"但我仍然以一种韧性坚持读和写，即使在'牛棚'也尽量读点书，写点札记"——

这是一个过来人对在路上的新生代的劝勉和忠告，更是诚挚的仁者之言和忠厚的长者之论。因此，读他的随笔集，不能略过了关于作者夫子自道的曾经苦难、受委屈的人生经历，尤其是其"三识"的养成过程。

读来先生的随笔，还须知"出入法"。他在《读书十法》中说过："读书是为积累知识，但却不能只入不出"，应该"像蚕那样，吃桑叶吐丝，要为人类文化添砖加瓦……无论什么人都应该把咀嚼汲取到的知识酿成香甜的蜂蜜，发之于言论文章来奉献给当代人或哺育下一代人"。假如说，前述求知求识是"入"的话，那么，从他的勤奋笔耕中汲取到作者博观好学、学以致用的人文精神，便是一种"出"了。再说作者是目录学家，特别重视一部书部类的安排，著述的章法，因此，读他的随笔集，务必先要细观默察其前言后记和目次编排，以便获得通读的纲领，知识的锁钥，此亦是另一种"出"了。

读过了来先生的随笔集，我更相信，自从一九四六年五月，他以优异成绩在辅仁大学历史系毕业以后，他从来就不是一个只在书斋里的经、史、子、集中做"蠹鱼"的书生，而是一个把书里天地、书外世界同等关切着的学人。此外我还相信，自一九五一年春，他从中国科学院历史研究所落到南开大学历史系执教起，他就有可能被人认为是一个我行我素且气骨俱傲的人了。

有人说，人生在世，"傲气不可有，傲骨不可无"。真的要推敲起来，那完全是个伪命题，伪教条。因为"傲气"假如能够被自己的五官都能束缚住，那所谓的"傲骨"必然是缺钙的。"傲气不可有，傲骨不可无"，骗人愚己之语耳！通今博古的来先生大概是不相信这种鬼话的。

然而，不信却是有代价的，是要你自己来买单的，那单上写明了"货名"就是"人际关系"。"人际关系"是把双刃剑，但气骨俱傲最是使自己成为社会组织里有争议人物的捷径。"有争议"使人在一个高度体制化的单位里，往往被压抑遭打击。不过，"气骨俱傲"在人事上的负面影响，完全可能随人在职业岗位上的退下而快速淡出。还其初服，对于一个气骨俱傲者来说，未尝不是好事。于其个人或有壮志未酬的抱负之憾，但若能退而治学，愤而立言，却也是文化学术之幸。

有所不信乃是因为有所信。不过此"信"非彼"信"也，乃是学问上的自信。自信亦来自对学术的诚信：刻刻苦苦地研书，严严谨谨地治学，规规矩矩地作文。这样的好习惯，来先生一直坚持着保持下来了，无论是在岗位上忙于公务，还是休致林下邃谷读写，治学成为他生存着的愉悦状态，生命中的有机成分。你看他如何好强？自己悄悄地"学不厌"也就罢了，却还要"一苇争流"于学海！

来先生离休后不久，曾经写过一篇《要耐得美好的寂寞》，不过从那文章里还能够读出"火气"，怎么读都觉得"要耐得"三字中的劝人意味还不如劝己的成分多。林下邃谷的岁月不以人的意志流逝着，终于读到了他在去年早春二月新写的《享受寂寞》，文章已被来先生写成一篇论"寂寞"的智慧美文了，难怪他要用来作为《学不厌集》的"代序"！来先生文章的一大关节点，便是从来都有他这个"我"在里头：

　　我这一生中曾有过两次寂寞：一次是四十多年前，那是我被排除在"群众队伍"之外的岁月里……在漫漫的多年禁锢日子里，我学而不厌地读了几十种书，恢复和撰写了三部著作。这是我生平第一次不自觉地感到寂寞的美好，真正享受了寂寞。

　　十多年前，我又遇到再一次的寂寞。上一世纪九十年代初，我以古稀之年离休家居，刚从热闹场中退出，寂寞真的又来临了。但是，这次的面对，比第一次自觉得多。我并不再感到难耐，而是喜悦。因为寂寞给我腾出了自由的余年，从而我可以回翔于较大的空间，学而不厌地诵读满壁的藏书，也可以在窗前灯下纵笔写作。我可以不被俗务打断而聚深（神）凝思，悠闲地完成那些"半截子工程"，了平生未了之愿，做自己想做的任何事。我更能把一生学而不厌的所得，用随笔的形式，回归民众，反哺民众，这难道不是最幸运的享受？

……如果遇到寂寞，肯走学而不厌的路，会让人感到寂寞并不难耐，寂寞会给人多么美好的享受！

总之，来先生不是那种"百无一用"型的书生，而该是"人情练达""世事洞明"兼而有之型的，用刻下时髦的话来说，就是学者群里的那种"复合型人才"。

因此，十来年前他被告知从此休致林下的那天，便是开始化这种知识与能力的复合优势，融于纯粹单一的随笔写作之际。于是可知，其"衰年变法"的成功基础早已奠定，无非等待其随笔本复一本地出生，加以证实而已。那么，来先生这一番"变法"的硕果，便是让他从此由一个史界的"衰翁"蜕变成为文坛的"智叟"，这是当代书林之幸，无论对于邃谷老人自身，还是广大爱读文史随笔的人。

二〇〇五年八月八日，于金陵江淮雁斋

外一篇：观来先生《访景寻情》，忆追陪江浙之缘

来新夏先生与世长辞的当日，是在甲午年清明节的前五天。忽闻北来噩耗，如听晴日惊雷，亟托任教于南开大学的徐建华兄代办花圈，敬献于灵堂遗像之前，以寄哀思。心情沉郁之余，不免浮想联翩，其中最难以忘怀的，是我自二〇〇二年初夏，从编辑出版界回归图书馆学专业领域之后，多次陪同南下的来先生游历两浙的情景。

来先生与我所结"忘年"之交，早在二〇〇五年暑

假，我就曾写有《读邃谷老人随笔，说来新夏先生》一文予以缕述。文章的结末处是这样的：

> 读过了来先生的随笔集，我更相信，自从一九四六年辅仁大学历史系毕业以后，他从来就不是一个只在书斋里的经、史、子、集中做"蠹鱼"的书生，而是一个把书里天地、书外世界同等关切着的学人。……来先生不是那种"百无一用"型的书生，而该是"人情练达""世事洞明"兼而有之型的，用刻下时髦的话来说，就是学者群里的那种"复合型人才"。

我认为，他是古典的，更是现代的，他在晚年专注于文史随笔的写作，不过是施其才力之余绪焉。旁人是学不来的，也是想学也学不会的。吾于邃谷老人系列随笔作如是观。

文章随兴写成后，竟惴惴不安起来，未敢贸然刊布于世。后于郁闷中忽思得一计，即打印成文后，通过邮局挂号寄送来先生本人"审订"。不久奉获老人家过目并首肯后的电话，这才在次年的《新世纪图书馆》杂志上公开刊登了出来，随后收录在我的文集《藏书与读书》（国家图书馆出版社，二〇〇八年版）之中。

看官于上述这篇文章中可知，雁斋中所藏来先生亲笔赐赠之书甚伙，但他题赠我的《访景寻情》（岳麓书社，二〇〇九年版）却是十分别致的一本，因为他在前衬页上书写的题词中有"聊当卧游"四字，可见其对本集文字所及的时空内容，是如何自得和看重。他在写于二〇〇八年新春的该书"代序"中说：

能亲临海内外胜地，并写出文化游记的人，终究是少数，更多的人虽有此要求与愿望，但一则限于精力，二则限于财力，三则限于时间，无法实现自己的向往，于是只好通过图像和文字来满足自己的文化要求。我曾把这种文化享受称为"卧游"。所谓"卧游"，并非实指，而是借指一种消闲模式，偎在被窝里，仰摊在老板椅上，斜靠着羊皮沙发的扶手，歪躺在被垛上……都属于"卧游"的范畴……去年冬日，岳麓书社曾主陶社长告知，该社拟组编一套文人学者走天下的游记性丛书，内容不只描写自然景物，还应有人文内涵，并打破学者、作家界限，各成专集。我被邀加盟，甚感愉悦，乃收集拙文数十篇，成一小集。各篇插入相应图片，庶看图读文，益增情趣。既记录平生游踪，又可备卧游者浏览，岂不善哉！

《访景寻情》凡十六万八千字，正文计有《积水潭忆旧》《七十年的天津缘》等三十七篇，其中屡及海外的，有《美国风情》《枫叶之国》《扶桑手记》三篇，其中对于美国十个州立大学图书馆、位于纽约北郊的哈里逊镇图书馆，以及加拿大不列颠哥伦比亚大学（University of British Columbia，简称UBC，加拿大华文报纸称其为"卑诗大学"）的"亚洲图书馆"走访记，值得业内人员关注。

如一九九七年五月参访了UBC的"亚洲图书馆"之后，来先生在追记文章中指出："从卑诗大学亚洲图书馆不到半个世纪的发展即能有这样的成绩看，主要是社会的关注和该馆人员的努力，其中有许多值得我们回味的内容。"

他在文中，向内地同行披露了该馆藏书基础得以奠立的一段重要史实，略谓广东因商致富的藏书家姚钧石，在广州旧宅的私人藏书被毁于火后，在澳门努力经营"蒲坂藏书"近十年，因担心再遭覆灭，便求售于海外，而卑诗大学正谋发展亚洲文化学术，遂由实业界人士宽纳博士（Dr. Walter Koerner）筹资议购，并请何炳棣教授负责磋商议定，于一九五九年二月将这批书运抵卑诗大学，经过三个月的逐箱典验，共有书四万五千册，十四万余卷，其中有非常珍贵的元、明、清刻本、稿本约万卷，"很快就按四库分类，编目成册，备读者查用"。有此坚实的中文旧籍收藏基础，因此当该校于一九六〇年成立亚洲系时，便聘到了曾任香港大学冯平山图书馆馆长的吴冬琼女士，在她主持下，卑诗大学亚洲图书馆的业务得以日益发展。而姚钧石却是一位事迹少为人知、行将湮没于中国藏书史册的现代藏书家。由此《UBC的亚洲图书馆》一文，可知来先生游记文字的专业视角，及其言之有物的史家文风。

按：姚氏当年所购藏书，多半来自广东著名藏书家、"南州书楼"主人徐绍棨（字信符，一八七九——一九四八）旧藏，其中多有谭莹（一八四二——一九二六）校订的《粤雅堂丛书》刊本，及"东塾书楼"主人、学者陈澧（一八一〇——一八八二）旧藏书。他曾自题《南州书楼》诗云："翰墨生涯作蠹鱼，北山斜对好安居。门虽近市何嫌俗，且拥琳琅万卷书。"一九三八年十月，日寇侵占广州后，国立中山大学奉命搬迁，徐先生自感年老，不胜乱离，乃将善本书分批运往香港，寄存于香港大学冯平山图书馆及香港寓所。其间为生活所困，数次被迫出售所藏之书。在一九四一年十二月二十五日香港沦陷前夕，他在把珍贵藏书通过水路转运至澳门寓所的过程中损失惨重，其中一部分由轮船运往澳门者遭美军飞机炸沉，一部分用机帆船运往澳门者则为土匪劫走。因此，姚氏所藏书，或为徐先生港、澳藏书的一部分。

在姚氏"蒲坂藏书"中，经部典籍，多为文字、音韵学类的著述；在史籍中，有广东省五十六个地区的方志，以及约五十座名山地志；在集部书籍中，有明代至清初的刊本一百五十种，清人作品八百种，还有杜甫著作版本五十种等。此外，宋钞本、元版本、清稿本、诸色套印本、古物印章拓本等，都具有十分珍贵的版本价值。据在香港中文大学图书馆主任任上退休后移居温哥华，应邀担任"蒲坂藏书"顾问的李方直教授统计：这批藏书共计三千一百零五种，其中元版一种，明版一百七十九种，清初（一六四四——一七九五）版本六百二十六种，清稿本一百二十一种，其他版本二千一百七十六种。如论册数，约计四万五千册。

展读《访景寻情》一集，其中有关中国书文化的片段所在多有。如二〇〇四年春，来先生曾逗留海宁三天，留下了《钟情海宁》一文。其中既记述了他在徐志摩故居的随想，又写下了对依然"孤寂冷落"的王国维故居的憾意，更指出了海宁是浙江境内诞生了"学者型藏书家"最多的县域，他还对孕育出无数文化名人的海宁，表达了要进一步建设好"文化氛围"的厚望。文章最后记述了海宁图书馆内"书香屋"中的一副对联："茶品春夏秋冬，书读古今中外"，他说三面书墙中散置着几套藤桌、藤椅，"这种悠闲雅致的情趣，也许正是造就无数文化名人的渊薮，也许这正是让我对它情有独钟的一种魅力"。

有幸的是，来先生此行，我正是陪游者之一。从海宁游到嘉兴，一路上或参与海宁馆庆典礼，或参观海宁藏书史展览，或参访王、徐故居，或陪看嘉兴图书馆善本书，或伴游南湖烟雨楼，或同品"五芳斋"粽子……朝夕相处之间，随机聆听先生謦欬甚多，而腹笥既丰又言下多文的来先生，此时早已"自我革命"，做了"衰年变法"，正在大写特写文史随笔文章的兴头上。当此之时，余小子所得侍座同游之福，岂浅鲜哉！

说来有趣，本书中《杭嘉湖纪行》一文所插之影，却在时空上发生了差错。这张照片其实正是此行，在作为东道主的嘉兴市图书馆馆长崔森泉的陪同下，我与袁逸学长、徐建华兄，陪侍来先生同游烟雨楼的留影——细心的读者不难发现，明明来先生文中所记，已是二〇〇四年十二月上旬之事，正是江南又湿又冷的时节，可是影像中的五位老少人等却个个了得，都是短袖长衫的，尤其是居中的来先生更是一袭白衣，精神矍铄的样子——原来是照片根本插错了地方，所以在时间和场景上，就完全对不起来了。

今年四月下旬，我应邀至嘉兴作一阅读推广讲座，经询喜作当代文人言行志的范笑我君，得悉如下当日活动纪事，终于得以获解了照片误植之谜，并弥补了来先生上述两文的简笔之阙：

五月十八日，海宁图书馆举行百年庆典仪式。来新夏

上图：来新夏先生（右一）为作者所藏《访景寻情》题辞

下图：作者（左一）与来新夏先生在嘉兴市图书馆古籍阅览室合影

向海宁图书馆捐献其祖父《来裕恂诗集》。来裕恂，日本留学回国后曾到海宁教书，并留下十卷诗集，诗中不少内容记录海宁。其于海宁教书距今正巧一百年。

五月十九日，来新夏、徐建华、徐雁、袁逸、王宗义由海宁图书馆馆长派车送到嘉兴，下午五点半到秀州书局观书。来先生说："早就听说秀州书局，并想来看看。我曾多次路过嘉兴，没到过。"有读者持《且去填词》（来新夏著）请来先生签名。

次日，来新夏一行参观了嘉兴图书馆，在古籍部看了清乾隆刻本《古香堂丛书》（清·王初桐撰）、《桐石草堂集》（清·汪仲钤）等馆藏古籍。挥毫写了"书香秀州"四个字。去了南湖"烟雨楼"。品味了嘉兴"五芳斋"粽子。

上述种种琐细情形，幸赖当日范君不厌其烦，随录勤记，方使学林先辈的嘉言懿行，不致随风飘逝也。

从我保存下来的当年摄影时序来看，五月二十日午后，先是陪同来先生一行在嘉兴市图书馆入了古籍书库，参观了樟木橱林立的古书典藏，然后在阅览室查看了清乾隆刻本《桐石草堂集》和《古香堂丛书》。临末，来先生还应邀乘兴挥毫，题写了"书香秀州"四字。接着才一同坐车去游览南湖，欣赏了乾隆"自宜春夏秋冬景，何必渔樵耕牧图"的《题烟雨楼》诗碑，还坐了湖中游船，尝了"五芳斋"的粽子，尽兴而归。这半天的活动随屐痕到处多有留影，而以烟雨楼前写满主宾五人笑容的合影，最能体现彼时的欣然快意。

这次欢愉的嘉兴聚会和快乐的南湖之行，也许在晚年的来先生记忆中印象十分深刻，因此，他才把烟雨楼前的合影，无意中"移植"到了《杭嘉湖纪行》一文之中。

按：范君乃当今书林中不可多得的有心、热心且好事、能事之人，其早年所创并经营之"秀州书局"，尤其是其所编印的《秀州书局简讯》，在二十世纪前后的书林文坛上大有口碑也。其中随笔所志，必将成为当代中国文坛书林史的重要资料。其中有关来先生活动的记载，细节生动，资料翔实，必将为他日撰写"来新夏评传"者所采撷也。试举《笑我贩书四编》（二〇一〇年四月范氏自印本）所记两则云：

二〇〇四年十二月六日，来新夏与新婚妻子焦静宜，昨天与学生徐建华一起从天津来嘉兴。参加嘉兴图书馆百年庆典并讲学。来新夏、焦静宜今年"重阳节"结婚，之前收到来先生天津寄来的新婚纪念明信片。邹汉明在参加嘉兴图书馆百年庆典时，就他正在写的《穆旦评传》采访了从天津来的来新夏先生。肖龙根请来新夏在《冷眼热心》（来新夏著）上签名。

二〇〇五年五月十八日，笑我在天津遛谷，听来新夏说："我正在写一篇有关青春版《牡丹亭》的文章，平时我就面对电脑写文章。去年嘉兴之行，我想写一组散文，尤其想写一写西塘。乌镇以前写过一篇，去年海宁回来也写过。前天，天津城北西窑洼大悲禅院举行《天津大悲禅院沿革记碑》揭碑仪式，我去了一下。此碑我撰。此院原有朱彝尊《大悲院记碑》。禅院主持对我说：'朱彝尊和你都是浙江人。'我原籍萧山。""今天下午参加在天津图书馆举办的'书林清话文库'主题品评会。我的《邃谷书缘》出来了。昨天我已见到南京徐雁、福州卢为峰等人。"

来新夏"邃谷"（顾廷龙一九八二年题），挂范曾画"无量寿佛"，对联"不足处甚好；偶然者亦佳"。署"耕野书"。墙上的另一副对联为海宁陈伯良撰并书："新春静赏来禽帖；长夏宜调焦尾琴。"此联嵌有来新夏、焦静宜名。

二〇〇四年十二月六日，嘉兴市图书馆的百年庆典活动，我也是参与见证者之一。顷阅来先生《杭嘉湖纪行》，并查看余之《浙行一周记（二〇〇四年十二月十二日）》一文，始忆当日前后活动纪事。我在行记文中云：

十二月五日，星期天。上午前往曙光路浙江图书馆广场的旧书集市淘书……下午前往嘉兴南湖之畔之宾馆，嘉兴图书馆馆长崔泉森正率该馆同人热情张罗会务，迎接来宾……晚饭前看了设于嘉兴邮电局旧址穆家洋房之嘉兴邮电博物馆，来先生虽高龄但兴致甚浓，可见邃谷老人求知欲之盛，真学人也。

十二月六日，星期一。上午九时半，馆内张灯结彩，悬挂大幅对联："百年回首，蕴香吐芳，立基不忘先辈业；盛世展望，摛藻扬芬，光大还赖后昆功。"……看了嘉兴图书馆百年历史资料展和地方文献展览，知道嘉兴图书馆古籍收藏曾多得嘉兴旧书店之助。下午为"图书馆与社会进步"专家演讲会。由清华大学徐教授，南开大学来新夏先生和建华兄在馆报告厅开讲，我所讲为"读者现时代如何读书"之话题也。

这位于南湖之畔的宾馆，即嘉兴环城东路 123 号的文华园宾馆。记得来先生的讲题为《新时代的图书馆人》。庆典次日，还同来宾们一起看了位于嘉善的西塘古镇并午餐于临河饭店，参观了位于桐乡的钱君匋艺术院、弘一法师纪念馆，及位于平湖的莫氏庄园。

这期间可予记录者有二事：一是来先生为我的《苍茫书城》（河北教育出版社，二〇〇五年版）写了序；二是我将其《邃谷书缘》纳入"书林清话文库"之一问了世。至于说起我陪侍来先生参访的经历，其实并非自二〇〇四年的海宁、嘉兴始。

最早的一次，记得是在一九八六年七月初的某一天。在苏州大学中文系副教授潘树广先生（一九四〇—二〇〇三）导引下，曾陪同正在苏大六宅头招待所参加由国家教育委员会文科教材办公室主办的《社会科学文献检索》教材稿讨论会的来先生等，前往位于公园路 2 号的苏州图书馆，受到了馆长许培基先生的热情接待。临别时，许馆长以自己撰序的油印线装本《苏州市古籍善本书目录》（上、下两册）赠送来先生"指教"。该书目由德高望重的老馆长、著名学者蒋吟秋先生（一八九六—一九八一）题签，并有其扉页题诗云："吴中古籍早驰名，抗战迁藏百里程。八载同心勤掩护，运回完璧笑颜盈。"《苏州市古籍善本书目录》令人艳羡，后来我托潘先生讨要了一套，收藏在我雁斋之中。

二〇〇七年十月二十七日，因参加由复旦大学、湖州师范学院、湖州市人民政府共同主办的"皕宋楼暨江南藏书文化国际研讨会"，又曾陪同来先生夫妇共进晚餐，并在会上聆听发言，会后与参会代表一行同游了南浔镇所属获港古村。因此行携有硕士生研学弟子阎燕子、刘艳梅、荣方超三人参加，而新获来先生赐赠之《邃谷师友》（上海远东出版社，二〇〇七年八月版），乃命小刘与来先生夫妇合得一影，并作一文推介是书。回宁以后，小刘以题为《难得人生老更忙》一文复命，略云："今年十月下旬，我随导师徐雁教授赴湖州参加'皕宋楼暨江南藏书文化国际研讨会'，在会议上有幸见到了同来参会的来新夏先生夫妇。来先生与我想象中八旬高龄的老人一样，满头银发，和颜悦色，穿一身淡色西装，精神矍铄。不管在会议中还是餐宴上，我发现来先生总是受到大家的特别尊敬，我想这不只是因为来先生是长者，更是因为他丰富的人生阅历和积极的处世态度。前段时间我刚读完来先生的新书《邃谷师友》，此书是他的学术随笔、忆文汇编"，由"追思·怀念""嘤鸣求友""一孔之见""访谈录""赠书录"五辑组成，另附录"友人眼中的我"，"透过这些文字，我相信可以更真实地了解来先生。"这篇文章随后被我推荐到专业杂志上公开发表了。

次年春，因来先生盛情邀请，于二〇〇八年三月十六日到达来先生故乡萧山，参加由北京大学中国古文献研究中心、萧山区人民政府主办，南开大学地方文献研究室、萧山区方志办公室协办的"地方文献国际学术研讨会"，我应约报告了一九一一年至一九五六年间中国古旧书业与中国地方志的搜集、流通之关系。在《戊子初春杭州、萧山行记（二〇〇八年三月十二日至十八日）》一文中，我记述参会观感道："四位八旬老人陈桥驿、来新夏、王汝丰、陈伯良先生始终坚持听会，传达着老一辈学者对学术的执着和关注、对与会者的鼓励与期待，让人由衷而生敬意。此行东道主还安排了走读萧山的余兴节目。在萧山图书馆，我们一行参观了来先生捐赠家藏之书而建的馆中馆——'邃谷'书房，我乘机与来先生合了一影。"

记得会议的余兴节目是，首先参观萧山区政府为表彰其捐书给家乡而拨款特设的"来新夏方志馆"。我珍存着来先生给我实寄的二〇〇七年二月一日该馆开馆纪念信封，贴着一枚绘有大小六头金猪的农历丁亥年邮票，信封上的照片，则是他老人家站在方志馆书架前翻阅一部新编地方志的影像，鹤发童颜、神采奕奕的样子。据印在该纪念封底上的文字可知，该馆由杭州市萧山区人民政府出资，由来新夏捐赠志书共同组建而成。二〇〇六年十一月，他将毕生收藏的近千册地方志书籍无偿捐赠给家乡，"来新夏方志馆位于杭州市萧山区城厢街道体育路，于二〇〇七年二月开馆，目前有各类地方志书三千余册。为此，中国集邮总公司特发行纪念封一枚以资纪念。"

然后，在来先生为之作序的《人文湘湖》（方志出版社，二〇〇七年版）作者方晨光君引导下，乘船游览了位于萧山城西的"湘湖风景区"。据介绍，此地是八千年前浙西古文明的发源地。有国家级文物保护单位"跨湖桥文化遗址"，出土了世界上最早的独木舟；居于湘湖城山之巅的越王城遗址，距今已有两千五百多年的历史，是当年勾践"卧薪尝胆"、屯兵抗吴的重要军事城堡，也是唐代大诗人贺知章的故里，李白、陆游、文天祥、刘基等都曾在此留有诗文题咏云云，难怪来先生称誉方君为"湘湖知音"也。

最近也是最后的一次，我聆听来先生的报告，是在二〇一二年十一月十日，古越藏书楼创建暨绍兴图书馆馆庆一百一十周年庆典活动上。在绍兴图书馆报告厅举办的"百年回眸——公共图书馆与社会阅读"研讨会上，八十九岁高龄的来新夏先生，还是坚持做完了题为《开放的藏书楼对民众阅读的影响》的报告。尽管体虚气弱，但在新师母焦静宜编审的梳理下，来先生还是一副神清气爽衣冠得体的派头，近一个小时的讲演，他思维清晰，表述到位，其学人风采赢得了与会代表们的阵阵掌声和啧啧赞叹。

讲座完毕，我在大力拍手鼓掌之余，还忍不住起身到场外候着他，给我尊敬的老前辈恭维了几句诸如"条理清晰，气宇轩昂，字正腔圆"之类的空话，给既自尊又自负的来老前辈及时地补充了一点"精神正能量"。然则谁能想到，这竟然也就是我与他近三十年交往中最后说及的几句话了。呜呼，哀哉！

二〇一四年六月十八日，于金陵江淮雁斋；
二〇一九年七月九日，改订于金陵雁斋山居

『寸晷如三岁，离心在万里』

——海宁文贤陈伯良先生去世一周年祭

中国古来就有"以文会友"、"以友辅仁"之说。在茫茫人海之中，我得以与陈伯良先生（一九二五—二〇一二）成为忘年之交，且颇得其笔墨之赐，或可为此说再次提供一个生动的例证。因此，当去年八月下旬的一天上午，忽悉陈先生不幸意外溺水而亡的噩耗时，顿感文失佳友、学失良师，为之黯然移日。寻思着对于海昌人文来说，真是折了一位硕学耆宿，其损失无可补赎也。

"寸晷如三岁，离心在万里。"钱起《送张少府》诗中这一句的意思，本来是说日影每移动一寸，在心里的感觉就像又分别了多年一样，万里之遥的你总是在我的牵记之中。如今，伯良先生虽已远逝，但他情系乡土、钟情人文、嘉惠后生的种种事迹，却长存于我的心田。

一、识荆结得翰墨缘

二〇〇四年五月十八日，我得以追陪南开大学教授来新夏先生师徒，及浙江图书馆袁逸学长，出席浙江海宁图书馆建立一百周年座谈会，得以与八旬高龄的陈伯良先生同席，此前则未曾识荆。

在会后的一项参观活动中，我有幸在海宁图书馆老馆长陆子康（笔名"智旷"）先生指点下，欣赏了时任海宁市政协文史委副主任的陈先生，为海宁图书馆百年庆典（一九〇四—二〇〇四年）书画邀请展撰书的一副对联："拜经道古向山阁，学稼著书别下斋。"联语用的全是海宁文献史上的古典，既寓示了海宁人文的源远流长，更说明了由私到公，从私家藏书到公共图书馆的继往开来，构思之妙，立意之高，令人不由得击节叫好！

在当年五月二十三日为《海宁藏书文化研究》（西泠印社出版社，二〇〇四年版）所写书评中，我推介说：

联语是由海宁耆老陈伯良先生新近撰书的，内容说的可全都是至少一百年前的往事。据智旷先生所撰《海宁历代藏书家简表》，则其中的"拜经"是吴骞（一七三三—一八一三）、"道古"乃马思赞（一六六九—一七二二）藏书之楼，"向山"为陈鳣（一七五三—一八一七）藏书之阁，"学稼"即许焞藏书之轩，"著书"系周春（一七三〇—一八一五）、"别下"是蒋光煦（一八一三—一八六〇）藏书之斋，在清代俱为当地名闻江南的私家藏书之府。所谓藏书之"府"者，也即传统社会中的"文献信息中心"也。

联语悉由海宁历史上的知名藏书楼室名组合而成，可谓巧夺天工，别具匠心。它同时还昭告世人，藏书文化是可与当地人士所乐道的潮文化、灯文化和名人文化并驾齐驱的又一片海宁乡土人文亮色。

《海宁藏书文化研究》还收录了陈先生所撰论文《清代藏书家管庭芬及其诗稿三种》。管庭芬（一七九七—一八八〇）"诗稿三种"，即海宁市图书馆收藏的手稿两种《渟溪老屋自娱集》八卷二册、《芷湘吟稿》四卷一册，以及同治九年（一八七〇）管伟之辑抄本《渟溪老屋遗稿》附《补遗》二册。这三种文献皆为馆藏"国宝"，都已入收《中国古籍善本书目》之中。据陈先生考证，共计收录了作者自十九岁至六十九岁间（一八一五—一八六五）所作的一千余首诗词，则作者此文，于弘扬乡土人文与有力焉。

四年后的夏天，我应海宁图书馆之邀为该馆读者做一场阅读推广讲座。九月二十一日午后，我们师徒一行在智旷先生、汪莉薇女士等引领下走访路仲古镇后，即按预定计划，回到硖石镇探望陈伯良先生。我在返宁后所写的行记文章中有如下记述：

他目前是本地最有学问的老先生。即命王生选买一盆花木，陆、汪两位则选买了两种水果。今年早春与陈先生在萧山会上曾一见，依然精神很好。他当年因所谓"右派"问题影响了前途，受到二十年的不公平待遇。回乡后

作者与陈伯良先生（左一）合影于海宁硖石镇
陈宅楼下（二〇〇八年九月二十一日下午）

从事海宁地方文史研究，所著《穆旦传》《海宁文史备考》等书，严谨而有内涵。

至陈先生家中，虞坤林先生已在。虞先生长期从事日记研究，利用工休、节假日时间前往浙江、上海、北京等地图书馆历史文献部查阅抄录日记原稿，所见甚丰，精神可嘉，其治学精神，令人敬佩，亦可见海宁地方人文传统一脉尚存也。

伯良老先生见我们一行到访十分高兴。他说如今年老手颤，图章刻不成了，但毛笔还能拿得起。记得多年前，他主动用青田石为我刻了一枚"雁斋藏书"的肖像章寄我订"忘年交"，后又曾应我所托，为上海《图书馆杂志》的专栏"悦读时空"题写刊头。说话间，老先生自书房取出珍藏的名家签名本如《田间诗选》等，还有《京报副刊》给我们看，又以数帧墨宝相赠。临别时，他坚持送我们到楼下，却之不允，只好扶着他老人家下楼，却因此得以在楼下树丛前合影留念。

我当初受赠的这枚肖形图章，把其印象中的我的肖像四方各布"雁斋藏书"四字，像则已预为主人图下发福之形，别具一番神采。至于此行受赠的一枚，印文为清康乾间名臣祝维诰诗句："托命之于枯管底；呕心都在乱书中。"

二、悲歌萦怀写穆旦

一九九六年，为纪念穆旦（一九一八——一九七七）逝世二十周年，早年在上海接受过其诗歌影响的陈先生写了

《不朽的爱国诗人》一文，来纪念这位命运坎坷而又才华杰出的乡贤。

他在文章中指出，"诗品离不开人品。穆旦为人称道的正是他那与诗格同时生辉的人格"，"炽热的爱国思想，是贯穿着穆旦诗歌的一条主线"，"穆旦的诗有高明的艺术概括，能够精练地把哲理通过可感的形象表现出来，不落俗套"，他"翻译的大量外国诗歌名篇，同样为我们祖国的文化宝库增加了一笔可观的精神财富"，他最后还呼吁说："诗人穆旦是我们民族几千年来诗歌发展史上又一块光彩夺目的里程碑，一面高高飘扬的旗帜……比起他的先人、清代大诗人查慎行来，或者是他的同乡风流诗人徐志摩来，虽然各领风骚，但在思想高度上毕竟是不可同日而语了……现在是中国文坛重新发现和认识的时候了"！

陈先生自己对于"重新发现和认识"穆旦的积极努力，是以两年的时间，悉心著述了一部十七万字的《穆旦传》（浙江人民出版社，二〇〇四年版），附录有一份年表和一份著译书目。他在该书后记中说：

写完《穆旦传》，肩头似乎放下了一副重担。穆旦（查良铮）是一位值得人们尊敬的追念的、名副其实的爱国诗人，也是一位卓有成就的翻译家。但他的一生却历尽坎坷曲折，甚至含冤以殁，连他的名字也鲜为人知。对照同为海宁籍的两位名人——王国维和徐志摩，已有了好多部传记问世，他们毕生的业绩得以广为传扬，而穆旦却至今还有待于人们"重新发现"，没有人对他的生平事迹做一个较为详尽的介绍。作为一名地方文史工作者，多年以来，我不能不有一种失责和负疚的感觉。

《穆旦传》从《忠厚朴实的家风》到《"智慧之树不凋"》，凡三十九题，全面概述了穆旦的坎坷人生。甚至以"忧伤和曲折的"（王佐良语）之语，尚不足以揭示其委屈性和艰难度！开卷此书，深深打动我的，除了他以委婉细致的文笔所叙述出来的穆旦生平业绩外，自然还有他为海宁文史甘于奉献的责任感和敬业精神。

正是读了二〇〇六年十月陈先生签名题赠给我的《穆旦传》，我才获得了灵感，后来撰写了一篇万言文《"生命也跳动在严酷的冬天"——兼读陈伯良先生的〈穆旦传〉》，发表在二〇〇八年第四期的海宁图书馆馆刊《水仙阁》上。

三、从《海宁文史备考》到 《海宁文史丛谈》

伯良先生为海宁地方文史研究所做出的杰出贡献，是其在海宁市历届政协机关的支持下，先后得以印行问世的两部书：《海宁文史备考》（海宁市政协文教卫体与文史委员会，二〇〇五年编印）和《海宁文史丛谈》（中国文史出版社，二〇一一年版）。

大抵自一九八二年以来，伯良先生开始致力于海宁地方文史资料的发掘、搜集和整理，不断写作并发表有关乡邦文化的文章，继承了爱乡崇文的传统，为弘扬地域文化发挥了独特的作用。据二〇〇五年十一月，海宁市政协文教卫体与文史委员会为《海宁文史备考》一书所写后记中的评介，可知伯良先生先后参与编写《海宁县地名志》《政协海宁文史资料》等二十余种书刊资料集，业绩与口碑俱佳。

自二〇一〇年开始，在智旷先生的协助下，《海宁文史丛谈》（中国文史出版社，二〇一一年版）得以顺利编辑问世。蒙两位先生青睐，征序于我，遂应命作文曰：

甲申春日，以海宁图书馆百年华诞之缘，侍座于邃谷主人新夏翁之侧。尝同步馆中，观书画展以享余庆。其间得睹一联，略述海昌藏书史云："拜经道古向山阁，学稼著书别下斋。"不觉驻足凝视。子午源曰，撰书者乃本地耆学卓庵夫子也。遂卜吉日，挈闿辉等弟子二三人，携盆栽一株，谒长者于南苑之府。但见清癯一叟，无虚名伪利郁积其怀；寒陋两室，有故纸陈墨增华其光。斯为何人，隐此俗市？斯为何地，金玉其屋？斯为何时，耕砚如牛？遂相与欢谈，不觉日斜西窗。临别缱绻，承赐余以墨卷、印石。其"古砚田已芜"一方，旋布于拙著《中国旧书业百年》之封底，于是美于心而赞于言者，非一人矣。

然卓庵夫子初非墨客印人也，其于海昌文史，实为不可多得之渊博学者。披览之余，纂辑尤丰。尝捧读题赠本《海宁文史备考》，约三十万言，于地名户册、乡贤仁人、文物骨董乃至倭害、潮灾、烈士，无不博稽群籍，周纳史料，以存掌故而传信史。洵地方文献之实录，乡土文化之教科书也。

陈伯良先生海宁文史著述二种暨《陈伯良纪念集》

至于著者史识之清明，更无论矣。尝遍辑古今史籍，以见明代倭寇之荼毒乡梓，海昌士民之惨痛遭遇，足以旁证史家之宏论。又谓清初文坛承晚明结社风习，原旨在于造就士林舆论，动摇地方视听，以求社会改良之道，而其首领或纵情诗酒，或热衷名利，遂至忘却来路，渐慢文心，终为清廷查禁而风流消歇。慷慨社事，皆作云烟过眼；浩瀚史料，亦因而毁佚殆尽，徒为来者扼腕叹息。又一文细述雍正钦办查嗣庭科场试题大案本末，采撷于传说，取证乎文献，结论以封建政治之恶在陷人于罪，藉以灭绝异己，以固其专制独裁之利。可见其出文入史也，端在存史资政与夫正义人心。是著仅印千册，流传无多，得者宝之。

今世人莫不乐道海昌之有"潮文化""灯文化"及"名人文化"，实则其地之"书文化"，当可与之并肩媲美者也。"四时读书，惟秋为爽"，"贫居陋巷无所求，愿与史籍同生死"，皆海昌路仲藏书家、渟溪老屋主人管庭芬诗句也。卓庵夫子尝为文绍介管氏及其善本诗稿，并谓穷书生向旧书堆里讨生活，亦人生一乐也。呜呼，君子固穷，此非卓庵夫子之身世自道耶？

顷奉子午源君函云，卓庵夫子所著《海宁文史丛谈》一编，得海宁市政协诸领导重视，杀青在即。闻此功德，不觉加额为长者庆。海昌文史，素来席丰履厚，其春华秋实，是可瞩望者也。君于海宁图书馆馆刊《水仙阁》编辑余暇，孜孜助编长者箧存文稿以成新书，为《海宁文史备考》之续，斯乃敬惜字纸之好事也。承以序文相嘱，却之不恭，爰书缘故颠末如次。辛卯秋寒间撰于金陵江淮雁

斋。时清风徐来，播桂香盈室，不觉身在龙江，心向南
苑。想吴越比邻，海宁诸君当亦同享此番人间芬芳矣。

尝阅伯良先生于本书后记中语："我出生在潮乡——海
宁盐官。从童年学习到走上社会参加工作，一直对家乡怀
有浓厚的亲切的感情。记得抗日战争开始，我失学避难乡
下老家，家中世代书香，藏有大量曾为我祖父、伯父、叔
父读过的书，不仅使我大开眼界，同时也养成了我爱书看
书的习惯。尤其是许多有关海宁的地方史志与前贤著述，
使我能对家乡的许多情况有更多的了解，更加热爱家乡，
以能深入钻研地方文史为乐。"于是益知《海宁文史备考》
《海宁文史丛谈》两书于后生来者之精神文明价值矣。然
则现当代海宁籍文贤如王国维、徐志摩、穆旦、金庸诸位
之后，又岂能无伯良先生此一席耶？

据我所知，伯良先生生平文字尚不止《海宁文史备
考》《海宁文史丛谈》两集，其余文史笔记乃至遗稿尚多，
昔年尝有编为《卓庵文史丛谈》之议，得文百篇，略分为
"故纸泽存""艺文留影""博古雅谈""掌故海昌"四辑，
说古道今，出文入史，可读性不在话下。若得机缘，予以
刊布于世，自是一桩功德也。

二〇一三年四月二十一日夜，于金陵江淮雁斋

补记：陈伯良先生（一九二五—二〇一二）不幸去世
后，海宁市文史研究会、海宁市史志学会即于二〇一三年
底征集纪念文稿等，编印问世了《陈伯良纪念集》（朱掌

兴、柴伟梁主编，陈肖旅、虞坤林执行编辑）。分为"哀挽""追思"及"遗作"三辑，编者在编辑后记中感慨道："如果没有伯良先生那谦和淡泊的人品，没有大家对伯良先生人品的敬重"，想要在一年内就完成这部集子的征集工作，是不可想象的。

海宁地方文史专家张镇西先生在序言中说："擅文史者需良史才，更需良史品，才与品俱良，其史可衍芬，其人可流芳。陈伯良先生谨言慎行、淡泊名利、任劳任怨之品格，为其于乡邦文献卓有建树之根本。其良善为人共睹，亦当为人所共仰……先生往矣，惟其于海宁文史研究辑述之精神永存！"

殊不知，或知而难以言表，伯良先生之品格特点的形成，与其在一九五六年夏日被"内部肃反"运动遭受二十余载冤屈有关。其数十年共其苦辛的夫人何晓云女士，在本书首篇的《怀念伯良》一文中，引用了他的诗作："苦难于今廿四年，韶华两纪付云烟。青春年少谁还我？草罢诗篇意慨然！"又："为牛为马廿四秋，但悲非马亦非牛！千言万语埋心底，受罪蒙冤到白头！"更有伯良先生"容庐遗诗"之《劫中百咏——自人间消失的八千五百余天纪实》，为其苦难辛酸屈辱人生作真实写照。

二〇一九年七月六日夜，于金陵雁斋山居

凤凰台上曾晤面

——得余光中先生评论集《连环妙计》签题本记

辛巳金秋，一九二八年九月九日出生于江苏南京，并在崔八巷小学、南京青年会中学及金陵大学学习过的余光中先生，随江苏省哲学社会科学界联合会、省台港暨海外华文文学研究会联合组织的"江苏籍台湾作家访乡采风团"一行重返石头城。

按：此次应邀到江苏参加为期十天的"台湾作家访乡采风"活动的，除余先生外，还有知名诗人蓉子、张默，小说家司马中原、段彩华、朱秀娟、陈若曦，散文家张晓风、周啸虹、欧银钏，报告文学家夏祖丽及其丈夫、小说家张至璋，儿童文学作家管家琪及现代文学史料研究专家应凤凰等，计十八位。在南京，他们先后冒雨拜谒了中山陵，参观了孙中山先生纪念馆，游览了位于秦淮河畔的夫子庙、江南贡院，及狮子山阅江楼等。

此行也，是余先生睽违金陵长达半个多世纪之后的二

余光中先生

度南京之行。为此，他发出了"那片无穷无尽的厚土，是我魂牵梦绕的地方"这一诗性感慨。有谁能说，这位早年自命为"江南人"的诗人，当年创作的那首脍炙人口的《乡愁》，没有包括对南京、永春、武进、杭州等江南故土的深深怀恋呢？而当他的《乡愁》问世，这对一方水土的思恋，又成了多少海内外游子对"大中华"的由衷寄怀了呢？

十一月二日那个秋雨潇潇的晚上，在江苏凤凰台饭店的五楼文化中心，我谒见了须眉皆白而精神矍铄的诗人。当时，他刚从江苏电视台教育频道演播室做罢节目归来，就匆匆地赶来与我们《开卷》小杂志的编委同人见面。当他听说，大陆九年义务教育三年制初级中学语文教科书早已选录了他的《乡愁》时，鹤发童颜的老人不由得开怀而笑。

借着满座松快欣悦的氛围，我一边摩挲着余先生的自选评论集《连环妙计》（上海文艺出版社，一九九九年八月版），一边及时地向他请教起有关文艺评论方面的问题。

余先生爽然答道，我在年轻的时候，就以"右手诗，左手文"自命，而把评论和翻译交给"第三只手"。诗文在传统上是文人的当行，而评论和翻译往往是学者的事。对于我来说，诗、散文、评论和翻译，构成了我的全部文学空间，它表明了我对中文的敬爱。

说到"评论"，他表示，我所写的都不是"经院式"的。我觉得，评论文章要流露真性情，不能只有学究气。"评论应该是一种澄清的过程，但是当前的不少论文却愈说愈复杂，疏远了困惑的读者。"我的评论文章，有的其实也是在为自己的写作探路。中国文学既有"大传统"（笔者理解为是中国文学的"古典传统")的影响，又有"小传统"（"五四"以来的新文学传统）的作用。

他还说，我年轻时"好勇斗狠"，乐于论战；中年以后，幡然悔悟，"与其巩固国防，不如增加生产"（众人微笑），致力于创作。中年以后有不少人请我写序，我也乐为之，而且往往写得还比较长。长了，便好论其得失。我不做应酬文字，就逾越了遵命写序的俗套，进入到书评的状态。

时正同席的司马中原先生随之呼应道："写序最难。有时我的长官求序，让人拿着笔胆战心惊；也有我的文艺偶像来求序，我只好提着笔踌躇再三，改了再改。其实他们真心所希望的只是'司马中原'的署名，所以我的序就没有余先生的好。"（众人大笑）

余先生接着说，我给人写序时，对于发现的问题，往往点到为止，但决不会"不点"。这样无心插柳，也有了三四十篇，一九九六年编为一个集子，称为《井然有序》，由九歌出版社出版。

此外，我还写过一些戏剧评论，涉及锦心绣口的王尔德的作品等；从"感性"和"知性"的角度，写过中国山水游记的评论等。你拿在手上的这部《连环妙计》，是我自选的评论集，依照受评的对象，依次分为诗、散文、绘画、翻译、音乐等，约占到我"生产"的评论产量的七分之一。话毕，余先生欣然在我收藏的《连环妙计》扉页上，题写了一段话：

书评之为艺术，当令作者深感知音，而读者顿开茅塞，且对所论文体有所澄清。若书评竟亦有文采，则证明

余光中先生签名题辞

评者不但眼高，抑且手高，当更令人心服也。

余先生在命笔题词时，除多架照相机的闪光灯以外，几乎全场屏息，众目注视，尤其是当他老人家写下"读者"两字之后，有几乎两三分钟之久的停笔凝思时。

我为余先生的认真负责精神所感动，即把甫从凤凰台开有益斋买下的我新著的读书随笔集《书房文影》（江苏教育出版社，二〇〇一年七月版），题上"门对千竿竹，家藏万卷书"的联语相赠，以略表我的"秀才人情"。

《连环妙计》凡二十九万余字，大三十二开平装本。书分六辑，共计二十五篇。首辑论及中国古典诗和现代新诗；第二辑论及散文，特别弘扬了"杖底烟霞"的中国山水游记的优秀传统，在"学者的散文"中，他犀利地批评了"洋学者散文"的半生不熟的编译化倾向，"国学者散文"的不文不白、不痛不痒、夹缠难读现象，嘲笑了泛滥于文坛的"花花公子"散文的华而不实，认为这种文章亦伤感亦说教，唯独缺少的是真性实情；讽刺了太淡、太素的"浣衣妇的散文"；对"讲究弹性、密度和质料"的现代散文的诞生，则给予了热情的鼓励和深切的期待。第三至六辑，分别涉及中西绘画、作品翻译、诗与音乐、诗与散文等比较研究的主题。

"评论家文字如果不出色，甚至不通，他有什么资格指点别人的得失？手低的人，真会眼高吗？"（《连环妙计·自序》）余先生的文艺评论采撷中外，文笔犀利，其独到见解往往令人心折。

二〇〇一年十一月上旬于金陵江淮雁斋

补记之一:

十一月中旬的深圳之行,承海天出版社旷昕总编辑赠送其策划的"当代中国散文八大家丛书"一套,其中即有余光中先生的一册《大美为美》(海天出版社,二〇〇一年五月版)。

《大美为美》凡三十万字,分为三辑。大抵上,道辑和次辑为以《鬼雨》《逍遥游》《咦呵西部》《听听那冷雨》《四月,在古战场》为代表的"大品散文"和题材广阔的各体散文小品,第三辑为文学艺术的评论。三辑文字在在显示出作家恢弘的胸襟、精湛的文思和巧夺天工的语言艺术,让人领略到"余体"在中文世界里的华章和丰采,足证余光中无愧于"当代中国散文八大家"之一。

选编者黄维樑先生在本书前言《壮丽的光中》里说,"诗是余先生的最爱……光中先生用紫色笔来写诗","他的散文,别具风格……光中先生用金色笔来写散文","余教授又是位资深的编辑……他选文时既有标准,又能有容乃大,结果是为文坛建树了一座座醒目的丰碑。光中先生用红色笔来编辑文学作品",他还"用蓝色笔来翻译",至于文艺评论则"出入古今,有古典主义的明晰说理,有浪漫主义的丰盈意象,解释有度,褒贬有据,于剖情析采之际,力求公正无私如包公判案。光中先生用黑色笔来写评论。""五色笔"的比拟生动而形象,可谓匠心独运。

至于对于余先生若干名篇的"大品"之誉,可参读本书附录的黄国彬先生文:《余光中的大品散文》。其实,鉴赏"余体"散文,这是我所看到的最好的一篇。不妨视之为《大美之美》一集的导读，诸君开卷先读此文可也。

二〇〇二年三月三日，于金陵江淮雁斋

补记之二：

浏览家藏本《听听那冷雨：余光中散文精品选》（山东文艺出版社，一九九四年十月版），于"代序"《剪掉散文的辫子》中，得余先生有关"书评"之论述云，目前中国散文可分为四型，"学者的散文"为其中之一：

这一型的散文限于较少数的作者。它包括抒情小品、幽默小品、游记、传记、序文、书评、论文，等等，尤以融合情趣、智慧和学问的文章为主。它反映一个有深厚的文化背景的心灵，往往令读者心旷神怡，既美且敬……这种散文，功力深厚，且为性格、修养和才情的自然流露，完全无法作伪。

至于那种差劲的，是"稀稀松松汤汤水水的散文，读了半天，既无奇句，又无新意，完全不能满足我们的美感，只能算是有声的呼吸罢了。然而在平庸的心灵之间，这种贫嘴被认为'流畅'。事实上，那是一泻千里，既无涟漪，亦无回澜的单调而已"，他指出："这样的贫嘴，在许多流水账的游记和瞎三话四的书评里，最为流行"，而"真正丰富的心灵，在自然流露之中，必定左右逢源，五步一楼，十步一阁，步步莲花，字字珠玉，绝无冷场"。

他还自述，《从徐霞客到梵高》是我继《掌上雨》和

《分水岭上》之后的第三本纯评论文集，"我认为一位令人满意的评论家，最好能具备这样几个美德"，即言之有物，条理井然，文采斐然，及情趣盎然。

二〇〇三年五月三十日，于金陵江淮雁斋

补记之三：

顷阅余光中先生纪念梁实秋（一九〇三——一九八七）之《文章与前额并高》一文，得其早年逸事一则云：

那时我刚从厦门大学转学来台，在台大读外文系三年级，同班同学蔡绍班把我的一叠诗稿拿去给梁先生评阅。不久他竟转来梁先生的一封信，对我的习作鼓励有加，却指出师承囿于浪漫主义，不妨拓宽视野，多读一点现代诗，例如哈代、浩斯曼、济慈等人的作品……当时我才二十二岁，十足一个躁进的文艺青年，并不很懂观象，却颇热衷猎狮（Lion-hunting）。这位文苑之狮，学府之师，被我纠缠不过，答应为我的第一本诗集写序。序言写好，原来是一首三段的格律诗，属于"新月"风格。不知天高地厚的躁进青年，竟然把诗拿回去，对梁先生抱怨说："您的诗，似乎没有特别针对我的集子而写。"

假设当日的写序人是今日的我，大概狮子一声怒吼，便把狂妄的青年逐出师门去了。但是梁先生眉头一抬，只淡淡地一笑，徐徐说道："那就别用得了……书出之后，再跟你写评吧。"

量大而重诺的梁先生，在《舟子的悲歌》出版后不久，果然为我写了一篇书评，文长一千多字，刊于一九五二年四月十六日的《自由中国》。那本诗集分为两辑，上辑的主题不一，下辑则尽写情诗。书评认为上辑优于下辑，跟评者反浪漫的主张也许有关。梁先生尤其欣赏《老牛》与《暴风雨》等几首……在那么古早的岁月，我的青涩诗艺，根底之浅，启发之微，可想而知。梁先生溢美之词固然是出于鼓励，但他所提示的上承传统旁汲西洋，却是我日后遵循的综合路线。

这是余氏当面与梁先生之间发生的故事，还有背面为余先生当年可能详知的一事。

吴奚真（一九一七——一九九六）在《悼念梁实秋先生》一文中回忆说："梁先生对于后进的奖掖和提携，不存门户之见，余光中先生的情形就是一个例子。余先生不是师大毕业的，也不是师大的专任教师，美国亚洲协会资助师大办理的英语教学中心是一个语言教学单位，但是梁先生用英语教学中心的名额送台大毕业的余先生到美国去念文学，可以说是相当破格的事。记得梁先生当时谈到，口试的美国人说余光中 He weighed his words（他字斟句酌）。大概这位诗人在答复口试的时候，也在字斟句酌。"

余先生文与吴先生之文，俱载刘炎生编《雅舍闲翁》（上海东方出版中心，一九九八年十月版）。由此可知，当日后生余氏之青涩躁进，及先生梁氏之爱才雅怀，非现时人所可及。此乃"斯文同骨肉"人文精神余脉也。

二〇〇六年二月六日，于金陵江淮雁斋

『美的封面，可以辅助美育……』

——《辅助美育：听姜德明说书籍装帧》编集后记

二〇一二年的十二月十八日，在北京城是一个十分难得的风和气清的佳日。因为冬阳连日来对地面残雪的拼力消融，令人心厌的积尘和灰霾终于多少被净化掉一些了！这同时也成就了一个登堂访师、入室问学的好日子。这不，才下午二时许，当我与深圳海天出版社副总编辑于志斌、青年摄影师韩力一行，按响位于金台路人民日报社大院里那个"未名书斋"的门铃时，主人已在洒满阳光的书房里备好茶，乐呵呵地等候着到访的宾客了。

（一）

虽说姜德明先生一直自谦其书房为"未名书斋"，实则这个珍藏着诸多"五四"以来行将湮没的新文学旧书刊的宝库，早已是当代藏书家和藏书爱好者们心驰梦萦的

"华夏书香地标"了。试看如下数笔：

> 德明爱书，广事搜罗"五四"以来的文学书刊，零本残籍，已经充塞小楼四壁。他是个有心人，不为书奴，每在编余披沙沥金，写成文章。不仅独具慧眼，发人所未发，而且为现代文学史添补不少资料。

（冯亦代《书梦录》"代序"）

> 前些时在北京，曾经到作者家里去做客。在书房里，他打开了书橱、书架，取出多年收集的书刊和一些作家的签名本给我看。这中间，有许多我曾经有过、曾经见过或久寻不获的书册，真是"如寻旧梦，如拾旧欢"，使我感到了不寻常的高兴。同时也在想，作者大概是会搜得更多珍贵的资料，写出更多有趣的文章，给我们带来更多的新知识和愉快的吧。

（黄裳《书边草》序）

> 在姜德明先生的客厅里聊天，那简直是一种享受。现代文学史上的作家、版本，你说吧！几乎是每一位作家，关于他的成就，关于他的轶事，姜先生都会侃侃而谈——如数家珍；也常常是他谈着谈着，起身进了书房，一忽儿，不知几册有关的珍稀版本就捧在你的眼前了——变戏法儿似的！

（杨良志《姜德明书话》推介辞）

当年，在人民日报社文艺副刊部的工作岗位上，姜先生大抵是在离京出外采访时，见了些京外的新世面，就提笔写点散文，记录下旅行期间令其感到新鲜的生活感受；在京上班之余的家居期间，出门淘书之外，就尽量多读一点杂而有趣味的书，写下点随笔或者书话，因此，出自未

姜德明先生漫画头像（丁聪画）

名书斋主人"余时"(一九九〇年底,姜先生在《余时书话》小引中说,"余时"是我的笔名,取"业余时间写作"之意)笔下的各种集子,不仅为各种出版社源源不断地提供了编印新书的素材,而且为各类图书馆增添了许多形神俱佳的藏品。

因此,我有时痴想着,在当今这个信息化的网络时代,假使有既热心又好事的网上书友,突然发起个遴选什么"新中国以来出书品种最多的文人排行榜",那姜先生一定会金榜题名的。呵呵。

由于腹笥甚丰而入冬以来少出家门的缘故,因而当我们奉上随带的鲜花、绿茶后一落座,身穿老棉袄的姜先生,便急切地与我们聊了起来。

他说,在一九五六年夏,时任中共中央副秘书长的胡乔木(一九一二——一九九二),曾指令《人民日报》要承担起"复兴散文"的重要任务,于是改了版的《人民日报》便恢复了文艺副刊,他被安排负责散文和读书栏目的编稿工作。他认为,散文可以迅速反映社会生活,而书话作品则能提高人们的文化素质,便一边约稿请唐弢、阿英先生写作书话,一边自己也在京城大逛起旧书摊来,动笔给《天津晚报》写起了总题为"书叶小集"的随笔专栏,"好像也在追求某种意境,其实只想表白我在书林中漫步,无非随兴捡拾一些零枝片叶而已"。①

与我九年前首度拜访时一样,一旦随兴道及某本有名

---

① 姜德明《拾叶小札》小序,复旦大学出版社,二〇一三年一月版,卷首。

有姓的书刊，姜先生几乎总会习惯性地起身，打开他那琳琅满目的宝贝书橱，顺手取出其中的某一册某一本，以佐证或进一步阐发论说才说过的话题。这无疑让人眼界大开，教益倍得。

如当他谈及赵家璧先生（一九〇八——一九九七）时，姜先生就很快从书橱里找出了家璧在一九八四年九月五日在北京拿到《编辑忆旧》（生活·读书·新知三联书店，一九八四年版）的样书后，写在环衬页背面的赠书辞，让我们看到了他那珍贵的手迹，尤其是字里行间所包含着的文情和书谊："敬赠给姜德明同志：是您在一九五七年那场暴风雨将来临的日子里，第一次启发并鼓励我写这类回忆文章。这个书名就是您当时为我起的篇名。二十七年后的今天，我能编成这样一本书，最先应当感谢的就是您！"

大概这就是登堂入室、接受亲炙的好处，因为此种文气丰盈的书房晤谈，往往知识的灵感、学识的光华和见识的火花，会随着谈锋所及而不时迸发——大凡在耳提面命中得来的学问，其鲜活度是在自己的书房中面壁苦读者所不可得的。也正是此行，笔者一行与姜先生达成了为他编选一部专论书籍装帧的图书，后来把书名商定为《辅助美育：听姜德明说书籍装帧》（海天出版社，二〇一五年版）。

（二）

基于少时在天津旧书摊上淘书自学的经验，姜先生对于"五四"以来新文学书刊的探求，在二十世纪六十年代，就已形诸文字，付诸行动了。他曾不止一次地表达过这样的情愫："回想自己从青少年时代即喜欢新文学，当年在旧书摊前兴致勃勃地搜访旧本的情景，至今仍历历在目。"① 可以想见，让姜先生历历在目、念念不忘的过眼书刊，一定还有那多姿多彩的封面及美轮美奂的书衣。

早在一九六二年一月，姜先生就曾记录下了长期生活在陕西长安县皇甫村，模样与黄土高坡上的庄稼汉没有二致的作家柳青（一九一六——一九七八）对中国现代文学书刊装帧的强烈爱好：

他路过北京，我去翠明庄招待所看他，偶然同他谈起书籍装帧的事，没想到他对三十年代左翼文艺书刊的装帧了如指掌，并且谈到他的《创业史》排版疏朗，封面素雅大方，都是他亲自过问并动手改进的。他开玩笑地说，这是知识分子的爱好，应该满足作家的这一愿望。这一次，我才切身感到柳青同志气质的另一面，而且联系到他的作品，也不难发现他的这种气质。这也是研究作家的生活和思想的很有趣的一个侧面。②

同月，姜先生还有感于"独具匠心，生面别开"的《红色堡垒》（上海文艺出版社，一九六一年版）封面，写了《封面随想》一文，在对该书封面设计大声喝彩之后，

① 姜德明《柳青的心》，见《书梦录》，安徽人民出版社，一九八三年九月版，第一九四页。柳青的文学代表作《创业史》，是由中国青年出版社在一九六〇年三月首次编辑出版的。
② 姜德明《寻书偶存》小序，南京师范大学出版社，二〇一一年一月版，卷首。

发表了"书籍的封面，给勤于独创的美术家留下了发挥才智的广阔天地。我们有千种百样有趣味的书，也就有理由要求出现千种百样的封面装帧"的意见，并进而提出了"把近几十年来的优秀封面设计选出一批汇印成册出版"的建议。他认为，如能有这样的一个选本问世，既可检阅"五四新文学"依赖装帧艺术的成绩，又可促进当代封面装帧艺术的发展，还可以给读者增加热爱和欣赏书籍艺术的趣味，乃是一举多得的好事和美事。

当年岁梢，姜先生专门为中国现代出版史上的第一部书装作品集《君匋书籍装帧艺术选》（人民美术出版社，一九六三年）作文推介云："钱君匋和已故画家陶元庆，同时以画书籍封面而闻名一时。他们的创作活动先后受到过鲁迅先生的鼓励和启示。钱君匋早在二十年代便开始了他的书籍装帧艺术活动……封面设计是以图案装饰为特长的，在他早期设计的书籍封面风格上，色彩和谐明快，布局匀称简练，整个书的封面给人一种清新悦目之感……另一特点，是以他那深厚有力、圆润流畅的美术字而取胜的。"①

通过这数篇文章，姜先生明确地向读者昭示了自己对书籍装帧的强烈关注和特别爱好。因为仅在此前的四五年，当时正掀起"反右派"运动，他就曾被人民日报社的一位年长的同事当面揭批过其爱好所谓"旧文艺"因而"思想陈旧"的倾向，以至于他很冲动地把连同上海晨光

——————
① 姜德明《钱君匋的封面画》，见《书边草》，浙江文艺出版社，一九八三年五月版，第一五〇——五一页。

出版公司印行的李广田（一九〇六——一九六八）《引力》等书在内的一批藏本赌气式地卖给了旧书店。①

在时代车轮把"左"的时政路线抛弃以后，大抵自二十世纪七十年代末开始，姜先生逐渐把自己对中国新文学书刊封面画的爱好之情，通过一篇又一篇的书话作品，毫不保留地奉献给了世人。他回忆说：

六十年代初，我曾经鼓动钱（君匋）先生撰写现代书籍装帧艺术史话，总结和介绍"五四"以来的优秀封面画的历史和封面画作家的经验。他兴致勃勃地开列了十几个题目，谈及商务印书馆、中华书局、开明书店等老资格出版单位的书籍装帧艺术家。大概只写了几篇吧，就因为当时的形势所限无法畅谈下去。那时不时兴"话旧"，更主要的怕是这些文章从侧面肯定了三十年代文艺的成绩。不过从那以后，我倒一直惦记着这件事，希望钱先生还是抓紧把拟定的文章写出来，总算是一笔财富。②

一九七九年七月，姜先生先后写了《丰子恺的封面画》和《闻一多的封面画》两篇姊妹作。他在前文中说，"当代书籍装帧家钱君匋说过，他之从事书籍装帧工作，曾经得益于两位启蒙的老师，一位是鲁迅先生，一位是丰子恺先生"：

① 姜德明《书味集》后记，生活·读书·新知三联书店，一九八六年七月版，第二六五—二六六页。
② 姜德明《钱君匋装帧画例》，见《书廊小品》，学林出版社，一九九〇年十一月版，第一八五页。

五四以后，随着"新文学运动"的发展，书籍装帧也开辟了一条新路，封面画开始被艺术家们重视了。丰子恺正是在这样一个蓬勃的新局面下，从事封面画的创作……丰子恺的封面画具有鲜明的民族风格。这不仅因为他用的是中国画的工具和材料，更主要的是，他以深湛的传统文学修养，早就形成了他特有的艺术风格。他以简练的写意的笔墨，勾画出人物和风景，有时甚至带有一点象征意味，然而又不是畸形和费解的，真是驾驭自如，得心应手。凡有所作，正如他的漫画一样，自有一股吸引人的艺术魅力。

显然，姜先生十分钦敬丰氏"笔墨简练，颜色更为单纯"的封面画，认为"长时期的艺术实践，形成他独具的艺术趣味，他似乎十分吝惜色彩，不喜欢花花绿绿"，"这不仅因为他用的是中国画的工具和材料，更主要的是他以精湛的传统文学修养，早就形成了特有的艺术风格"。他为此呼吁："可否搜集一些丰子恺的封面画，出版一本画集，让大家来欣赏借鉴呢？"

一九八三年底，姜先生在《廖冰兄的封面画》中指出，廖氏为徐迟《美文集》、罗荪《寂寞》、冯亦代译作《千金之子》所作的封面画，都"别有一种艺术趣味"，他为照顾刻工奏刀的困难和套印时的麻烦，"所作的这些封面画多是粗线条的，基本上用色块来组成画面。又因为当时画家比较装饰图案，在艺术上追求一点象征的意味，所以看上去自成一家，很有特色"：

正是由于木板套色不太严密，自然形成一种朴拙之美。这种风格同书籍所用的粗劣土纸亦很和谐，是战时后方出版物常见的形式……抗战时期土纸书籍封面设计，是值得美术家们重视的，当然，延安时期和各解放区土纸书籍的封面设计亦很珍贵。这是在一种特殊环境中产生的一批艺术风格独特的封面艺术，不能因为印刷条件变了，就忽略了它对今天的借鉴作用。应该说，今天的某些封面设计，还不及这些朴拙的封面设计有感染力。可惜我们还没有来得及认真地搜集和研究这些作品。就我所见，漫画家特伟在抗战期间亦作过一些优秀的封面画，如为夏衍同志的杂文集《边鼓集》所作的便是。①

遗憾的是，上述姜先生的若干富有创意的提议和建言，至今都没有化为现实。在当今充栋的书库中，依然找不到一本类似《丰子恺封面画》或《子恺书籍装帧艺术选》《钱君匋说封面画作家》《五四以来新文学优秀封面设计作品选编》之类的书，供专业内外的同好"欣赏借鉴"。这是当代爱好书文化的人，在书装艺术审美方面的一宗不小损失。然而，这个缺憾后来因姜先生的躬作亲为而部分地被弥补了。

（三）

早在一九二〇年四月二十四日夜，在清华大学求学的

---

① 姜德明《廖冰兄的封面画》，见《书味集》，生活·读书·新知三联书店，一九八六年七月版，第二五七—二六〇页。

闻一多先生（一八九九——一九四六）就在其《出版物底封面》一文中，以当时市场上流行的杂志封面为例，明确地提出了自己的"装帧观"。他认为，出版物封面图案在主体上的价值，可表现为三个方面：（一）"美的封面，可以引买书者注意"；（二）"美的封面，可以使存书者因爱惜封面而加分地保存本书"；（三）"美的封面，可以使读者心怡气平，容易消化并吸收本书底内容"。在客体上的价值则是：（一）"美的封面，可以辅助美育"；（二）"美的封面，可以传播美术"。

他分析说，在当时的中国，书刊封面装帧艺术不能发达的缘由，除了"艺术不精""印刷不良"外，还有基于社会生活消费水平过低所致的书刊装帧成本的降低，以及中国"以前的书籍，没有美术的封面底要求"的文化传统上的原因。因此，如需从艺术角度加以改善，那么，除封面图画须合乎艺术要素、须与书的内容有关联或象征外，还需把握图画宜选长方形，且"不宜过于繁缛"的基本艺术原则。

为此，姜先生在《闻一多的封面画》中推许道，闻先生当年发表在《清华周刊》第一八七期上的这篇文章中的观点，都是"经验之谈，表现了他对封面装帧艺术的见解和浓厚兴趣"。他还披露，闻先生在昆明，曾同吴晗纵谈数十年来封面艺术的发展，吴晗以为，闻氏对"一本本（书衣）的批评，提出他自己的看法，很在行、中肯"。

姜先生还在文章中颇有门道地评论说：

一九二三年，闻一多的第一本诗集《红烛》出版，原来由他自行设计封面并作插图，终因经济和其他原因而作罢。不过封面画倒是反复地设计了几个，总认为脱不掉西洋味，没有一张满意的。闻一多是学西洋画的，但是他更看重民族绘画，以为中国画更善于表现人的心灵。最后，他草草地用了蓝条框边、红字白底作《红烛》的封面，"自觉大大方方，很看得过去"。但在我们看来，似嫌呆板粗略了一些。

一九二八年出版诗集《死水》时，闻一多大胆地用了黑纸作封面，这是他最喜欢的颜色，只在中间贴以很小的书名、作者的签条。这个封面倒是独特的，至少吸引了年青的诗人臧克家，他的第一本诗集《烙印》，便是完全模仿《死水》的装帧。

一九三三年，林庚的诗集《夜》出版，闻一多为它设计了封面。主要也是黑色图案，选用了美国画家肯特的一幅黑白画，朴素典雅，凝重大方。

闻一多还为徐志摩的书设计过封面，如一九二六年的《落叶集》，一九二七年的《巴黎的鳞爪》，一九三一年的《猛虎集》，黄底色，黑花纹，摊开书面就是一张虎皮，既泼辣有力，象征意味又浓郁，内容与形式高度谐和，可以说是"五四"以来新文学书刊装帧中不可多得的佳品。

这篇文章与《丰子恺的封面画》同写于一九七九年七月。后来，姜先生还曾撰文指出，丰子恺为俞平伯（一九〇〇——一九九〇）主编的文学丛刊《我们的七月》（上海亚东图书馆，一九二四年版）、朱自清（一八九八——一九四八）主编的《我们的六月》（上海亚东图书馆，一九二五年版),"封面各用一种蓝和绿色,文字翻白,简朴中又显丰富,营造了强烈的装饰效果。这对那些喜欢滥用色彩的人无疑是个讽刺";而他为自己的散文集《教师日记》所作封面,在自己的手迹题签外,更选用儿女所画稚拙天真的《爸爸写日记》为封面图,与率真的丰先生文笔相得益彰,"纯朴可爱,耐人吟味"。①

他说,丁聪的画"线条流利和装饰味极强","很少用大块的黑白,也不依靠光影的渲染,主要靠线条,而且常常只用竖线便准确地组成千奇百态、极富装饰效果的画面"。他为新文艺书籍所设计的封面也独具特色,"往往以人物为主,很少画图案和风景。这些人物肖像又不是简单的插图,简直有点像用简练的线条组成的带有雕塑感的绘画。我有点偏爱这些封面画,以为别的画家既没有试验过,也是无法模仿的"。并认为,他为《人间世》杂志所作封面,"亦富有艺术魅力"。②

可以说,上述一系列文章的撰写,为二十年后姜先生决意以其历年藏书为依据,亲自编选一部中国现代书籍的装帧作品选,奠定了坚实的思想基础。

大抵从一九九七年到二〇〇二年,姜先生以其历年藏书为依据,亲自编选了《书衣百影:中国现代书籍装帧选 1906—1949》《书衣百影续编:中国现代书籍装帧选 1901—1949》和《插图拾翠:中国现代文学插图选》三部

---

① 姜德明《纯朴和率真》,见《书坊归来》,山东画报出版社,一九九九年三月版,第四十九—五〇页。
② 姜德明《丁聪的封面画》,见《书味集》,生活·读书·新知三联书店,一九八六年七月版,第二六二—二六三页。

书，先后在三联书店编辑出版，一时走俏书市。据此，人们终于恍然大悟了姜先生对于新文学书刊装帧的鉴赏水准，以及作为"民国范"书装载体的新文学书刊的独特收藏价值。

沈泓在《故纸堆金——旧书报刊的收藏投资》中说：

藏书家姜德明先生恐怕事先没有料到，由他编著、两年前出版的《书衣百影》一书，如今被上海文庙旧书市场的不少书商奉为"圣经"。这本书收录有百种解放前出版旧书的影印封面，书中还附录了简短的文字，对每种书的内容、著作者、装帧特色做了介绍。在文庙，一些书商按图索骥，将《书衣百影》内收录的书，每本以数百元甚至上千元的高价出售。

收藏民国旧书报刊，建议购买一本《书衣百影》，该书收录的全是民国时期出版的各种文艺书籍的封面画，而且系彩色精印，最大限度地还原了原书书衣的风采……熟悉新文学史的人都知道，许多文化名人对书衣都非常讲究。鲁迅、唐弢等在文章中多有论述。但将书衣作为专辑出版，而且还印得异常精美，《书衣百影》大概是第一本。在《书衣百影》中，我们还可以欣赏到陈之佛、关良等人的作品，这些人都是国画名家，然而他们在二十世纪二三十年代设计的图书封面，则不能不让一般读者感到意外。有的藏家看到关良为钟敬文设计的《荔枝小品》时，惊喜不已。姜德明先生给每款书衣都配了短短的小文，或述书事，或考证版本，均隽永可喜。一册读过，新文学及书装艺术的知识，便会在不知不觉中增长不少。①

　　除了对美的封面画和书衣不吝揄扬之辞，试图唤起当代书装设计者的注意外，姜先生对于那些装帧拙劣、不待人见的书刊的批评，也从来都是直言不讳的。

　　如他曾批评《女人与面包》的封面设计道："这是一本装帧十分粗俗的书，就像旧社会马路电线杆子上贴的卖野药的广告一样，用一种蓝颜色，拙劣地画了一些怪体的美术字……"②，他批评《围城》（人民文学出版社，一九八〇年版）的封面设计说："排除了先前设计（指一九四七年上海晨光公司初版以来各种版本的书衣——引用者注）的一切因袭，封面完全改观，几乎没有任何装饰，更不要说人物图影了。封面当然不一定出现人物形象，但这个封面又过于庄重古板了，甚至可以说缺少文学书的意味，与《围城》的声誉影响有些不相称。"③

　　姜先生还曾不止一次地直言批评当年商务印书馆、中华书局版书籍缺乏书装美意识："想想解放前'商务（印书馆）'和'中华（书局）'出版的书吧，那真是千篇一律，面孔古板，甚至连文学书和自然科学书也无可分辨，都是灰沉沉的颜色""当年历史比较悠久的商务印书馆和

----

　　① 沈泓《故纸堆金——旧书报刊的收藏投资》第十章，上海科技教育出版社，二〇〇四年十二月版，第一六四、第一四〇页。
　　② 姜德明《女人与面包》，见《姜德明书话》，北京出版社，二〇〇四年十月版，第三页。
　　③ 姜德明《〈围城〉的封面》，见《姜德明书话》，北京出版社，二〇〇四年十月版，第一五七——一五八页。

中华书局等，都有专门的书刊设计人员，一般说他们的出版物装帧设计偏于严肃规整，比较呆滞保守。偶请外面的美术工作者来设计封面，才有明显的变化，如丰子恺先生给商务印书馆设计的若干种新文学版本便有新意……"，"商务印书馆的书，一般封面都无装饰画，灰沉沉的面孔，显得呆板乏味。而《读书三昧》总算有了封面画，但是与译书的内容风格极不一致，画面上是条幅、烛台、线装古书，构图陈旧，无美可言。"①

一九八三年，姜先生曾旗帜鲜明地反对过当代书装界一度流行的请名画家动笔或用他们的现成绘作做书籍封面画的风气，他在一篇"微杂文"中指出："有些书籍的封面，请名画家来动笔，这当中可能有好的，但就我看到的来说，大部分并不成功。一幅多么优秀的国画、油画、木刻也不能代替书籍的封面画，凑合是可以的。封面画有自己的性格，讲究色调简练、强烈，要有装饰味。大概画家碍于情面吧，即以平时的山水或花卉权作封面，结果就只能看画家的名气了。也许选用画的细部可能效果要好些？亦难说。"②

针对有的作家为自己的作品画好插图一起印行成书的个例，他告知我们有小说《露露》的作者马国亮（一九〇八—二〇〇一），有创造社的文人、藏书家叶灵凤（一九〇五—一九七五），有张爱玲（一九二〇—一九九五），还

① 姜德明《读书三昧》，见《燕城杂记》，复旦大学出版社，二〇一二年四月版，第九十三—九十四页。
② 姜德明《大地漫笔》，见《燕城杂记》，浙江文艺出版社，一九八七年十月版，第二二七页。

有叶鼎洛（一八九七——一九五八）。他发表评论说："作家画插图不必反对，因为有的作家确实学过画，或本来就能画，例如端木蕻良先生为萧红的小说《小城三月》作的插图便很传神；张爱玲的画笔亦简练而有情致。但，也不必就此提倡，因为作家中能画的终究极少，不可因为已有作家的名衔再妄求画家的虚名了。"①

他还专门谈到过用摄影作品做书刊封面的问题，指出当年是赵家璧编辑的《良友文学丛书》最先尝试，因设计得当，尚"不失雅致品位"，但"也有人不喜欢用人物摄影作文学书籍的封面，认为缺少文学意味和书卷氛围"。他认为如今以作家头像做封面成为时尚，特别是二十世纪九十年代借助电脑科技手段制作封面装帧以来，更是五光十色，眼花缭乱。现代感强了，商业色彩亦浓了，失去的却是朴素的文化气息。②

至于有关新文学书装艺术的见识，也是所在多有，俯拾皆是的。如姜先生在《书籍装帧的艺术魅力》一文中说，"文人参与新文学版本的设计，是我国现代书籍装帧艺术史上的一大特色，形成新文学版本浓郁的文学气息和丰富多样的色彩。有的时候，读者欣赏和购买一本书，不全是因为书的内容，而是为了版本形式的优美而动心"：

　　鲁迅先生在为自己和他人设计书刊封面时，总是照顾

---

　　① 姜德明《叶鼎洛的插画》，见《书坊归来》，山东画报出版社，一九九九年三月版，第五十六—五十八页。
　　② 姜德明《照片入封面》，见《文林枝叶》，山东画报出版社，一九九七年九月版，第一九四页。

到书刊的内容和特性，选用不同性质的图案来做装饰，同时也不会忘记强调民族风格和现代气息。晚年他出版的杂文集更喜用色彩，在质朴素白的封面上，手书书名和签名，或只有一方鲜红的名章，非常传统，又非常清新，给人一种强烈的美感，带有创新的意义。

鲁迅先生对我国现代书籍版本艺术的建立和发展，起到启蒙和推动的作用。当年，在他的周围曾经团结了一批热爱书籍装帧艺术的青年美术家，如陶元庆、司徒乔、孙福熙、王青士、钱君匋等……我国新文学版本装帧艺术的建设，与我国文人办出版社的传统也有着密切关系。巴金先生参加并主持过上海文化生活出版社的编辑工作，他设计和筹划了许多书的封面装帧。他所主编的"文学丛刊"，即靠素白的底色，衬出修理的仿宋体铅字，以大小不同的铅字排列变化，组成隽雅的封面，只是书名铅字的颜色稍有变换而已。作家丽尼、陆蠡、吴郎西，也参加了文化生活出版社另外几种丛书的设计，他们共同确立了文化生活出版社出版物的总体风格。①

在《与巴金闲谈》一书中，姜先生曾多次详细询问巴老关于"文学丛刊"及"文学小丛刊""文季丛书"的封面设计和文化生活出版社的商标等问题。如在一九八〇年八月十五日，当他在北京见到巴金先生时，便问询起了开明书店给他出版的数种小开本精装小说，得到的回答是：

① 姜德明《书籍装帧的艺术魅力》，见《新文学版本》，江苏古籍出版社，二〇〇二年十二月版，第二十四页。

"那都是钱君匋设计的，可以说是袖珍本。我很喜欢他的设计。我自己保存的袖珍本原来都有，历年出的各种版本我都留了一种，'文革'中还是有些损失，现在想法补，很难了。"①

可见，读姜先生的随笔文章，让人十分受用的一份知识是，他会非常有心且用心地向读者发表自己对所藏出版物书装设计的评论，无论是开本、封面，还是插图、题花，等等，是书装设计人的种种信息，以为谈助，从中足以见出他对鲁迅（一八八一—一九三六）、闻一多（一八九九—一九四六）、巴金（一九〇四—二〇〇五）等老一辈文艺家所开创的新文学书装艺术的自觉继承和大力弘扬。

（四）

除了撰文介绍陶元庆（一八九三—一九二九）、陈之佛（一八九八—一九六二）、丰子恺（一八九八—一九七五）、闻一多（一八九九—一九四六）、司徒乔（一九〇二—一九五八）、叶浅予（一九〇七—一九九五）、钱君匋（一九〇七—一九九八）、卞之琳（一九一〇—二〇〇〇）、廖冰兄（一九一五—二〇〇六）、丁聪（一九一六—二〇〇九）、章西厓（一九一七—一九九六）等人的封面画作和书刊设计作品，姜先生还慧眼别具地注意到了漫画、插图、题花、开本、社标等艺术元素，如何更妥帖更和谐地

① 姜德明《与巴金闲谈》，文汇出版社，一九九九年一月版，第十三页。

同书刊出版物完美结合的问题。

姜先生在《纯朴和率真》中指出，丰子恺"以漫画手法装饰书衣，亦开风气之先"。丁聪为吴祖光（一九一七—二〇〇三）编的《清明》杂志设计的版面，画的插图，"至今为人称道，是版面设计最精美的一种刊物"。

即使对"刊头画""题花"这类书刊艺术装饰的小细节，姜先生也会投其只眼，加以品评。他在《美的〈青鸟〉》一文中，曾对该刊套色木刻制版的封面和题图赞赏有加，认为"显示了战时特色和画家、刻工的技艺"。还在一篇短文中，赞扬了丁聪（一九一六—二〇〇九）和徐启雄绘作的小题花："现代画家中甘为报刊画些装饰性的小题花者不多，就笔者所见，老画家丁聪是一个，中年画家中则有徐启雄。须知，画这样的小玩意儿，往往是不署名的，于利恐亦寥寥。但是，他们仍然乐此不疲，自然显示了他们的见识和心胸。"他指出，"丁聪所绘的人物头像，以流利的线条勾画出传神的古今男女，至今丰富着《读书》杂志的版面"，徐启雄为《万叶散文丛刊》之《绿》所作近半百题花，则颇为动人。尤其是他为林遐散文《山水阳光》所制题花，"江南三月，小桥流水，诗意盎然"。①

对于钱君匋的刊头画，他曾赞不绝口道："如果说丰子恺先生的刊头画，多少还表现出一点情节性，那么，钱先生画的刊头则纯属图案。题眉画有的为半圆形，打破了版

---

① 姜德明《大地漫笔》，见《燕城杂记》，浙江文艺出版社，一九八七年十月版，第二三四页。

面的呆滞局面。花卉、双鸟、枝条的图案都富有生趣，并带有一种音乐感，给人以愉快的享受。刊头画笔墨非常准确、简练，增添了刊物的文学意味。"①

对于开本，姜先生关注亦久。他在一九八一年所写《开本小议》一文中提出，"书籍的开本完全可以根据内容的不同而有所变化"，以便形成书装设计"不拘一格"进而"百花竞异"的局面。他为陈大远（一九一六——一九九四）散文集《安徒生的故乡》被以三十六开本的形式印制成书，并辅之以"抒情风味"的书衣而撰文叫好，认为这体现了标新立异的"革新精神"。他由此联想到二十世纪六十年代，百花文艺出版社就曾出版一套包含有巴金《倾吐不尽的感情》、冰心《樱花赞》、孙犁《津门小集》等在内的散文丛书，开本纤巧，书装秀雅，"我便有过这样的经历，就是因为这开本的统一和装帧设计的精美，使我购买了本来不一定收藏的书"。②

诸如此类有关书刊装帧艺术方面的见解，吉光片羽，可谓鸿宝。姜先生为老一辈书刊装帧设计家树碑立传，为一部分新文学老书刊封面赏美斥丑，是在内心深处期待着通过对前辈经验的弘扬，前辈佳作的鉴赏，来尽量多地启迪来者的书装设计灵感和智慧，以推动当代书刊设计水平的提升。他的用心、细心和苦心，是令人感动的。

---

① 姜德明《钱君匋的刊头画》，见《文林枝叶》，山东画报出版社，一九九七年九月版，第一七〇——一七二页。

② 姜德明《开本小议》，见《书梦录》，安徽人民出版社，一九八三年九月版，第二一二页。

（五）

经过了鲁迅、巴金、赵家璧等文坛书界名家的大力提倡，陶元庆、陈之佛、丰子恺、司徒乔、叶浅予、钱君匋等艺术家的慧心探索，对于中国新文学书刊的封面画和书中插图的爱好，已完全不限于崇文爱艺的藏书家，几乎是所有现当代作家和文学爱好者的美学偏嗜了。

如诗人、翻译家卞之琳（一九一〇—二〇〇〇）就精于书装艺术。姜先生披露，"他热衷于书的包装，诸如纸张、铅字的选择，行距的宽窄，色彩的运用等，可以说斤斤计较，不厌其烦，更不要说对书面整体风格的追求了。在他看来，一位作者从写作开始到完稿，直至印成怎样一本书，都要尽心，因为这是一个完整的创作过程"。①

在姜先生笔下，孙犁（一九一三—二〇〇二）也是十分看重书籍装帧的，因为他曾经说过："文学书籍本身便是一种艺术品。封面讲究，排版疏朗，拿起一本书，你的心情就可以平静下来。"铁凝则在《怀念插图》一文中表示："我第一次读孙犁先生的中篇小说《铁木前传》……是平装单行本，当时除了被孙犁先生的叙述所打动，给我留下深刻印象的，便是画家张德育为《铁木前传》所作的几幅插图，其中那幅小满儿坐在炕上一手托碗喝水的插图，尤其让我难忘"，"小满儿是《铁木前传》里的一个重要女性，

---

① 姜德明《卞之琳与封面装帧》，见《文林枝叶》，山东画报出版社，一九九七年九月版。

我一直觉得她是孙犁先生笔下最富人性光彩的女性形象……张德育先生颇具深意地选择并刻画出孙犁先生赋予小满儿的一言难尽的深意，他作于二十世纪五十年代的这幅插图的艺术价值，并不亚于孙犁先生这部小说本身……他画出了孙犁心中的小满儿，不凡的《铁木前传》因此具有了非凡的意义"。①

好书无已，求知不辍，知行并举，笃行实践，是质朴无华的姜先生处世行事的基本风格。因而只要有可能，他都会积极参与并张罗自己所著所编之书的装帧设计样式。

在二十世纪八十年代前期问世的姜先生多种单行本文集，都是他自己借助独特的人脉，请到了素来心仪的前辈为之题签、作序并做封面的。如请叶圣陶（一八九四——一九八八）题写书名而由钱君匋设计封面的《书边草》（浙江文艺出版社，一九八三年版），请茅盾（一八九六——一九八一）题写书名而由曹辛之（一九一七——一九九五）设计封面的《书叶集》（花城出版社，一九八五年版），由秦龙设计封面的《书梦录》（安徽人民出版社，一九八三年版），请黄苗子（一九一三——二〇一二）题写书名而由梁珊设计封面的《燕城杂记》（浙江文艺出版社，一九八七年版）等。他曾回忆说：

《书边草》，一九八二年一月浙江人民出版社出版。第二年五月再版。我请钱君匋先生设计封面，叶圣陶先生题

---

① 铁凝《怀念插图》，见《桥的翅膀》，商务印书馆国际有限公司，二〇一〇年版九月版，第一六四——一六六页。

书名。圣翁做事认真，横写，竖写，既有简化字，又有繁体字，处处想到当事者的方便。

《清泉集》，一九八二年九月上海文艺出版社出版……我又请丁聪先生为本书设计封面，他画了一张草图，不满意，以为应题太实，让我不用，图稿可存我处留念。我从命转托曹辛之兄动笔，丁兄看后赞不绝口，谦虚地说，比他的设计既简练又含蓄。好在大家都是熟人，彼此相安无事，共为一乐。①

但姜先生后来却反省道："二十多年前，我刚刚出书的时候，心气极高，好像书中还有很多未尽之意，要在序言跋里再讲上一讲，因此序跋文写得较长。同时出于自愿，或遵出版家之嘱，还邀请前辈作家写序，并请过茅盾、叶圣陶、钱君匋、黄苗子、曹辛之诸先生题写书签，设计封面，以为这样做不失传统，真是过于隆重了……"② 于是，很快就自《清泉集》（上海文艺出版社，一九八二年版）之后，有点随遇而安的样子了。

但到晚年，当出版社越来越重视书装设计与出版物的关系的时候，姜先生还是力所能及地关注着自己作品集的问世形貌。无论是《寻书偶存》（南京师范大学出版社，二〇一一年版），还是《拾叶小集》（复旦大学出版社，二〇一三年版），我们最后所看到的书衣，都只有书装师少许

---

① 姜德明《书外杂记——写在自著书边的短札》，见《拾叶小札》，复旦大学出版社，二〇一三年一月版，第一四二—一四三页。

② 《姜德明序跋》自序，东南大学出版社，二〇〇三年三月版，卷首。

设计元素存在，而把大面积空白留给了读者，看似素面朝天，却有一种无以言说的洁雅之美。

（六）

姜先生的书房，是那种简朴得只剩下了书香和墨韵弥漫着的传统文人书房。一张两头沉的黄色写字台上，非常旧式地压着一方幅度相当的白玻璃，玻璃板底下，照例压着主人愿意朝夕晤对的纸片和照片。桌面上，是草绿色罩着的白炽台灯，旁边是一只胖而肥大的笔筒，绝不是——古董文玩级的。桌旁边照例是不会有打印、复印一体机的，自然也没有键盘，没有电脑屏。但墙上钉壁着的，却是一个令天下读书人都要眼红睛亮的镜框，那是唐弢先生自作并楷书的一首五言绝句，记录的是一段到琉璃厂海王村中国书店淘书的情景：

> 燕市狂歌罢，相将入海王。
> 好书难释手，穷落亦寻常。

但差不多就是在包括这间屋子在内的有限空间里，姜先生见书眼明，唯吾文馨，写出了他的一系列随笔和书话。无论是他的"四书"（《书边草》《书味集》《书廊小品》《书坊归来》）、"八集"（《书叶集》《清泉集》《雨声集》《绿窗集》《书味集》《王府井小集》《流水集》《不寂寞集》），还是"二话""三记"（《余时书话》《姜德明书话》及《燕城杂记》《猎书偶记》《人海杂记》），"三叶""三梦"（《书叶徐雁先生：

　　来信收到，出版合同亦在，勿念。

　　合同签字无问题，只是请韩力先生
本月底前来会不能出事，怕是来不及了。
因我近来家事缠身及健康之佳，实也
无力寻找插图，请诸位编者自办。如
需我快邮者，请开列书目我再设法。

　　《冷摊书札》闻已印出，我为未见到，
签书剖版即寄上。又，南师大出版社出
《艺文志×》亦出版，届时我一起寄上求
正。多祝

　　近安！

　　　　　　　　　　　　　　姜德明 2013.5.

姜德明先生手札

集》《书叶丛话》《拾叶小札》及《书梦录》《梦书怀人录》
《书摊梦寻》），及其据家藏旧书老杂志编著的《北京乎》
《如梦令——名人笔下的旧京》《书衣百影：中国现代书籍
装帧选》及其续编和《插图拾翠：中国现代文学插图选》
等，源源不断的出品，林林总总的书目，使人目不暇接地
接受着作者淘书、访书、救书、藏书、读书及品书的丰富
见闻，那似已随时飘逝的文艺时尚，那将与岁月恒在的书
香魅惑，让我们潜移而默化，得以了解其所藏阅的新文学
旧书和陈报老杂志的珍贵人文底蕴和时代意义。

　　因此，早在十年前，我就引导南京大学二〇〇二级硕
士研究生朱敏同学开题研究了与书为友的姜先生。她在题
为《姜德明的书籍世界》的硕士论文中，就有一题概述了
姜先生对书装艺术的关注："读姜德明的书话，会有一个明
显的感受：他很留心介绍书刊的外部形态，包括开本、用
纸、插图和封面设计等。版本学中当然也注意著录书籍的
外部特征，但姜先生这样做，可能更多的是出于他对书籍
装帧艺术的关注和喜爱"，"姜德明写过不少专门介绍书籍
装帧艺术的文章……我认为，含蓄之美和书卷气息、对作
品氛围的准确传达、不拘一格的新尝试，这些都是姜先生
所欣赏的"。①

　　……伴随着暖意洋溢的冬阳，今天姜先生的谈兴真是
高健极了！其慢言细语如同源头丰沛的活水泉流，又如可
以流觞的山阴曲水，随意宛转，令人如坐春风。可是恼人

　　① 朱敏《姜德明的书籍世界》（下），见《天一阁文丛》第二
辑，宁波出版社，二〇〇五年一月版，第一九二页。

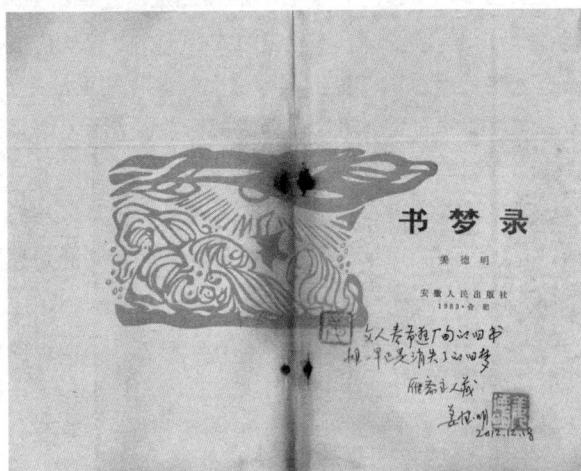

姜德明先生《书梦录》扉页题词及所钤图章

的夕阳却在不断西斜，面对着未曾午休的姜先生，我们虽然眷恋着未名书斋里的茶座和主人的谈吐，但在心中打扰如此之久的不安和歉意，早已在发酵。晤谈千言万语，终得拱手一别。就这样带着些许遗憾，在合影留念之后，我们在恭请主人多多保重并相约下回再会的惜别声中，告辞而出。

我设想，再登未名书斋拜访主人的时候，该是我们捧上已经问世的《辅助美育：听姜德明说书籍装帧》①，请他老人家签名、题词、盖章的欢愉时刻了。

记得在一九九五年秋，姜先生于《书摊梦寻》一书的"小引"中说："少年时代，我是从天津旧城北门西的旧书摊上开始寻觅课外读物的……最爱去的还是天祥商场二楼的旧书摊"，"现在几乎找不到真正的旧书摊了。可是我在梦中依然去巡游。常常在丛残中发现绝版的珍本，醒来却是一场空，不禁顿生寂寞。说真的，梦中所见的书格调高雅，连封面设计也不像今天的那样五颜六色，看了令人（心里）闹得慌。"②

他还认为，"有的时候，读者欣赏和购买一本书，不全是因为书的内容，而是为了版本形式的优美而动心"，"我便有过这样的经历，就是因为这开本的统一和装帧设计的精美，使我购买了本来不一定收藏的书"；"书衣的装饰并不排斥色彩，但过于喧闹和浮躁的设计，会破坏了沉静和

————————

①　《辅助美育：听姜德明说书籍装帧》（姜德明著，徐雁、陈欣、马德静编注），由海天出版社在二〇一五年八月出版。
②　姜德明《书摊梦寻》"小引"，见《姜德明序跋》，东南大学出版社，二〇〇三年三月版，第五十六页。

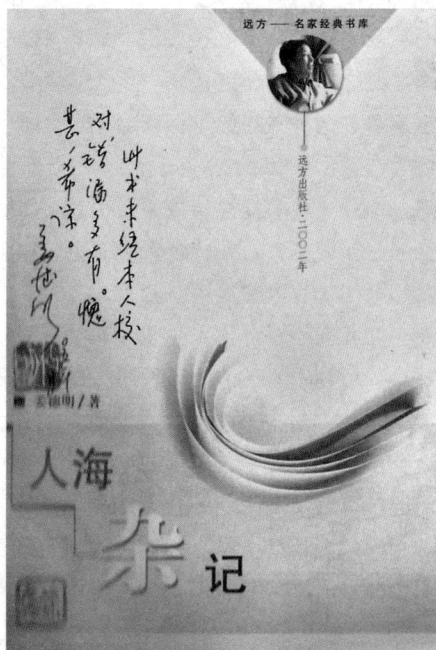

姜德明先生《人海杂记》扉页题词及所钤图章二

谐的读书环境"；"我一向以为，书的浓妆艳抹容易做到，淡雅清隽则难。可惜如今书市上只见浓艳与华丽，出自天然的秀雅较稀见。殊不知本色之美耐端详，非一闪而过的虚饰、炫耀可比也"。①

这种种意见，是作为藏书家的姜先生的观感和体验，其实也是他作为书作者和曾经的出版人的一种追求。我指导的南大二〇一三级硕士研究生马德静在其本科毕业论文《姜德明先生的现代文学版本观》中分析说，姜先生曾检讨自己少年时因生活在天津这样的大都市里，很容易接受赵家璧主编的《良友文学丛书》（上海良友图书印刷公司，一九三三年至一九三七年版）和《中国新文学大系》（上海良友图书印刷公司，一九三五年至一九三六年版）这种带着东、西洋派头的印装豪华本，后来年龄渐长，见识稍多，才更喜欢"朴实淡雅的风格"。②他对中华民族传统艺术的珍视，也体现在对新文学书刊装帧的鉴赏中。作为一帧具体的书衣，"应重视其装饰的作用，采用简洁的、象征性的语言，而不必勉强配合书籍的内容，进行图解式的创作"。

诚然，当年姜先生在研究二十世纪三十年代初钱君匋的《装帧画例》时，特别欣赏其开篇的论述：

书的装帧，于读书心情大有关系。精美的装帧，能象征书的内容，使人未开卷时，先已准备读书的心情与态

<hr>

① 姜德明《卞之琳与封面装帧》，见《文林枝叶》，山东画报出版社，一九九七年九月版，第一七三—一七四页。
② 姜德明《忆赵家璧》，见《文林枝叶》，山东画报出版社，一九九七年九月版，第六十七—七十七页。

度，犹如歌剧开幕前的序曲，可以整顿观者的感情，使之适合于剧的情调。序曲的作者，能撷取剧情的精华，使结晶于音乐中，以勾引观者。善于装帧者，亦能将书的内容精神翻译为形状与色彩，使读者发生美感而增加读书的兴味。①

既然晓得了姜先生内心最为喜欢简约、明快而具本色之美的书衣装帧风格，那么，《辅助美育：听姜德明说书籍装帧》的书装，便在我的提议下，请出版方特邀了江南知名书装设计家周晨先生来做。我们热切地期待着，姜先生在看到这部新书之后，会觉得是暗合了自己心意的——

假如真是这样，那这也就是我和年轻的"姜丝们"，对未名书斋主人的一份特别体贴和孝敬了。

去年底在京城金台路重访"未名书斋"，除获得了《听姜德明先生说书籍装帧》的选注本授权外，于我还有一份重要的收获，那就是姜先生为我雁斋珍藏多年的他的数本著作题了辞。

如他在《梦书怀人录》的扉页上题写了"我的爱跑旧书摊和藏书，当然与喜爱文学有关。秋禾书友藏本嘱题"，墨迹未干，我便福至而心灵，眼明手快地拈起书桌上的一方图章，在姜先生落款的下方，盖上了仅有一个"姜"字的朱文姓氏图章。

当姜先生在《书梦录》扉页上题写好了他在《半农买

---

① 姜德明《钱君匋装帧画例》，见《书廊小品》，学林出版社，一九九〇年十一月版，第一八六页。

姜德明

梦书怀人录

倪墨炎 主编

汉语大词典出版社

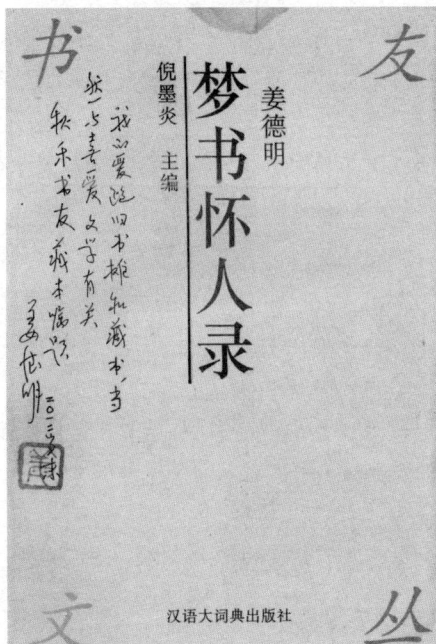

姜德明先生《梦书怀人录》扉页题词及所钤图章

书》一文开篇中的话："文人春节逛厂甸的旧书摊，早已是消失了的旧梦。雁斋主人藏"后，我又迫不及待地拈起书桌上的两方图章，先在落款的右旁边盖上了他的白文名章，再将那方朱文的"姜"字图章，给钤印到了题首文字的左旁。

我之所以对于姜先生题词钤印本如此珍重，是因为在二○○三年秋，他在邮赠我的《守望冷摊》（中共中央党校出版社，二○○二年一月版）前衬页上题写过这样一句话："欣闻徐雁先生新撰《中国古旧书业史》，此乃前人不曾做过的工作，望能早日完稿。"当时钤印的，即一方中规中矩的白文名字图章。

如今，拙稿书名易为《中国古旧书文化史》，凡二百余万字，拟分上、下两册，交与某家有缘的出版社印行。

　　　　　　　癸巳年寒露节后三日于金陵江淮雁斋

梦里依稀『故园路』
——深切怀念北京大学教授朱天俊老师

　　七月二十九日傍晚，主持北京大学信息管理系系政的王余光学长给我发来一条沉痛的短信："朱天俊老师于二十七日住院，因心肌梗塞，今日下午四时不幸去世。我们各写一篇悼念文章，放在一起刊登吧。"闻此噩耗，我不禁大为惊愕而心恸不已。因为仅在一个多月前，也即六月二十四日的下午，我应母校北大社会科学部之邀，入住中关新园1号宾馆参与信息管理学科评估活动时，曾到位于中关园小区45楼504室的府上拜望过朱老师。问安之余，彼此交谈各种话题达一小时之多。

　　阔别多年，只见穿着圆领衫的朱老师面容清癯而身体颇为瘦弱，但谈锋甚健。他带着一点乡音首先告知我，师母已经去世，自己也感腿脚无力，如今只是在室内活动活动，已很难下楼去散步了。同时，他还告诉了我不少系里老师们的情况，并表达了对图书馆学学科建设方向的担忧。对于我多年来所从事的中国图书文化史研究，尤其是中国古旧书行业的研究，他表示了赞赏，并勉励我说，你离开国家教育行政管理部门，离开为人作嫁的编辑出版单位，离开中国思想家研究中心的行政管理岗位，专心去做学术研究，现在看来，你一直以来走的这条路都还是不错的，所以有了成果，也有了影响。我自己一直放不下的，是心中想要写的那部《中国目录学史》，自从那年发生脑梗后，就再也不可能完成了。这是我人生的最大遗憾啊！

看到老师黯然神伤的表情，我赶紧安慰说，您虽然没有把《中国目录学史》写出来，但我们这一届又一届学生，尤其是您指导的那些硕士研究生们，都早已在课上课下深深受益于您的目录学方法了。譬如我，就是当年到您家里请教学问时，偶然看到您书橱中购藏的那批三联书店版的《晦庵书话》《西谛书话》《江浙访书记》《书林秋草》等，才坚定了自己钻研中国书籍文化史的想法的。更何况，您教授的《中文工具书》课程，授予我们在书林学海中渔猎资料的专业本事，使之成为我们图书馆学科班出身者的一技之长，大家早就得益匪浅，学以致用了！

（一）

朱天俊老师本名长庆，出生于一九三〇年十二月，江苏如皋人。一九四三年初秋，考入如皋县中学初一年级。一九五四年七月于北京大学图书馆学系首届本科毕业后，以品学兼优而留校任教。

他在少年时代起，就有浓厚的图书馆情结。考入北大

前一年，就曾为其母校如皋中学办过一个景平图书馆。他
在为该校所写《难忘的岁月，无限的思念》一文中，曾深
情回忆其中学时代两位教文、理课程的老师道：

> （身患肺病，儿女众多，常常全家挨着饿的）纪（汉
> 光）先生，在教平面几何课时，边讲边在黑板上演算定理
> 及难题，粉笔声夹杂着颤抖的讲课声，令人泪下。他批改
> 作业，字体工整，一丝不苟，显示了一位平凡而伟大的教
> 师诲人不倦的风范。担任语文课的吴士拔老师，年高体
> 衰。他讲解语文，准确而生动。他批改作文，好的字句，
> 旁加圈点，错差文句，具体纠正。他为每篇作文写的评
> 语，字字句句凝就了他丰富的教学经验，语重心长，极富
> 教育意义。两位老师均已作古，他们的教学态度与敬业精
> 神，教育与影响了我的一生。

在北大求学期间，朱老师深受著名图书馆学家刘国钧
先生（一八九九——一九八〇）开设的图书馆学课程的影响，
著名敦煌学家、目录学家王重民先生（一九〇三——一九七
五）讲授的中国目录学概论课程，则引领他进入了中国目
录学的知识殿堂。留校后，他担任了王先生的助教。还有
同为江苏同乡，一九四七年由美国哥伦比亚大学东亚图书
馆研究员任上回国的北大副教授陈鸿舜（一九〇五——一九
八六，江苏泰州人）等，都曾给予他莫大的专业影响。

一九九一年春，在北京大学图书馆馆庆九十周年之
际，朱老师在题为《回顾与希望》的征文中回顾说，他一
九五〇年考取北大时，校址还在北京城里的沙滩，那时的

校园里,"到处充满着追求进步,勤奋读书的气氛。每当我进入图书馆,总是肃然起敬。阅览室内一个个埋头攻读的身影,深深感染与激励着自己","一九五四年七月,大学毕业后留校任教,从此开始了教学生活。一个刚毕业的青年教员,见到学校里中老年教师治学严谨,备课认真,教学要求严格,科学研究抓得很紧,深感教师责任的重大"。他写道:

> 目录学是一门属于传统文化的学科。我在王先生的指导下,重点阅读了宋代郑樵所撰《通志》校雠、艺文、图谱三略,清代章学诚所著《校雠通义》,翻阅了《四库全书总目》等书目名著及相关文献。为了吸取前辈学者研究目录学的成果,也注意参考了他们编著的目录学专著。我从图书馆借阅了汪辟疆著《目录学研究》、姚明达著《目录学》与《中国目录学史》、蒋伯潜著《校雠目录学纂要》、余嘉锡著《目录学发微》(内部铅印本)等著作,特别使我高兴的,偶然从图书馆里发现一部容肇祖先生早年在北大讲授目录学课程时编著的《中国目录学大纲》(油印本)。这些著作,拓宽了我的专业知识面,开阔了眼界,启发了思路……"文革"期间,目录学课程停开了。系里安排我教工具书课程。我之所以能很快承担这门课程的教学,主要得力于"文革"前在(北大图书馆)文科教员阅览室积累的工具书知识。

在留校后至一九六六年六月发生"无产阶级文化大革命"运动之前,朱老师在自己做助教并给学生教课外,还

一直兼任着系教学秘书的重任。"文革"后的一九八四年
至一九九〇年，又兼任分管教学工作的副系主任七年。他
始终爱岗敬业，任劳任怨，乐于奉献，把教书育人工作摆
在其人生的重要位置。

在个人的教学工作上，朱老师先后开设过"目录学"
"中文工具书""中国目录学史""新旧地方志研究"等课
程。他备课仔细，教学认真，课堂内外诲人不倦，深受一
届又一届学生们的爱戴。他为全国有关各地的函授生和中
央电大生们主讲的"中文工具书"课程，深入浅出，知识
程度得当，嘉惠了难以计数的社会学子和图书馆同行，更
有着众口一致的好评。

朱老师重视贯彻学以致用、知行合一的传统优良学
风，他特别善于通过自己的思考和刻苦用功，实现教学实
践与业务研究的有机结合和良性互动。他长期从事目录学
与中国传统文化、中文工具书与社会科学文献检索的教学
与研究工作，参与主编和撰著了《社会科学文献检索》《目
录学概论》《中文工具书教程》《应用目录学简明教程》及
《文史工具书手册》《社会科学文献检索教学参考图录》等
书十一种，发表了以《目录学与读书治学》《目录学与历史
研究》《目录学本是致用之学》等为题的学术文章六十余
篇。他的有关著述成果于一九八八年、一九九二年分别荣
获了国家教育委员会颁发的第一届、第二届高校优秀教材
一等奖、二等奖。

作为我国专业界公认的优秀学者和专家，朱老师担任
过中国图书馆学会学术委员会委员，中国社会科学情报学
会常务理事、学术委员会副主任，中国索引学会副理事

长，国家教委高校图书馆工作委员会"文献检索与利用系列教材"编审委员和南京大学、山西大学、华中师范大学兼职教授及西南师范大学的客座教授，以及《四库全书存目丛书》顾问等。他在专业界与同行们和谐合作，齐心协力地推动了目录学等有关门类的学科建设，尤其是"文献检索与利用教材"系列化的进程。

朱老师在收录于《中国当代图书馆界名人成功之路》（武汉大学出版社，一九九六年版）中的《回忆飞逝岁月，浅谈治学体会》一文里坦陈道：

（一九五四年）走上教学岗位，系主任王重民先生分配我担任他主讲"普通目录学"课程的助教……由于思想与知识准备不够，同学提出的个别问题，自己还要查阅多种参考书，才能予以正确解答。这时，我开始意识到，要完成教学任务，既要不断扩大知识面，同时更要根据教学内容需要，先进行专题研究，而后才有可能提高教学质量。

教学推动研究，研究丰富教学内容，二者是一种辩证关系。作为一名教师，正确处理好二者的关系是极其重要的。唯有认真教学，才能发现教学中的薄弱部分，由此找到研究课题，通过深入研究，才能有所发现，不断丰富教学内容，提高教学质量……为了讲好课，编好教材，首先根据教学需要开展研究，这是极为重要的。

研究必须充分占有资料，但罗列很多资料并不能最后确定自己的观点。而是要不断排比资料，消化资料，由表及里，由此及彼，探寻它们之间的内在联系，判断其价值。通过逻辑思维，理论分析，才能形成正确的观点……理论与资料对于研究工作来说，都是不可偏废的。

在多年的教学、科研工作和在专业界的社会活动中，朱老师始终谦虚谨慎，勤勉努力。他以朴实的学风，伯乐的品格，求真的精神，赢得了系里师生员工和系友、图书馆学专业界同行们的普遍尊敬。至于我个人与老师之间的师生情分，也是有着若干珍贵回忆的。

（二）

朱老师于一九六〇年任讲师，在一九八〇年，即我入学的那一年被评为副教授。记得是在一九八二年下学期听他主讲的"中文工具书"课期间，偶然听他说起苏州大学中文系老师潘树广先生（一九四〇—二〇〇三），编写有一部《社会科学文献检索百例》的书，我大感兴趣，课下便凑到讲台前仔细打探了一下。朱老师说，你要真感兴趣的话，可以直接向潘老师写信请教，也许他还会赠送你一册呢，因为这是江苏省图书馆学会的内部印行本，外间书店里是买不到的。

因了这一层关系，我随后便与潘老师建立了通信联系，并于一九八三年元月下旬得到了我所入藏的第一本作者签赠书籍。次年一放暑假，我即在北大进修的苏大中文系资料室教师黄镇伟学兄的引导下，到时住在十梓街1号苏大校园里六宅头的潘府专程拜谢，从此订下忘年之交，不时请益，过从甚密。当然这是后话。

因此之故，与朱老师也日益亲近了起来，尤其是当他知晓我有志于中国古代藏书家研究，且系江苏同乡（朱老师于一九三〇年出生在江苏如皋，我在一九六三年出生于江苏吴县）之后。一九八二年秋，我与一九八〇级的同窗邱明斤、陈国锋和姚伯岳同学，以及一九七九级的王余光、邢永川学长等，开始筹组当时北大校园内第一个全校性的学生学术社团——学海社时，朱老师理所当然地成了我们首批聘请的"学术顾问"之一。当年十二月的一天晚上，他就冒着严寒，从蔚秀园家中来到燕园，为本社社员开设了《中国文化的入门和研究》的讲座。

还记得，在一九八三年冬天放寒假前，朱老师获得了乔迁新居的待遇。他高兴地来到我们宿舍，说是要请几位同学星期天去帮忙搬个家。主要是把什物从蔚秀园的老屋楼上搬到楼下卡车上，再把它们转移到中关村47楼509室的新屋去。与我同屋的张勇、徐健、林振锋、姚伯岳等闻讯无不踊跃，依约摩拳擦掌而去。其实，搬家的活计根本不多，因为那时北大还在百废待兴的过程中，整个社会也在步履维艰地试图走出十年"文革"浩劫的阴影，因此老师家并无多少长物，家藏书刊更不见多，但师母还是热情地招待大家吃了预先备好的午饭。在搬家车开动前，应是同住蔚秀园的陈鸿舜先生忽然端来了满满一锅"肉丝炖烂糊大白菜"，说是为朱家送行。其古风乡谊，令我们印象十分深刻。就着这一锅滋味醇厚、汤汁佳美的"江苏乡土菜"吃馒头，同学们无不食指大动。有一个安徽同学事后还念念不忘地说:"要是每个礼拜都有系里老师叫去搬家,该有多好啊!"

自一九八三年起,教育部所属全国高校图书馆工作委员会,在肖自力大学长的努力下,开始推动和加强全国高校文献检索师资培训工作。次年元月中旬,经潘树广老师大力促成,全国高校首届文献检索师训班假址苏州大学举办,时任南京师范大学图书馆馆长赵国璋先生(一九二三—二〇〇四)与朱老师、潘老师共同负责了教学工作。

与此同时,朱老师为之作序的《书海求知——文科文献检索方法释例》(潘树广编著,知识出版社,一九八四年版)也问世了。朱老师在一九八三年三月写于北大蔚秀园家中的序文中说:

两年前看到了内部印行的《社会科学文献检索百例》一书,当时就引起我的注意,因为编者开辟了一条讲解工具书使用法的新途径,从书名到体例,都给人以新鲜之感。现经编者重新增补、修订,定名为《书海求知——文科文献检索方法释例》,公开出版,这是值得高兴的事情。历来人们习惯从介绍工具书使用法去讲述文科文献检索。虽然此类著作不只介绍工具书,有些著作还讲解一些相关的知识,但以"文科文献检索"为题的著作还没有出版过。本书书名醒目,是一部具有鲜明个性的著作……本书问世,为今后文科文献检索知识的传播,提供一条重要的渠道。它与现有工具书使用法一类著作相配合,互相补充,必然会大大推动文科文献检索知识的进一步普及。最后还要提到的，文献检索是获取资料与知识的重要途径，但不是唯一的。我们还要注意平时认真读书，并在阅读过程中系统地积累资料与知识。

记得在我一九八四年大学毕业后的头几年，也即在国家教育委员会高校文科教材办公室编审一处工作期间，如在一九八六年七月出席《社会科学文献检索》等书审稿会时，在苏州大学招待所也聆听过朱老师有关此类教材编写的意见。

当年八月，朱老师被聘任为教育部全国高校文献检索课系列教材的编审委员后，更把教学之外的重要精力放到了这个领域。其中他与其研究生弟子李国新、南京师范大学友人王长恭先生同编的《社会科学文献检索教学参考图录》（北京大学出版社，一九八七年版），则是其中最有创意的一种。朱老师在其主笔的前言中指明其编纂宗旨云：

社会科学文献检索课程，属于应用学科，实践性较强。它所要解决的：一是如何了解与掌握社会科学文献；二是如何使用文献检索工具及工具书，并且能把二者结合起来，有助于解决阅读与研究中所碰到的各种疑难问题。为了配合教学，我们编辑了这本教学参考图录。教员课堂讲授时，可以借助图录，向学生指明直观工具书书影与内容，并结合书中所附练习题，讲清某一部工具书的编例、特点、用法等；学生课外自学，阅读教材时，在工具书有限的情况下，又可借助图录，熟悉有关的工具书，从而巩

固与加深社会科学文献的检索知识，提高检索文献的
能力。

作为一个基于教学实践创意而来的选题，《社会科学
文献检索教学参考图录》所选入的工具书，不追求版本的
名贵，重在实用，而以《辞源》《辞海》等常见的基本工具
书，及《永乐大典》《古今图书集成》等有代表性的工具书
为对象。编者从这些工具书中选辑出来的材料，大体上包
括书的内封、说明文字、编例、目次以及若干正文的样张
和索引等重要附文，以便较全面地反映一种工具书的概
貌，可对其书有比较具体真切的了解和掌握。为了充分辅
助和指导教学工作，编者还拟设了二十二个简易可做的练
习题，其答案都可以从本书中获得解答，目的主要在于训
练学生的动手能力，达到温故知新、举一反三的学习效
果。总之，《社会科学文献检索教学参考图录》这部致用
之书，最能体现朱老师求真务实的学风，而《目录学乃致
用之学》，更是二十世纪八十年代他写的一篇代表之作，
影响深远。

还记得闻讯朱老师兼任了副系主任，教务日忙，我便
在某个星期五的晚上到老师家中当面致贺。那天晚上，朱
老师踌躇满志，情绪特好，在他那作为书房的北室中，师
生二人不断续着清茶，纵论世事到月明。这也是我入职机
关工作，初涉社会人事的复杂性后，在话题上与老师聊得
最为深入的一次。此后再见面，师生间的信任感和体己感
便倍增了许多，彼此间说的客套应酬话少了，往往能够开
门见山而直抒己见。即使对问题有所讨论和争辩，老师似

亦不以为忤逆了。

八十年代末，为与妻子和刚出生的女儿实现"小家庭团圆计划"，我决定主动离开国家教育行政机关的管理岗位。当一九八九年九月的一天，我在请调南京大学出版社从事编书业务工作的报告获准后，便到朱老师家辞行。他听说后大加赞赏，勉励我千万不要忘记了自己喜欢的中国古代藏书家研究和书评写作，并执意要师母马上去买些新鲜菜留我吃中饭，说是今后再在一起见面谈天就不那么容易了。

接下来，便是我在南京大学开始了所谓"奋斗历程"：一九九二年夏被破格评审为南大出版社副编审，一九九五年春被提拔到本校中国思想家研究中心担任副主任，一九九七年秋晋升为正高级业务职称，二〇〇一年换届时主动辞去副处长级行政职务，次年夏转任本校信息管理系图书馆学专业教授，开始指导硕士研究生，同时兼任民革江苏省委副主任委员，江苏省政协常委等社会职务。

二〇〇一年四月十五日下午，在苏州大学工作的著名书法家华人德学长张罗下，我与到南京来从事"全国高等学校文科教材"编写项目——《社会科学文献检索》（北京大学出版社，一九八七年版）修订工作的朱老师、潘树广老师，以及在南京师范大学工作的赵国璋、王长恭先生等，有了一次机会十分难得的雅集。当时家中正好有几筒来自家乡太仓的特产——猪肉松，记得那是我工作以后，第一次给老师们送上这点薄礼，但他们个个笑逐颜开，好像都十分开心的样子。朱老师当即还表达了他对太仓肉松的数语好评，我听了当然是这中间最高兴的那一个啦。

朱天俊老师（左二）与赵国璋、潘树广、徐雁、王长恭（右一至四）及华人德（左一）在南京北极阁留影（二〇〇一年四月十五日下午）

（三）

在调动到南京工作的十余年间，我谨记师训，埋首读写，努力做着学问。每当有自感拿得出手的成果，总是不忘回到母校向老师们做个汇报，而朱老师总是我首先想着要邀请到会上来的一位席上嘉宾。

一九八九年秋，我调动到南京大学出版社工作后一年，即创意组织编写《中国读书大辞典》（王余光、徐雁主编，南京大学出版社，一九九三年版），与匡亚明、萧乾、张舜徽、陈从周、伍杰、彭斐章、沈昌文、金开诚、董健、杜渐、隐地、金恩辉、潘树广等先生一起并列为十六位学术顾问之一。为倡导书香，鼓励学风，书中"特例"收入各位学术顾问的"读书生活小传"，其中朱老师一份就是请他本人提供素材后，由我执笔编写而成的：

童年读过意大利作家亚米契斯《爱的教育》等书。青少年时代，阅读了《三国演义》等古典小说及鲁迅、茅盾、巴金、郭沫若、丁玲、曹禺等现代作家的文艺作品。尤其是巴金的《家》，在其心灵深处感到永远的亲切。后来又读到俄苏文学作品，如车尔尼雪夫斯基的《怎么办》，高尔基的《童年》《在人间》《我的大学》《母亲》以及奥斯特洛夫斯基的《钢铁是怎样炼成的》等，在感情、思想和性格上受到潜移默化的影响。一九五四年北京大学图书馆学系毕业后，结合教学，读了文、史、目录学方面的著作。五十年代则重视对经典著作的阅读。

近十年来,侧重阅读中国文化学术史和文献目录学方面的著作。其中如柳诒徵的《中国文化史》、梁启超的《中国近三百年学术史》、余嘉锡的《目录学发微》等,经常翻阅,总有心得。自述反复读通这几部著作后,再看其他相关著作,便常常能从比较、鉴别中博采众长。对于序跋集、书话书评、访书藏书一类有关的书,则有着特殊的兴趣,并做系统的收藏和阅读。认为如《朱自清序跋书评集》,唐弢《晦庵书话》、郑振铎《西谛书话》、谢国桢《江浙访书记》等"读书之书",均渗透着作者对中国传统文化深沉的热爱和执着的追求,且说理透辟,文笔清新,犹如优美的散文,读来引人入胜。乃以之为扩大视野、丰富知识的有益途径。此外,还常常查阅历代目录书,如《汉书·艺文志》《郡斋读书志》《直斋书录解题》《四库全书总目》等,以配合研究中国古典目录学的需要。服膺唐弢关于书话、范文澜关于《七略》、郭沫若关于历代正史艺文志的论断。在读书方法上,则常关注工具书的出版动态,通过对工具书的研究,比较异同,并加以系统化,联系文献和学术把握其各自的特点与功用,收效较为显著。

当年五月四日,是北大九十五周年的校庆日,我说动南京大学出版社借址北大勺园的友爱亭举办了一场"《中国读书大辞典》新书品评会"。朱老师不仅早早地到了场,而且还发表了对此书的好评。

二〇〇五年晚春,我撰著的《中国旧书业百年》(科学出版社,二〇〇五年版)问世。这是我到南京大学工作后用功致力的又一个重要学术成果。五月二十一日上午,在

古色陈香的北京大学三院会议室，举办了一场小型的
"《中国旧书业百年》品评会"，由于样书到得晚，朱老师
便连夜阅读，并仔细拟写好了一份发言文稿，揣在上衣口
袋里。在会上，他中肯地发表了自己的意见，显示了一位
既敬重学术，又爱护学生的老教授风范。

朱老师说，拿到这部厚重的书时非常高兴，徐雁二十多
年前从北大毕业后，在学术上非常勤奋。他说写这部书用了
三年多的时间，"我觉得这部书是他关于书文化研究的一个成
果的总结。说是三年完成，其实积累岂止是这几年呢？""徐
雁在北大读书的时候，我就看出他有立志为学的志趣和决心，
他毕业后写了不少文章，出版了十几本书，策划并主编了多
套与书有关的丛书、文库，最后终于以古旧书业为切入点，
完成了这部涉及范围广、内容宏富的著作"。他指出：

（《中国旧书业百年》）记述了百年来古旧书业的沧
桑，写下了北京、江南旧书业的盛衰，留下了不少文人学
者爱书、淘书的史实，对近现代古籍善本遭到毁灭，或者
流失海外的史实，特别是对"文革"烧书毁书的史实，给
予了无情揭露。虽然我们对"文革"这段历史早已从原则
上加以否定了，但是到现在为止，从具体的事情上去深思
反省和批判，还是远远不够的。这部书里所做的一些披
露，是十分必要的。更值得提出的是，他借助诸多学者在
国外访书、淘书的记述，使读者了解到国外古旧书业的情
景，在书里还对中国旧书业和世界旧书业进行了比较，思
路、眼界都比较广阔，不是局限地专谈中国的古旧书业，
我觉得这都是本书的一些长处。

我以为《中国旧书业百年》写作的目的，还是要向社会呼吁"救救旧书业"，振兴当代的古旧书业，不知道我的理解对不对？它虽然写的是旧书业的"百年"，但目的还是为了作用于现实。这反映了作者高度的责任感和使命感，他写这部书是做了前辈想做而没有来得及做的事，写下了国内第一部系统总结中国旧书业的著作。

此外，本书中的叙述常常以"小"见"大"，从史料的综述和研究的心得出发，提炼出一些发人深省的见解，最后上升到理性认识的高度。举个例子，他在书中第九单元中提出古旧书在物质流通上有四大特点："书因人聚""书随人动""人亡书存""存书必散"，决定了这一行业长期存在的合理性和必然性。我觉得这四大特点很符合客观实际，相当实事求是。可见他的敏锐视角、精辟思想和原创精神，都融入到这部力作中去了。他还看到了改革开放以来古旧书业虽有复苏但并不理想，因此曾经在江苏省的政协会议上提案呼吁，以引起社会的关注和重视……我认为这部书既有中国文化专门史的意义，也有极其现实的旧书行业指导作用。

正是在广征师友意见之后，我才雄心再起，开始了以《中国旧书业百年》为基础的科研再出发，近十年来，一直努力结撰着一部行将定稿的《中国古旧书文化史》。

（四）

二〇〇六年暑假，我特意安排在中华书局编辑部实习的南京大学硕士研究生江少莉、在北京《花生文库》实习的肖永钐、在《中国图书评论》杂志社实习的童翠萍、在中国书店出版社编辑部实习的林英一起，携带江南绿茶专程登门拜访朱老师，并期待她们能够对朱老师做出一个访谈报告来。但十分遗憾的是，小江带去的我的提议，由她来帮助朱老师搜集并编选出一部论学文集的想法，却被他否定了。

据林英同学在八月六日上午的访谈记录："今天上午和师姐少莉、翠萍一道去拜访家住北大中关园 45 楼的朱天俊先生。朱先生是中国目录学领域的著名学者，是秋禾师的大学老师，于我们则该称'师公'了，""本来今天就打算要好好采访下师公的，不巧他老家如皋的亲戚也在今日来访，所以不便展开话题，于是我们也就随意闲谈了一番。说到我是武大毕业的，他高兴地跟我说，你们武大有名的法学教授韩德培，就是他表哥呢！"她记述道：

师公今年七十多岁的样子，本来身体一直很好，但突然有天早上起来感觉两腿走不动，结果发现是"脑血栓"，现在虽然恢复得很好，但身体状况还是不如以往，很多想做的事情都做不了了，因此，他在谈话中，不断向我们强调健康的重要性，说"身体是革命的本钱"。是啊，要是他现在身体状况很好，还能做多少事情呀，现在秋禾师派江师姐为助手，有意请师公将以往散见于书、报、刊上的文章辑集成书，不知此行能否完成这个任务呢！

师公为人极为亲切，谈话亦有趣味。他还对我们讲了很多他的老师们的故事，种种往事让他非常感慨老一辈的学者们大半辈子都被时政给愚弄了。确实，一九六六年开始的"文化大革命",不说他的老师王重民先生等很多学者含冤而去,就是最后走出了"文革"的学者们,也被浪费了多少大好年华啊……不知不觉已是十点半了,与师公聊天还真是惬意,如饮清茶,真是有些不愿离去。临别时,童师姐说请"师公"要多多保重,有机会一定到南京大学来看看他的"徒儿徒孙们"。朱老师却约我们说,你们下回再来谈。看来还有机会继续聆听朱老师的教诲了。

据记录,十九日上午,林英与江少莉、肖永钐同门一行三人依约再次登门拜访。刚在书房里坐定,朱老师的夫人徐老师就给她们送来了三瓶饮料。于是在亲切而愉快的氛围中,谈了整个上午。出自林英笔下的记录是:

师公首先向我们娓娓道来了他的人生经历:一九五〇年高中毕业,那时候家境不是太好了,所以在如皋中学工作了一年,一九五一年到上海报考北大,从此都在北大度了。从他们那一届开始北大图书馆系升为本科,理应读四年,但三年后就有很多单位来要人,所以最后还是只读了三年就开始参加工作了。刚开始时是在北大图书馆系做助教,同时兼任系教学秘书。系教学秘书主要是管学生教学方面的,工作烦琐任务重,所以很多老师都不愿意干,怕耽误业务,师公则认为"我不做谁做",因此愉快地担任起这份工作来。担任系教学秘书期间,他跟学生的关系极好,至今仍保持着同一些老学生之间的联系。他说前不久还有个叫王永厚的学生出了一本《农业文明史话》(中国农业科学技术出版社,二〇〇六年版),特意给他送来。还有如李平安的《随心漫步》(中国文联出版社,二○○六年版),也是来自当年学生的赠书。

一九六六年"文革"开始后,大学停止了招生,直到一九七七年才又走上正轨,开始招生。这时师公选择了目录学作为教学和科研的领域,后来还兼任了副系主任,主管教学工作。接下来的工作,他的教研方向,是从目录学到工具书再到文献检索,无论在哪个领域都做得相当有成绩,但师公心中最热爱的还是目录学,对此他十分关心目录学传统在"数字化时代"的继承和发展,思考着"目录学路在何方"的问题。

我现在刚入徐门,才到南京大学信息管理系读硕士研究生,要开始学会如何深入学习和进行研究,积累资料是极为重要的。师公满架的书,以及书中夹着大大小小的纸条,让我深受启发,于是起身看了一番师公的书架。架上还真多我所喜欢的书!师公想必对书话类的书也很有兴趣,里面有很多这方面的书。

师公说他年轻的时候特别向往当编辑,从他书架上的书也可以看出这一点。书架上有很多编辑出版类的书,其中很多在武大图书馆都不曾见过。一本中国书籍出版社出版的《中国近代现代出版史学术讨论会文集》吸引了我的注意,翻开一看,里面有几篇关于民国时期教科书的文章,呵呵,为我的中华书局教科书研究的课题又找到有用的参考书了!朱老师听说我是学编辑出版的,还特意向我推荐了一本《编辑工作二十讲》。

江少莉同学的记录则是,"今天再次拜访师公,注意到他家客厅里挂着一幅蓝布的《清明上河图》”。她写道：

> 谈到目录学，师公赞赏起孙犁在《书林秋草》(生活·读书·新知三联书店，一九八三年版)里“关于纪昀的通信”一篇中对《四库全书总目提要》的评价：“这是一部非常伟大的学术著作……它一直享有盛誉。随着年代的推移，它的价值，将越来越高，百代以后，它一定会成为中国文化的经典著作。”

师公还向我们谈了他对研究与教学关系的看法。他拿出一本《中国当代图书馆界名人成功之路》(武汉大学出版社，一九九六年版)，其中有一篇他写的《回忆飞逝岁月，浅谈治学体会》的文章，分三部分：“教学与研究”“理论与资料”“继承与发展”。他一边指着文章，一边阐述着他刚才讲的教学与研究的辩证关系：作为一名教师，唯有教学认真，才能发现教学中的薄弱部分，由此找到研究课题；然后通过深入研究，才能有所发现，不断丰富教学内容，提高教学质量。如他六十年代发表的《目录学与读书治学》，八十年代发表的《目录学与历史研究》《目录学本是致用之学》，一九九二年主编的《应用目录学简明教程》，一九九三年发表的《目录学研究中若干问题的思考》，都是针对教学需要而进行研究写成的。师公还给我们看了《北京大学百年国学文粹·语言文献卷》(北京大学出版社，一九九八年版)中收录的他那篇《独辟蹊径，开示法门——鲁迅与目录学》文章，以及舒翼翚翻译的《苏联大众图书馆工作》《苏联的图书馆事业》。

如今我正是看了诸生提供的访谈记录，才回忆起原来书橱里收藏的赵国璋、朱天俊、潘树广先生主编的《社会科学文献检索（增订本）》和来新夏先生主编的《清代目录提要》，就是朱老师要她们转赠给我的书。这中间正寄托着老师他对我的一种学术期待啊。

今年六月二十四日下午，我一入住中关新园 1 号宾馆，就拨通了朱老师家的电话。当我提着一盒江南新茶很快就出现在老师家的客厅中时，我从他眼中看见了满溢着的兴奋感。一入座，他就看着我的两鬓忍不住爱怜地说："徐雁也长出白头发啦。"我赶紧笑着说，报告老师，学生我今年也将近半百啦，我是属大白兔的，早就应该长白头发出来才是啊。老师笑了，话题就此陆续展开，陪坐一旁的朱彤姐则不时地补充着，说一些她父亲日常起居的情况和有关他儿子的好消息。

星光寥落，夜已深沉。我展开朱老师往昔赠送我的《应用目录学简明教程》及《社会科学文献检索（增订本）》等题签之本，见到扉页上端端正正写着的数行楷书，于是，一个多月前的晤对，多年前的座谈，乃至二三十年前课上课外的请益……历历往事，一切都恍如目前。可是我当年学业上的良师却已悄然远逝，从此阴阳两隔而请益无言了。呜呼痛哉！唯愿敬爱的朱天俊老师（一九三〇年十二月十七日—二〇一三年七月二十九日）从此魂归故里，学名流芳乡梓；更愿老师教书育人的精神，在母校内外不断传承光大！

二〇一三年八月上旬于金陵江淮雁斋

　　补记：朱天俊教授（一九三〇—二〇一三）去世后两年，《朱天俊文集》（国家图书馆出版社，二〇一五年十二月版）问世。该书凡二十四万字，收录了作者于一九五二年六月二日发表于《人民日报》的《我们要推广农村图书室》，直至二〇〇六年所写《图书馆学函授教育的回顾》，共计四十二篇文章。附录有《朱天俊先生著述要目》。

　　尚忆当年求学于北大图书馆学系本科期间，对于专业课程最感兴趣的，依次是肖东发老师（一九四九—二〇一六）讲授的《中国书史》，孟昭晋老师讲授的《目录学》、朱天俊和周原老师讲授的《中文工具书》及郑加斯老师讲授的《古籍整理》，还有陈文良、白化文、陈秉才三位老师分别讲授的"文艺书籍目录学"和"历史书籍目录学"，均系有关中国传统学术方面的。借助《朱天俊文集》中的回忆性文章方知：

　　（王重民）先生根据多年任职图书馆的经验，深感图书馆不仅是收藏图书的机构，也不只是普及文化、科学知识的机构，而同时是研究学术和培养人才的机构……认为系里的毕业生到图书馆工作，如果本人不具有广博丰富的学科知识、文化修养，没有研究学术的愿望与能力，怎能为科研服务好？因此，先生在制订图书馆学系教学计划时，本着大学四年重在打好基础，按"古今结合、文理交叉"的原则设置课程。

　　（《弘扬传统文化　献身图书馆教育事业——纪念王重民教授逝世20周年》）

　　一九五五年秋，我又听了（刘国钧）先生新开设的

"中国书史"课程……在此之前，先生已编著《可爱的中国书》《中国书的故事》，开课时，又吸取有关中国书史的最新研究成果。通过讲述中国图书内容和形式的发展，具体生动地反映了我国劳动人民对世界文化的巨大贡献。本课的开设，拓展了本专业研究的领域，激发了一些同学钻研书史的兴趣。先生在"中国书史"讲稿的基础上，编著《中国书史简编》，一九五八年的高等教育出版社出版。先生以崭新的视角，独特的构思，深入细致地讲述了中国图书的起源、形成、制度、作用及其影响。此后，先生又编著《中国的印刷》（上海人民出版社，一九六〇年版）、《中国古代书籍史话》（中华书局，一九六二年版）。"中国书史"作为一门学科，开始建立起来了。

（《一代宗师　风范长存——回忆刘国钧先生在北大的日子》）

先辈筚路蓝缕，以启书林，则晚生如我，岂能不克勤克勉，毋怠毋荒地继往而开来，竭心尽智，努力把"中国书史"的学科建设可持续地深化下去并拓展开来呢？而这，正是我近日重读朱老师旧作，在学术精神上感悟至深之处。

二〇一九年六月二十日，于金陵雁斋山居

嗣响『浙东学派』
——阅《傅璇琮学术评传》

诸书后札记

　　最近接连看到傅明善先生撰著的《傅璇琮学术评传》
（西北大学出版社，二〇〇七年四月版）和徐季子先生主
编的《浙东学派当代名家：傅璇琮学术评论》（宁波出版
社，二〇〇七年七月版），两书相加计达六十万余字，都
围绕着中国古典文学界的一位我敬重的当代学者写书做文
章，遂于暑中产生了"深阅读"一回传主的想法。

　　之所以说是"深阅读"，是因为两年前就曾对傅璇琮
先生的事功"浅阅读"过一番。那是在二〇〇五年春，我
以傅先生的《唐宋文史论丛及其他》（大象出版社，二〇〇
四年十月版）为引子，由书及人，拉杂述说了一番自己的
观感和体悟。最后形成结论："一个能够在人生逆境中，不
断保持着求知问学精神的人终将是幸福的；一个能够在平
凡得甚至颇为琐屑的编辑岗位上，最终把自己修炼成为学
者的人的人生必然是成功的……"文章收录在我的文集

《苍茫书城》（河北教育出版社，二〇〇五年五月版）中。

带着如此认识，重读傅先生的一系列学术论著，到他以笔墨构建的唐代文史天地中采风观光，发现自有新的心得。其中最重要的一个收获便是，他作为当代中国的古典文学研究者，究竟是如何嗣响"浙东学派"的？

（一）

"贫贱不能移，威武不能屈，富贵不能淫"，是一个读书人的基本品质，也是难能可贵的最高境界。诚然，"士不可不弘毅"。对于傅先生的坚韧弘毅，如今因有《傅璇琮学术评传》一书在手，我们已不难明了其品质的锻造过程和修炼阶梯。

由宁波大学傅明善教授撰著的《傅璇琮学术评传》，分为上、下两编，即"学术人生篇"和"学术成就篇"，凡十章。本书且传且评，夹叙夹议，通过条理传主的求学和治学历程，真实地写照了其人生的成长成才轨迹。

据本书第三章《历经坎坷，劫后人生感慨多》记述，在一九五五年上半年北京大学中文系临毕业之前，这位埋头苦读的宁波学子首次遭到了时政风浪的无情冲击，莫须有的"胡风反革命集团分子"的阴影，一度笼罩在仅有二十三岁的青年傅璇琮的头顶上，于是"原本就十分内向的他，这时就变得更加抑郁起来，假如没有少年时期练就的刚毅气质，真不知他将如何挨过那些艰难困苦的日子"！

两年后，在爱才的母校师长赏识下侥幸留校的傅璇琼，不期而遇了“反右派”的政治风暴，从而把他从教书育人的岗位，一下子挟卷到了编辑出版单位，彻底改变了其命运的常态轨迹。在北大，他原是随浦江清先生从事宋代文学的研究与教学的。

原来一九五七年夏，作为青年助教的傅璇琮，因与中文系几位师友筹划“同人刊物”的事实而被划为“右派”，被贬至商务印书馆古籍编辑室从事古书整理编辑的工作。因着自己的另类身份，他在二十世纪五十年代末到六十年代末的整整十年中，原则上不能写文章投稿，即使有所撰述，也只能以谐音的方式出现，或另取笔名，其“湛之”一名即因此而起用的（一九六二年十月）。

但傅先生理性地调整了自己的心态，他逆来顺受，并随遇而安，既敬业也乐业地努力工作起来。他后来回忆说：“我于一九五八年夏进中华书局，作为一个普通的编辑，审读、加工了不少书稿。我始终觉得当编辑是一个乐事，从来不相信‘为他人作嫁衣裳’的话。编辑的劳动不单纯是支出，稿子无论合用不合用，经过阅读，付出了劳力，同时也增加了知识，长进了学问……”

不过，足证那个荒诞的时代的，是我们在书后附录的《傅璇琮学术年表》中所看到的：从一九六五年九月至一九七三年四月，他不是在农村参加“四清”工作队，就是在“文革”的旋涡中挣扎，或者在“五七”干部学校（也就是知识分子“劳动改造”之所）务农。

然而除了令人痛定思痛的生命时光流逝外，我们还能看到的，是他身上那种入定以后“运”其“命”的“坚韧”品质。很多年以后，他在接受《中国文化报》记者的采访中披露了其间的细节：

> 人生旋律中热、冷两方面，确可以来回转换，关键是自己如何把握……一九六九年至一九七三年我随文化部到湖北咸宁"五七"干校，最后一两年，人走得差不多了，由热转冷，劳动战地变成休闲场所，晚饭后我有时找萧乾、楼适夷诸先生聊天，后即转入屋内，点起煤油灯看书。咸宁地处楚泽，广漠的平野常见大湖返照落日的奇彩。晚间我遥望窗外，月光下的远山平湖，仿佛看到这屈子行吟的故土总有一些先行者上下求索而悲苦憔悴的影子。这时心也就渐渐平静下来，埋首于眼前友人从远地寄来的旧书中。

当时，他的阅读和思考已经从两宋文学，转移到了宋诗与唐诗之异同问题上，陈寅恪的《隋唐制度渊源略论稿》，给予了他通贯数代史事的方法论启迪。因此《年表》记述道："一九七三年四月，从咸宁'五七'干校回京，参与中华书局启动的《二十四史》点校工作，并担任《宋书》的责任编辑……开始陆续撰写《唐代诗人丛考》。一九七八年底……全书完成，并交付中华书局，全书共四十余万字。"这是他的第一部学术专著，也是成名之作。

《唐代诗人丛考》在一九八〇年一月出版后，钱锺书先生评以"精审密察""冠时独步"，并认为作者"精思劬学，能发千古之覆"，而引以为学问上的"畏友"（手迹影印件见两书卷首插页）。该书后来两次重印，至二〇〇二年累计印数三万余册，次年被遴选入"中华学术精品丛书"行列。傅明善指出，从此唐代文学研究领域，"丛考"式的群体研究，"成为大陆学人颇为看重的一种研究方式"。

《唐代诗人丛考》是傅璇琮先生作为"浙东学派"当代传人的一个重要学术里程碑，开启了他在唐代文学研究领域的新征程。政协宁波市委员会主席徐季子教授在《浙东学派当代名家：傅璇琮学术评论》序言中指出：

　　傅璇琮同志是当代负有盛名的学者，学识精深博达，专治唐宋文学，但涉及的学术领域十分开阔，能见人所未见，发人所未发。他治学勤奋，著作多种，每一部专著或由他主编的大部专集出版，即受到学术界重视，是一位受人尊敬的学者……学者多认为"一心为学，静观自得"是他治学的精神支柱。宁波学者公认傅璇琮同志是当代浙东文化的代表人物，他继承并发扬了浙东学派严谨笃实、经世致用的学风，开拓了学术研究的新空间，为中国古典文学和传统文化研究做出了卓越的贡献，家乡人为他感到骄傲。他认为，"在（政治）运动不息的年月里"，正是其"一心为学"的初衷未受影响，坚持在"静观自得"中反求诸己，这才取得了后来"高深的学术成就"。

　　"一心为学，静观自得"，原是傅先生在《李德裕年谱》（河北教育出版社，二〇〇一年十一月版）"新版题记"中的自述之语，也是他基于自己坎坷经历的一个可贵心得。同时为徐季子教授所激赏的另一句话是："我们做学问，确不必有什么政治牵挂之虞和世态炎凉之辱。"

　　徐教授认为，脚踏实地，在"静观自得"中，"开创出一片光灿灿的学术天地",说明了傅先生治学精神之"坚韧"。而"坚韧",正是"浙东学派"创始学者黄宗羲及其杰出继承者全祖望们所怀抱的精神内核。

(二)

"浙东学派"的学术精髓,无论是治文还是著史,首先就是对"经世致用"的讲求。学术研究要作用于世道的改良和人心的向善,其旨趣是在于关注民瘼,关怀现实。但"浙东学派"的"经世致用"的学术精神,首先是通过学者本人文史兼治的手段来实现,并进而作用于现实社会的知识阶层的。傅璇琮先生的治学生涯,也鲜明地体现着这一学术特征。

由《傅璇琮学术评传》上编的"学术人生篇"可知,他是从新文学起步,而由清代古书整理入手,逐渐关注并将研究目光聚焦在初唐、盛唐诗人诗作上,再进一步推广到对中唐、晚唐文学领域的……由文入史,文史兼治,是傅先生学术道路上的一个显著特点,也是他作为"浙东学派"当代传人的一个重要标志。他在为戴伟华《唐代方镇文职僚佐考》所作的序言中说过:"治史对于治文,是能起去浮返本的作用的。"

在《唐代诗人丛考》问世以后,傅先生经过编集一百三十多万字的《唐五代人物传记资料综合索引》(与张忱石、许逸民合编,中华书局,一九八二年四月版)的积累,开始撰著他的第二部专著《李德裕年谱》(齐鲁书社,一九八四年十月版)。

从一九八○年冬到一九八二年冬，他孜孜以求两年所获得的成果，继续招致同行专家的好评。南开大学中文系罗宗强教授指出："在对纷繁复杂的史料的深见功力的清理中，始终贯穿着对历史的整体审视，而且是一种论辩是非的充满感情的审视"；复旦大学中文系陈允吉教授则评价该书"是由精深的个案辨析进入博通研究的范例……完全可以当作一部中晚唐的政治史和文化史阅读"。作者自己则说：

> 李德裕主要是一个政治人物，但笔者在几年前立意为他写一部年谱的时候，却是从文学研究的角度出发的……牛李党争中，核心人物是李德裕。中晚唐文学的复杂情况，需要从牛李党争的角度加以说明，而要研究牛李党争，最直接的办法则是研究李德裕。尽管环绕牛李党争，环绕李德裕，历史记载，纷纭复杂，但是不从李德裕入手，无论对当时的政治或文学，都不能得到真切的回答……真正的学术研究，同艺术创作一样，是需要有探索和创新的勇气的。正因为如此，虽然我并不是搞历史的，又缺乏史学素养，但出于对那一时期文学和政治的探索的愿望，使我鼓起勇气来写这一年谱。
>
> （《李德裕年谱》初版自序，一九八二年）

我感到，唐代中晚期，不少有代表性的文学家，如韩愈、柳宗元、刘禹锡、白居易、元稹、李绅、李商隐、杜牧、温庭筠、司空图等，都曾牵涉到当时的政治纷争。他们很关心国事，关心社会，也极重视自己的事业，但他们终究受到各种打击，自己个人、家属及友人都遭遇过祸害。从中晚唐的政事与文人的关系看，文人涉及政争，是没有不失败的。这很值得研究。这之中，有大的朝政问题，也有一些人的品质问题……不过还是杜甫说得对："尔曹身与名俱灭，不废江河万古流。"一切都会过去，对有成就、有贡献的人来说，最主要还是看他本人的事业和作品。

（《李德裕年谱》修订新版题记之补记，二〇〇〇年）

通过著书立说来发扬抑恶扬善的社会功用，显然是傅先生笔下所不曾缺失的东西。这正是"浙东学派"在中国古典学术史上"不废江河万古流"的学统所系。

在经历了《李德裕年谱》的成功探索以后，傅先生开始撰著其第三部专著《唐代科举与文学》（陕西人民出版社，一九八六年版）。这是一部文采与情感俱胜的文史随笔，可读性更强。在一九八四年底写的初版自序中，他自述把唐代的科举与唐代的文学结合在一起，是因为认识到社会在不断地发展着，社会生活呈现出一种纷繁多彩的面貌，因此"研究方式也应有所更新，要善于从经济、政治与文化的相互关系中把握住恰当的中介环节"，因此想要"尝试运用"一种新的研究方法：

这种方法，就是试图通过史学与文学的相互渗透或沟通，掇拾古人在历史记载、文学描写中的有关社会史料，做综合的考察，来研究唐代士子（也就是那一时代的知识分子）的生活道路、思维方式和心理状态，并努力重现当时部分的时代风貌和社会习俗，以作为文化史整体研究的素材和前资……我决定本书采取描述的方式，而不是主要采取考证或论述的方式。我想尽可能地引用有关的材料，将这些材料按各专题加以介绍。本书初版问世后，罗宗强先生在书评中指出，该书"纯粹是从文化史的角度研究文学的范例，它从一个侧面非常生动地展示了有唐一代士人的文化心态"。

又一个"范例"！在高人林立的中国古典文学界，一个人的著作能被论者冠以"范例"的美誉是不可多得的，可是傅先生在不到十年内却联捷登榜，"连中三元"！

"连中三元"，是需要以严谨学风为基础，学术创新为标杆的。难怪钱锺书致傅先生函中要说"严密缜栗，搜幽洞隐"，而启功函中也有"每开卷必有拍案叫绝处"的赞评。看来这一切，都建立在其博览群书、严谨治学的基础上。

一九九二年十月在厦门，傅璇琮先生被推举接替程千帆续任中国唐代文学学会会长。傅明善评介说，在中国古代文学的研究中，唐代文学是众所公认的成绩最显著的一个研究领域，"而领导这一领域取得突飞猛进的发展的，则正是唐代文学学会的会长——傅璇琮"。对此一段心路历程，该评传第五章《潜心学术，导夫先路开风气》中有颇为详尽的记述。

（三）

对于文史兼治的"浙东学派"学者来说，当行本色的以文证史，以史论文，其学问基础都离不开对历史文化的把握和对历史地理的考察。作为该学派当代传人的傅璇琮先生来说，自然亦不例外。

《唐代科举与文学》于二〇〇三年五月印行第二版，傅先生在此前一年的元月所写的该书重印题记中回忆说："我想把笔放开一些，做一部稍具文采、略带感情的轻松之作……通过科举来展示唐代知识分子的生活道路与心理状态，进而探索唐代文学的历史文化风貌"，"一九八四年我所写的序言中，比较满意的是文后描叙从兰州至敦煌一段路程的见闻与感想，至今读来觉得仍有诗意……"

顷检傅先生二〇〇三年八月三日来函云："寄上拙作两书，谨请指正。此二书均为旧著，初版一为一九八〇年，一为一九八六年，此次均重印。因阁下是藏书名家，故寄上以证情谊。此二书前的重印说明，祈能拨冗一阅。《唐代科举与文学》重印题记后二页说及西北之行，颇有感慨。"

这是傅先生学术著作中难得的"诗意"笔墨，也是他多年来始终不能忘怀的游历印象：

唐代是中国古代社会的一个充分发达的时期。唐代文化是有着强烈的吸引力的。今年八九月间，笔者在兰州参加中国唐代文学学会第二届年会，而后又随会议的代表一起去敦煌参观。车过河西走廊，在晨曦中远望嘉峪关的雄姿，一种深沉博大的历史感使我陷于沉思之中，我似乎朦胧地感觉到，我们伟大民族的根应该就在这片土地上……作为一个伟大民族的后人，我们在努力开辟新的前进道路的同时，尽可能重现我们祖先的灿烂时代的生活图景，将不至于被认为是无意义的历史癖吧。

（《唐代科举与文学》初版自序，一九八四年）

二〇〇一年六月，我有幸再游河西走廊……到嘉峪关，我们就上城楼仔细一游，不像我上次在火车上依稀远望，这次总算了却一头心事。这次的河西走廊之行，给我印象最深的是，这汉唐时期的中西交通要道，确与自然地理与人文环境有关。这条长达千余里的通道，南北两边各是雪山、荒漠，就是这条路上有绿地，特别是几座名城。另一印象较深的是，西北地区的现代化发展确实很快……八十年代初我至敦煌，看到的多是农居小舍，颇有古朴之感，现在则是满街灯火辉煌，商店招牌炫目。最使我有感触的是在天水……

（《唐代科举与文学》重印题记，二〇〇二年）

"莽莽万重山，孤城石谷间。"（杜甫《秦州杂诗二十首》）天水古称"秦州"，是杜甫离开长安西行途中，曾经数月盘桓之地。那么，傅先生在这古秦州都见到了什么，又感慨了些什么呢？

他说，时下的天水城，"市内马路平坦，高楼林立，商业繁荣，有几处图书馆、博物馆也建得不错。但有一个遗憾，著名的渭水本是由秦州向东，流经长安的，而现在的渭水，却成为干涸的河道，河道中只不过零零散散有些小泥沼"。杜甫的秦州杂诗中有好几处咏及渭水，诗句中用的是"清渭""白水"以及"远水兼天净"之类的字眼，"一天清晨，我在渭水岸边，眺望北岸的秦岭，俯视满是石块的河道，吟诵杜甫的这些诗句，真不知身在何处"。

也是二〇〇一年六月的此次壮行途中，傅先生在西安提出，想去一探位于户县西部的渼陂湖。因为历史上的渼陂，湖面相当开阔，杜甫曾有"波涛万顷堆琉璃"句咏之。"但没有想到,我们那天去看,渼陂湖却是一片干枯",心里的郁闷可知。随后想看看位于周至县的仙游寺,应是唐诗史上的名胜。当年白居易在此吟出了"犹爱云泉多在山"的名句,据说《长恨歌》也成诗于此,可是现实中的仙游寺"却已杳然无存,据云因建水库,已将仙游寺沉于库底,当地拟在附近新建"云云,那么此行的失望就更不在话下了。

"生年不满百,常怀千岁忧",借助历史的兴废感慨,来表达对现实民生的关怀、对未来社会的忧患,是中国古典学者所独有的一种人文胸襟,也是"浙东学派"的基本学术精神之一,"穷年忧黎元,叹息肠内热"(杜甫诗句),这一点在傅先生前后两序中亦体现无余。

已读万卷汉唐书,须行万里尘土路。难以忘怀,屡屡道及……这一情结正反映出当日面对真场实景,傅先生感慨颇深,思虑甚远。诚然,对于这位从小生长在浙东海隅、学成于京城燕蓟的学人来说,这种"无字书"的阅读,所获得的现实与史实的反差,对于其心灵所发生的震撼是不容低估的。

其实历山涉水、观世证史,尤其是对于唐人履及诗及之地的流连……这一浓厚的历史地理情结,至少在二十世纪八十年代初就已开始在其心中凝结。试看一九八二年底他在《李德裕年谱》初版自序中写下的最后一段文字:

笔者今年五月间在西安参加全国唐代文学学会成立大会,饱览了西安的山川胜迹,大雁塔,小雁塔,昭陵,乾陵,华清池,杜公祠,兴教寺,青龙寺,在在引起人们对悠远历史的遐想，使人留下美好的回忆。谨以本书献给永远值得人们忆念的历史文化名都——西安。

（四）

学术为济世之舟楫，文治之甲胄，但"经世致用"不是一个空洞口号和虚妄目标，它是要通过征文考史、造句建章的学术手段来表达，尤其是为人为学的美誉度来传播的。那么，被称为"浙东学派当代名家"的傅先生是如何称美文坛、载誉学林的呢？

凡三十余万字的《浙东学派当代名家：傅璇琮学术评论》，收录的是有关学者为傅氏著作所写的序言和书评，及其嘉言懿行的记述和学术著述的评论。该书在多视角、多层次、多方位上，提供了一个来自同行专家的认识其学品人品的更为丰满生动的文本。

徐季子教授在该书序言中指出，傅氏在治学上，"探讨问题求真务实，弄清事例的本末真伪，坚持实证，解决一个问题要翻阅很多资料，从别人未发现的问题中找出真实可信的依据来修正前人的错误"。他说：

我每读璇琮的书常常会有如在读浙东学派前贤著作的感觉……他们有严谨治学重考证、情理兼容重实学、经世致用重实践、言行一致重德性的共性。"浙东学派"前辈学术重心在哲学、史学、伦理学方面，璇琮同志学术重心在古典文学方面，他们的研究范畴不同，但严谨笃实的学风、纯正明达的文风却十分接近。浙东学术文脉源远流长，璇琮的学术是这条文脉中的一环。我们相信浙东学脉今后还会绵绵不断地延续下去……

台湾大学罗联添教授也在序言中说，自从一九九〇年十一月，在南京举办的"唐代文学国际研讨会"上与傅氏订交以来，发现其研究方法、范围等，竟与个人有许多相同或类似，如皆注重学术研究基础，进而从事理论性考辨……其所以如此，推考后，方知彼此系出同源：个人就读台大中文系，业师皆出身北大、清华，而傅先生乃自清华转北大毕业，治学方面自不谋而合。他指出：

傅先生儒雅温厚，与人无忤；治学勤奋，专心致志，贡献学术，具有老北大前辈学者风范，极受两岸学者敬重，在台湾尤受礼敬……傅先生撰著八种，编纂研究资料二十四种……大致可看出其治学精神、方法与趋向，归纳有下列三大特色：（一）从个案研究通向整体研究；（二）研究从点、线到面，展现唐代文学发展过程；（三）先构筑研究基础再进入考辨性理论。基础、理论齐头并进……自二十世纪八十年代起，内地学者对傅璇琮先生之著作即多有评论，本书所选辑之书评就有二十多篇，使我深为欣慰的是，浙江宁波的文化、出版界，对本籍学者傅先生学术业绩如此关注，特编纂一部学术探讨文集，既有已刊发之书评，又有记述傅先生广泛学术交往之新撰论作，读来备感亲切。

天道酬勤，勤者必劳，劳者始能，能者终获……至此我们已不难发现，经过二三十年来锁定目标后的学术耕耘，同样"潜心于书斋，超然于兢途"（傅璇琮序《中古文学史论文集续编》中评价曹道衡先生语）的傅先生，不仅奠定了其在唐代文学领域中知名海内外的学术地位，而且还建构了他在当代"浙东学派"链条上承先启后的文化影响力。

按：比黄宗羲（一六一〇—一六九五）"浙东学派"之说更早的一个学术概念，是南宋大儒朱熹（一一三〇—一二〇〇）提出的"浙学"。以黄梨洲私淑弟子自任的全祖望，曾对"浙学"概念做了比较明确的界定和阐说。在他的观念里，"浙学"主要是指"浙东之学"，但也包括"浙西之学"。清代中后叶，有浙东学者章学诚作文《浙东学术》弘扬于前，近代新学大师梁启超好评于后，再加上现代史学家何炳松、陈训慈等在二十世纪三十年代先后撰著发表《浙东学派溯源》《清代浙东之史学》，于是"浙东之学"俨然成派，从此在中国文化史殿堂中占据了重要一席。

二〇〇五年五月十日，浙江省社会科学院哲学所研究员吴光先生，在《光明日报》上发表《"浙学"的内涵及其当代定位》一文。

他指出，广义的"浙学"的内涵即"大浙学"概念，指的是渊源于古越、兴盛于宋元明清而绵延于当代的浙江学术思想传统与人文精神传统。这个"大浙学"，是狭义"浙学"与中义"浙学"概念的外延，既包括浙东之学，也包括浙西之学；既包括浙江的儒学与经学传统，也包括浙江的佛学、道学、文学、史学、方志学等学术传统。其主流学统，"仍然是南宋以来的浙东经史之学"（包括东汉会稽王充的"实事疾妄"之学、两宋金华之学、永嘉之学、永康之学、四明之学以及明代王阳明心学、刘蕺山慎独之学和清代以黄宗羲、万斯同、全祖望为代表的浙东经史之学）。他认为：

从总结浙江学术思想发展史的角度而言，自然应当对狭义、中义与广义的"浙学"分别加以系统的研究与整理，但站在当今浙江文化建设的立场上，我们则应取广义的"浙学"概念，对两浙之学做系统的全方位的研究，而不应仅仅局限于"浙东学派"或"浙东学术"的视野。在"浙学"的发展过程中，思想先驱们逐渐积累和提炼出其学术精神——浙学精神。这个"浙学精神"可以概括为"求实、批判、兼容、创新"八个字，而王充的"实事疾妄"、叶适的"崇义养利"、黄宗羲的"经世应务"、蔡元培的"兼容并包"，正是浙学精神的典型体现。

二〇〇六年五月，在宁波召开的"浙东学派与中国实学文化"研讨会上，与会学者也达成基本共识，认为"浙东学派的思想渊源可以上溯到南宋的永嘉和永康学派"，倡导以"崇实黜虚""实事求是"及"经世致用"为主要内容的"实学"，是浙东学派的核心观念之一；抓住了"实学"，也就抓住了浙东学派的本质。浙东学术的实学观，对浙江乃至整个中国知识人群的价值观念、思维方式、行为方式产生了积极有益的影响。

较早注意到傅璇琮先生学术世界中的"实学"倾向

的，是现任清华大学中文系教授的刘石先生。他在一九九六年就撰文发表在《文学评论》第六期上，文章以《唐诗论学丛稿》（黑龙江人民出版社，一九九二年版）为依据，兼及《唐代诗人丛考》等著述，指出傅先生"将实学视作学术研究最重要和最基本的一种方法"，"他很早就将这种方法用于自己的学术实践"，"而且他在意识中希望能够用它来起到反拨一时学风的作用"。他认为：

一个时代的学术要形成一种"思潮"，必得这个时代的学术界有一些这样的学者，他们用自己的学术思想与学术成果昭示世人，并由于这些思想和成果符合学术发展史的需要而获得相当程度的响应。从某种意义上讲，傅璇琮先生讲求"实学"的学术思想和一系列有价值的学术成果是起到了这样的作用的。

我们相信，傅璇琮先生所走过的学术道路，在这条道路上所形成的治学特色，由这种治学特色而体现的学术思想，与他所拳拳服膺的老一代学者的影响是不可分开的。我们更相信，年轻一辈的学者已经也必将继续从包括傅璇琮先生这一代学者在内的前辈身上接受有益的影响。薪尽火传，在这里，我们十分清晰地看见祖国源远流长的学术文化怎样在一代又一代学者的手中传递、承继，向前发展……

（五）

人生有时尽，学术无止境。需要特别揭示的是，随着年岁日高和地位日崇，傅璇琮先生晚年的治学，更多地表现出了自我检讨和反省提高的特点。

就自我检讨而言，傅明善教授在其评传下编第一章《热中求冷，学术理性开新境》中已经明确指出了这一点，即"学术成果的自我反思"是其"学术理性的人格表现"之一。他举例指出，傅先生在《〈李德裕年谱〉新版题记》和《〈唐代科举与文学〉重印题记》中，"用相当的篇幅不厌其烦地一一说明"了原书中存在的失误，以及可予订补的文献资料。他据此评论说："其目的就是在于努力打破学术壁垒，倡导一种实事求是的'实学'精神和学术平等的良好氛围，其用心之良苦昭然可鉴"，而这种"学术自讼"式的做法，在傅先生似乎为"一种自觉的行为"。

如近刊于二〇〇七年第五期《中国图书评论》上的《谈谈〈唐翰林学士传论·晚唐卷〉》，傅先生就列举了学术界对其《唐翰林学士传论》（沈阳辽海出版社，二〇〇五年十二月版）"盛中唐卷"所提出的各种探讨意见，表示让自己"深受启发、教益"。他引用宋人叶梦得"古之君子不难于攻人之失，而难于正己之是非"一语，认为："学术研究是不断探索的进程，有所得，也会有所失，这就要在自我摸索并广泛吸收意见中踏实行进。"

这一重要的学术研究和著述特征，说明傅先生往往通过搜集著述流传以后的同行批评，加强自我检讨和问题研讨，并通过校正修订，以求文本日臻完善、见识不断升华。因此，我们读傅先生的著作，不仅要读他的初版，而且还要读他的重印本或者修订版，关注他于旧著做了怎样的校订补缀，尤其要注意研读他新写的"重印题记""新版题记"一类文字。唯其如此，我们才能真正踪迹著作者在学术上的新创获新见识。

作为"浙东学派"的当代传人，傅先生的学问心得自多耐人寻味并借鉴之处。傅明善在梳理了传主人生轨迹和学术来路后，曾在评传下编第二章《意气骏爽，篇体光华显情采》中发表见解道："初涉社会的苦难加强了他人生选择的执着；被排挤出学术主流反而强化了他的理性思考"，"在别人正热衷于投身到各种'运动'之中的时候，他却在那冷静的一隅细细地阅读着晚清文人的文集和日记杂著，居然真的就像是'忘却营营'了一般"。

我以为，使得当日的人生苦难转化成为其后来的人生财富的关键，首要的还是傅先生当年那始终未曾坠落过的好学之志。因此，作为后学晚辈，我和傅先生一样，总是忘怀不了他被贬斥至商务印书馆（当时位于北京东城北总布胡同10号一个四合院内）以后，观读晚清学者李慈铭（一八三〇—一八九四年)《越缦堂日记》的那个珍贵的长镜头：

我所在的古籍编辑室，正好是在北屋西头，面对的是一个颇为典雅幽静的小院子……我是住集体宿舍的，住所就在办公室后面一排较矮的平房里，起居十分方便。一下班，许多有家的人都走了，我就搬出一张藤椅，坐在廊下，面对院中满栽的牡丹、月季花，就着斜阳余晖，手执一卷白天尚未看完的线装本《越缦堂日记》，一面浏览其在京中的行踪，一面细阅其所读的包括经、史、子、集的各类杂书，并在有关处夹入纸条，预备第二天上班时抄录。真有陶渊明"时还读我书"的韵味，差一点忘记了自己的"罪人"身份。

"不以物喜，不以己悲"，正是这种坚韧沉毅的内在性格和好学求知的文化定力，成就了傅璇琮这位"浙东学派"的当代传人。"既耕亦已种，时还读我书"（陶渊明《读山海经》），曾经给予苦难困厄中的傅先生以沉浸学问的方向指引，因此他在一篇文章中说："人的一生，有苦有乐，有顺利，有曲折，但我觉得，不论居何处境，不要忘记读书，总要记住陶渊明'时还读我书'，心情就能舒旷、怡乐。"

他还在读了王世襄所著《北京鸽哨》、傅熹年所编《藏园群书题记》、陈抗《商周古文字读本》和《李审言文集》等书以后说："读冷僻书，犹如吃青皮橄榄，或喝毛尖绿茶，初似生涩，终有一种回味……冷能避俗。"

他读了中华书局版《帛书老子校注》和《出三藏纪集》这两部"冷僻书"后，强调说："我一向认为，如果想真正读点书，如果想真正搞点学问，最好不要去追求什么热，这种热，看似热气腾腾，一会儿就灰飞烟灭……"，"总要记住陶渊明'时还读我书'这一佳句"，"如果想真正读点书，如果想真正搞点学问，最好不要去追求什么热"，"读冷僻书……能避俗"，"我们做学问，确不必有什么政治牵挂之虞和世态炎凉之辱"，"真正的学术研究，同艺术创作一样，是需要有探索和创新的勇气的"，"一心为学，静观自得"，等等。

这些看似随口道来、信手写出的心得，吉光片羽，弥足珍贵！原来它们都是"浙东学派当代名家"傅先生取得学术成就的告人之秘，也是他度给每一个立志治学者的不二金针。也因此，《傅璇琮学术评传》和《傅璇琮学术评论》的问世，为我们具象了一个不可多得的学界仪型，我们正可由此得到一种步入中国古典学术殿堂的可能路径。

"当年我还在宁波念初中时，城隍庙和天一阁是我最喜欢去的两个地方。"去年十二月的一天，七旬高龄的傅先生在天一阁博物馆为他举行的著作、手稿暨名人签名本捐赠仪式上致辞说。随后他将其自著、主编和收藏的名家签名本七十七种、凡两百六十册，以及一批有关手稿捐赠出来，使之成了"天一阁中国特色文献收藏中心"的首批珍藏品。如今两书卷首的书影、手迹、照片，就有不少取材于这一特藏。

"一切都会过去，对有成就、有贡献的人来说，最主要还是看他本人的事业和作品"，"学术书，不必看奖牌，而应看在一定学科领域内是否被人引用，以及所占的学术位置。这才是真正学术著作的品位，也是它不可代替的骄傲。"（傅璇琮语）

一个学者，他的著述如果能够获得家乡博物馆的珍视并专藏，并被历来奉"浙东学派"若神明的父老乡亲视为该学派的当代传承人，该是一个真正读书人最引以为无上荣耀的"衣锦还乡"了。原来，"本人的事业和作品"也能说话，而且说的是留给后世来者的具有碑传性质的话。

二〇〇七年八月六日下午，连续三日写成于金陵酷暑中

附篇：读《唐宋文史论丛及其他》札记

雁斋所藏傅璇琮先生之著述已然不少，如他的第一部

著述集《唐代诗人丛考》，以及《李德裕年谱》《唐代科举与文学》《濡沫集》《当代学者自选文库·傅璇琮卷》等，占据了我书橱中近一平方尺的使用面积。今年春节前又捧读其新集《唐宋文史论丛及其他》（大象出版社，二〇〇四年十月版）知其历年来治学之辛勤。

对于傅先生的学识，因晚学知识背景之差距，隔行如山，自难置喙。但记得去年秋问世的《闲堂书简》中有千帆先生致其一函，乃知程先生于一九九一年冬有"治学精严，于著述中体现对目录版本之学极为精通"，以及"精于宋人文献之学"诸评语，而孙望先生早在二十世纪七十年代末指示其首届研学弟子云："不仅要向唐圭璋、程千帆、钱仲联先生等前辈请益，也要向郁贤皓、周勋初、傅璇琮先生等师长求教，认真学习他们的'看家本领'"，由此则傅璇琮先生笔下旧著新书之可读，已不在话下。然则《唐宋文史论丛及其他》一编自有深意，著者云：

收于本书时间最早的是一九五八年夏为中华书局《邢襄题稿·枢垣初刻》而写的"出版说明"，那时我刚从北京大学中文系转至出版社，年二十五，而本书所收时间最近的是二〇〇三年上半年为上海师范大学古籍研究所编纂、大象出版社出版的《全宋笔记》所作的序，其间竟有四十五六年。在这四十余年中，我除了自作或与友人合作，编撰有几部专著外，另出版有三本论文集，即《唐诗论学丛稿》《濡沫集》《当代学者自选文库·傅璇琮卷》。现在我新编这本论文集，为自己立有两项宗旨，一是与前面三本所收不重复，二是所收之作，不论长文或短篇，希望从总体上能反映我这几十年间的治学途径与坎坷历程。

其中堪予注意的，正是傅先生所述"治学途径"与"坎坷历程"八字。如何在日日面对的平凡岗位上，乃至难以预料的坎坷历程中，基本保持甚至始终坚持自己追求知识、亲近学问的进取态度，可能正是其在阐论"唐宋文史"之余，要传诸他人的东西。果然，我在该书前言中读到了他所特意"补述"的"两点"：

其一是解释本书戊编收入的"文革"以前旧作的话。他说自己因政治牵连而被迫转入出版界工作，但因接受了为中华书局版《邢襄题稿·枢垣初刻》写作"出版说明"的任务，终于一脚跨进了读写殿堂。他感慨说："当时我在政治上是受压抑的（一九五八年三月调离北京大学，直至一九七八年后才被澄清，其间蒙屈二十年——引者注），但在中华书局的特殊环境中，我却有一心做学问的志向，未有什么屈辱感"，并谆谆告诫读者："我们做学问，确实不必有什么政治牵挂之虞和世态炎凉之辱，真如我为《李德裕年谱》新版题记所立的标题：'一心为学，静观自得'。"

其二是针对丙编三十八篇序言所作的背景解释。他说明自己是在二十世纪八十年代开始接受为师友的著述作序的，最早的序文是一九八一年十月为北京大学中文系陈贻焮教授《杜甫评传》写的。他说："我受约作序时，真有一种压力，怕写不好。也正因为此，我每次作序，都要通阅全书，有时还不止看一遍。可能因长期做编辑工作，习惯于札录一些问题，请作者复核、修订。在序中我除了介绍书的内容外，总还是就学术上的一些问题谈自己的一些看法"，这也可以说是他与师友们在学术上进行切磋交流的一种特别方式。于此，他再次重申了自己希望"为学术界办一些实事"和"得到学界友人的信知"两大心愿。

其实，我非能读透傅先生专业著述者也，但对于先生的道德文章却素所心仪。当年我母校的老师多有傅先生之师友同窗，不过因为一则所学隔了"行"的关系，二则因为先生在中华书局地位甚隆，经眼经手编审的都是我们老师之师的著述，吾辈后生那时自然是亲近不着的。

直接与傅先生有了往来的，是一九九三年五月四日的下午，在北京大学勺园的友爱亭举办的"《中国读书大辞典》专家品评会"上，那天是北大校庆九十五周年。季羡林、张岱年、邓广铭、周祖谟、吴小如等老学长都发表了勉励之辞，也许是因为师祖在上，所以傅先生拿到了余光学长和我主编的书只是翻阅却未发言。我对于傅先生的谦恭重道，从此得到了一个深刻印象。

转眼就是一九九六年春天，我和南京大学中国思想家研究中心的同事们奉南大名誉校长匡亚明先生之命，随车押运一批《中国思想家评传丛书》（匡亚明主编，南京大学出版社编辑出版）到京，暂存时位于北京市王府井大街36号的中华书局内。进城到达目的地时，已夜深人静，不料傅先生竟还在书局里等候我们一行，并指挥一切安置工作。这让身披一路风尘的我们，顿有宾至如归之感。

比较深入的学术交往，该是二十世纪末被傅先生招致麾下，参与主编《中国藏书通史》之举了。一九九六年十二月上旬，宁波天一阁博物馆主办了"天一阁及中国藏书文化研讨会"，我被邀作文，并出席会议。其间宁波出版社马玉娟女士有组织专家合作编纂《中国藏书通史》之议，问计于余，不免陈词献议。于是有了次年二度宁波之行，出席《中国藏书通史》编辑委员会会议，亲聆先生指点，并自有一番筹划以及分工，不赘。不久先生有渡海讲学台湾新竹清华大学之行，行前奖掖提携，有委余以《中国藏书通史》常务编纂之意。我感奋之余，欣然从命，终因心烦事冗，迁延无功，待先生返回北京，竟以一函，自违前诺。私念与先生数年情谊自此绝矣。

不料傅先生并非"因言废人"者，于我所分工主编之第八编《二十世纪中国藏书》，以及具体撰写部分尚有赞辞，且于二〇〇〇年十一月所撰全书后记，以及屡次交谈中均有所揄扬。经此曲折，愈知其气度广，有非晚辈所能测度者。

《中国藏书通史》（宁波出版社，二〇〇一年二月版）问世后不久，傅先生退居台下，专事讲学著述。忽一日，来电倡议联名主编一套丛书。是时我业已辞退南京大学中国思想家研究中心行政职事，心境复归沉静，正专意于学问之事，于是愿为先生效劳，自此着手《书林清话文库》创意、组稿工作，至于去年十一月，终于在河北教育出版社杀青了首辑，即韦力《书楼寻踪》等六种，第二辑来新夏先生《邃谷书缘》等六种，亦将在今年晚春上市。

傅先生在《书林清话文库》代序中说，在中华书局每天与书打交道，"编书生涯占去了一生中的大半辈子……编出的书真能惬意的，却也似乎不多。能说得过去的，我觉得只有《学林漫录》丛刊那一种"。

《学林漫录》丛刊自是我当年爱读的一种，曾经陆续购买，后来还在山东大学图书馆读到了香港商务印书馆编刊的《艺林丛录》。据傅先生说，正是那《艺林丛录》，激发了他下决心为内地读者也编一种类似丛刊的灵感。

回头再说《唐宋文史论丛及其他》，全书凡六编，甲、乙两编自然都是傅先生自己推重的学术专论。关于前者，他说"所收是近几年来所撰的有关唐代高层人士作为研究的中介环节，探讨当时文学与政治的互动关系"；至于后者，"重点是有关唐宋时期作家作品的考索，也涉及某些学术著作的评论"。

就是在这乙编中，我发现了傅先生所编的书中令他自己"惬意"的一种，就是给予中国当代史学著述风气以重要影响的《万历十五年》。用傅先生自己的话说，那是他经手出版的"最值得回味的"著作。其实，这也是我极其喜爱的一部书，先后多次易稿，终于在一九八六年一月四日写成了书评《王朝兴衰的年鉴》，收录在我的《秋禾书话》（书目文献出版社，一九九四年十月版）之中。

关于《万历十五年》在中华书局编辑并终至出版的机缘，傅先生在二○○一年十月所写《〈万历十五年〉出版记事》一文中，发布了背景旧闻道：

黄仁宇先生于二○○○年一月八日去世。近二十年间，他写了不少有关中国和西方的历史著作，享誉中国的海峡两岸，及日、美与欧洲英、德、法等国。北京的三联书店已出版了好几种他的大部头专著。但他的为人所知，

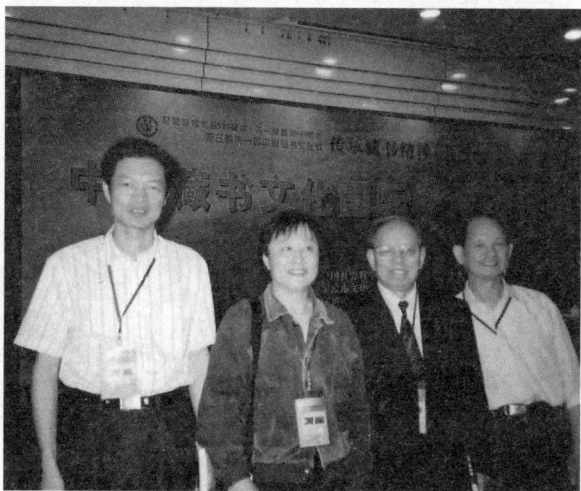

傅璇琮先生（左三）与本书作者（左一）等合影于宁波

实事求是地说，是从《万历十五年》开始的。这部书的撰写，确实拓新了我们看待历史、观察社会的眼光。虽说该书早已在美国耶鲁大学出版社出了英文本，但寻芳追踪，在东亚和世界产生广泛的影响，还恰是从中华书局一九八二年五月所出的中文本开始的。中华书局这一本子，初版一次就印了 27500 册，很快就销售一空，特别在台湾省学界反应很强烈，认为是难得的好书，接着日本、韩国就相继出了自己的译本。

这样一部书，材料扎实，视野开阔，眼光新颖，文辞幽默，而且字数并不多，只不过十八万余字……从编辑部审稿，修改，看校样，直至出书，竟花了三年有余的时间，这当然有当时客观环境，但是书籍总是一种文化产品，作为一种文化成果，当时中华书局编辑部与著者合作，还有黄苗子先生周旋，用三年时间出这一精品，从时间观念放开来看，还是值得的。出版社能如此投入，反复阅改，这恐怕在那时才能做得到。

《唐宋文史论丛及其他》丁编所收录的，是他缅怀匡亚明、邓广铭和钱锺书的文章；己编介绍的是一九八二年成立的唐代文学学会的建树。

从《学林漫录》丛刊到《万历十五年》单行本，再欣然接受我有关《书林清话文库》的规划，我似乎领悟到了傅先生内心"文史兼治"的传统学术情结。原来他正是站在一种非功利甚至无功利学术的价值观念上，悄然倡导着中国学术文化史上那种大名家写小随笔，文史不分家的"浑漫与"（杜甫诗有"老去诗篇浑漫与，春来花鸟莫深愁"

纪念范钦诞辰500周年
天一阁建阁440周年
第三届天一阁中国藏书文化节

傅璇琮捐赠目录

宁波市天一阁博物馆

天一阁博物馆编印的傅璇琮先生捐赠文献纪念册

句）传统。有此认识，再展读他去年秋在"从《学林漫录》丛刊到《书林清话文库》"的代序清样上提笔补入的那段诠释"清话"典故的文辞，可知他早就期待着用文史随笔的形式，朝夕细叙文瀚沧桑之感和书林缅怀之情的文字了。

一个能够在人生逆境中，不断保持着求知问学精神的人终将是幸福的，一个能够在平凡得甚至颇为琐屑的编辑岗位上，最终把自己修炼成为学者的人的人生必然是成功的。作为后生，我觉得傅先生在"唐宋文史"之外所要表达的"其他"，已经不仅仅是那一段历史时空中史料的新见或者史实的新解之类具体的学问，还有我今日午后所读写出来的这些"东西"。不知傅先生亦以之为然否？

二〇〇三年三月十三日夜，于金陵江淮雁斋

补记：傅璇琮先生（一九三三—二〇一六）于二〇〇六年十一月十日上午，正式捐赠其著作及主编书籍、钱锺书签赠本等予天一阁博物馆。据该馆编印的《傅璇琮捐赠目录》可知，其中包括《濡沫集》《唐宋文史论丛及其他》《唐诗论学丛稿》等个人专著，及古籍校注、主编书籍等七十七种，凡二百六十九册。该目编者袁芳芳馆员在"后记"中写道，当从馆长虞浩旭那里接受任务之后，对傅先生的了解日渐深广，"学到了做人和做学问的道理"，傅先生在学术上独树一帜，在专题研究上"文史结合"颇多建树，又"非常平易近人"，有所请教时总是不厌其烦，耐心讲解明白。

『洞视八极』与『博采众长』

——由《学林漫笔》忆苏州大学教授潘树广先生

去年八月中旬从安徽大学图书馆讲学回家，发现新到的《苏州杂志》第四期上有一篇潘树广教授的弟子朱琴硕士的回忆文章，写得情真意切，便赶紧翻开来读了。这一读，便激起了我对潘老师的深刻回忆。

我是在潘师人生才华最茂然的时节与他结识的，从此看着他一本本地出书，心目中的印象也愈来愈鲜明。他对于我走向第一个工作岗位以后的处世和为学，产生过重要的初始影响和引导作用，有的早已经化入我日常的行为甚至思维习惯之中了。

我常常想，一个拥有人人敬重的"教授"称号的知识分子，他对人类社会的贡献，大概在著书立说的自我建树之外，就是泽被来者的言传身教了。如今潘师因病去世已经两周年，我因为未曾参加他的追悼会，心目中保存着的，依然是昔年那风度翩翩一潘郎的动人形象。尤其是两年来，每当在书橱里见到潘师曾经那么郑重地题赠给我的那些著作，如《书海求知》正、续编（知识出版社，一九八四年一月版，一九八七年七月版）等，我总是产生一种如晤如对的感觉。这是因为当年在位于十梓街东头的苏州大学老校园，在他曾经一住十六年的六宅头宿舍里，我们之间有过那么一两次令人神往的深谈。

（一）

适才裁开"毛边"的潘树广先生学术随笔文集《学林漫笔》"自序"，感到这可能是他生前所写的最后一篇文章，其中开篇就有应我当初的提示而写下的一个回忆段落：

《学林漫笔》选录我一九七九年以来所写随笔杂文八十余篇，其中将近一半是在苏州大学"六宅头"写的，其余是迁居到苏大东区以后写的。

说起"六宅头"，那是东吴大学在上个世纪三十年代初建造的六户教师住宅，位于校部南端小河畔，绿色围绕，小径通幽。我对六宅头有一种特殊的感情，因为曾在那里住过十六年，是我一家三口最早落脚之处，也是我科研起步之地……我一九六一年毕业分配至江苏师院（今苏州大学）任教，在单身教工宿舍住了十一年。一九七一年，妻子将要分娩，我申请到六宅头5号一个十余平方米的房间，没有厨房，就在楼底下放个炉子烧饭……当时妻子在常熟教书，来苏州生下女儿，产假满后就抱着女儿去常熟上班……直到一九七六年下半年，妻子调来苏州，一家三口才团聚，像个家的样子。

六宅头宿舍负载着一个大学教师曾经的离合和悲欢，也见证了一个学人的成长和长成。我在此十余平方米小屋中见到主人时，已是在他入住此地至少十四五年之后，那时潘师在科研上的步子已经愈走愈大，是一个名与望日增的中年学者了。

话说一九八二年冬，我在北京大学图书馆学系刚读三年级的时候，开设"中文工具书检索"课程的朱天俊老师，有一天在课堂上向大家推荐了潘师编著的《社会科学文献检索百例》。这是一册由江苏省图书馆学会在一九八一年印行的只在专业系统内部发行的书，因此我在先睹为快的心理驱使下，驰函索求。不久就得着了潘师于次年元月题赠给我的书。

原来潘师在苏州大学中文系讲授中国古代文学课程的过程中，发现亟须提高学生的自学功夫和科研能力，于是开设了"文献检索"课程，本书就是为此编撰的一部检索案例集。每个案例分为课题、分析、检索和他的"附记"四个部分，末者主要给读者提示了目标检索过程中应当注意的问题，以及对参考工具书的编制、体例、版本所做的"补充说明"。关于本书，他后来回忆道：

一九七九年我被评为讲师时，已是四十岁的人了。六宅头与图书馆相邻，为我争分夺秒提供了有利条件。我最早的几本书，如《社会科学文献检索百例》《古典文学文献及其检索》《古籍索引概论》等，都是在此地写的。当需要查对资料时，跨几步就到图书馆，雨天不用带伞。家人见我夜以继日写书，既关心支持，又不忍心。记得写《检索百例》时，常工作至深夜。女儿十岁，已朦胧懂得"百例"是个什么概念，半夜醒来，见我未睡，总是问："爸爸，还有几例啦？"她盼我尽快写满"百例"，可早点睡觉。

当年"工作至深夜"的所在，应该就是那间位于六宅头一楼的十余平方米小屋，所以其女潘欣才有此一问。当我见到该书目次上之"例九　查藏书家"，看到其中有"今人王謇又有《续补藏书纪事诗》，记清末以来藏书家一百二十余人"两句时，便向潘老师开口借观此书。他的慷慨，促成了中国藏书史研究上的一件大功德——我和妻子谭华军后来编集整理了《续补藏书纪事诗传》，由辽宁人民出版社于一九八八年出版。

潘师收到我寄赠的样书后，随即为此撰写了题为《藏书史研究的新成果》的书评，发表在香港《大公报》一九八九年四月十七日的"读书与出版"专刊上。那时候我俩大学本科毕业才四年，他在书评中已经用了"青年学者"的指称，评价该书为"学术文化史之要籍"。凡此当然都鼓舞了我当年进一步深入从事学术研究，把人生价值观定位于做一个"学者"的决心。书缘文情，也就愈结而愈深了。

潘师是一个乐于助人的长者。他随后又就此为缘，把我一并推荐给了当年主持编辑《大公报》"读书与出版"专刊的马国权先生。马先生见到我写去的推介王余光学长

潘树广先生文献检索著述二种

新著《中国历史文献学》的首篇文章后，不仅很快予以刊出，而且还热情地复函邀约续写，这就开启了我书评写作的一个投稿新园地，而当年每篇比内地要高出四五倍的稿费，确实在我们家庭低薪时期救过不少次"急"。对于潘、马两位先生提携奖掖的仁人胸怀，我一直是心怀感激的。

（二）

记得一九八三年十月，潘师从苏州大学到北京大学，出席教育部全国高校图书馆工作委员会召开的"文献检索与利用课"专题研讨会。其间，他通过本系的朱天俊老师捎信，约我前往校内的勺园宾馆会面。

我见他西装革履，神采奕奕，显得很洋气，与我们北大老师们的质朴派头迥然不同。后来熟识后得知，他是广东新会人，一九四〇年出生于上海，那可是中国现代史上最时尚的都市，领东亚风气之先的"东方明珠"之城。他先后在上海和广东各地陆续交替着完成了小学、中学学业，因此，生活习性上不免受到商家富户的风染。至于他为人上的精细而周密，社交上的善于周旋和辞令，以及灵机发挥等优长，我觉得可能都与这一家庭背景和他的成长历程有关。

但潘师的"派头"和"风采"，终于破坏了一位长期在北京工作的，与其年龄相近的我一位大学长的"心理平衡"。一九八七年七月，在东北师范大学古籍研究所吴枫教授承办的一次会议晚宴上，他居然在席间看着春风满面的潘老师，以及伴随着他的那番儒雅风趣的谈吐和欢声笑语的交际，不怀好意地约我前往他那一桌 "敬酒"，目标是 "轮番灌醉他" ！他的提议自然在我这里碰了 "软钉子"。这位同我交情不错的老学长，并不知道我和潘师另有一番 "谊在师友之间" 的斯文交情。

我由此联想到，潘师于着装考究，于饮食讲究，尤其是日常生活上的精致化，以及他端正的形貌，出众的才学，可能是其在人际关系中多得妒忌性潜敌的原因。而活泼好动的天性，多才富艺的能力，又完全可能驱使阅历未曾到位的青年时期的他（所谓 "少不更事"），在 "文化大革命" 这种上有 "伟大领袖" 号召、下有 "群众运动" 响应的社会浪潮中迷失于一时。

不过潘师毕竟受过高等教育的科班训练，且不仅勤读有字之书，而且善阅无字之书，因此在人生遭遇教训以后，足以反省而自救。中年以后，潘师推生活经验及于自己的教学科研，终将生活与学问实现了统一，也就是说让上述优点，在作为一个教师和学者的领地里得到了充分的发扬。当我结识他的时候，他已开始从中国古典文学领域跨入中国文献学领域，日渐成为我们专业范畴里的偏师领军人物。我与他的结缘也正以此。

潘师于一九五七年夏考入南京师范大学中文系，这年考上大学的特别不容易。因为不知为什么，这是中华人民共和国成立以后，高校新生录取计划中数量最少的一年。

五十年代后期的大学生活，对于知识青年来说是一个气氛特别怪异的时段。潘师后来在《南京师范学院忆旧》中回忆说，与校园里由林荫道、绿草坪、老房子，尤其是

作者（左一）与赵国璋、王长恭、潘树广先生（依次自左二至左四）合影（二〇〇一年四月十五日下午于南京白马公园）

"右馆左房"（即图书馆的书香和音乐系琴房的钢琴声）所
共同营造的宁静祥和气氛形成强烈反差的，是轰轰烈烈的
"反右派"运动所造成的浓烈火药味：

一九五七年秋，大学里的"反右"已接近尾声，但
"批斗会"仍经常召开，"反右"大字报和大幅标语随处可
见。校系领导安排新生到"批斗会"现场旁听，被批斗者
大部分是高年级的学生。我们这些刚从中学来的大学生，
望着被批斗得脸色苍白的大哥大姐，心情有几分紧张，也
有几分迷惘。这可以说是进入大学后的第一堂政治课，大
部分新生第一次领教了政治斗争的威慑力……

南师中文系的学风以严谨、求实著称，治学讲究从根
本上做起，力戒空疏之论。这种学风的形成，源于老师
（如系主任孙望、唐圭璋、徐复、段熙仲、吴调公、赵国
璋等先生——引者注）的言传身教……在老师的影响下，
我们的学习都非常踏实。虽然那时政治运动多，动不动就
搞批判，但我们内心深处对老师是相当尊重的。上课认真
记笔记，课后还要对笔记。

除了"认真记笔记"，他在《漫步在文献丛林》一文
中还回忆说："我到吴调公先生家里，阅读他的学术卡片，
求教做卡片的方法。看到有用的资料，或有什么心得体
会，随时记在卡片上，过一段时间就分类整理，插入自己
糊的卡片盒内，其乐无穷。尽管我的兴趣主要是在中国古
典文学方面，但对其他学科也不放松，参加了语言学、外
国文学科研小组，又向赵国璋先生学习文献学知识，深感

这是治学的津梁，获益良多。"由此看来，不管客观环境如何，一颗主观能动的求知求学之心的大小，绝对决定着未来事业成就的高低。

（三）

在一九八六年九月二十日那天，我在苏州大学校园内的六宅头五号楼宿舍，又一次拜访了他。

关于"六宅头"旧居，二〇〇二年二月潘师于病榻之上，在其《学林漫笔》（潘树广著，东南大学出版社二〇〇二年五月版）自序中说："那是东吴大学在上个世纪三十年代初建造的六户教师住宅，位于校部南端小河畔，绿树围绕，小径通幽。我曾在那里住过十六年，是我一家三口最早落脚之处，也是我科研起步之地。"

记得潘师当时已是副教授，不久就要带"文学文献学"方向的硕士研究生了。由于有了时断时续的多年通信，又有两年前北大的一面缘，一回固已不生，两回就更熟悉了，因此相叙甚欢。我向他当面致了多年来积累的谢意，他也早已备好当年用"侨汇券"才能买到的上海"牡丹牌"名烟来招待。

他的乐观坦诚、体贴细致的为人之风十分有感染力。因此，他成为我大学毕业以后，在工作岗位上结识的一个令我心仪悦服的师长。而潘师自己心仪的，则是他从来不曾见过的朱自清先生等现代文学名家。

读书怡人，文为心声。

潘师在《读书随记》中，开篇安排的就是《文品与人品》

一文，这是他在某年元旦前夕为一家杂志所写的"新春寄语"。其中说道："我爱读朱自清先生的文章，这不仅是因为他的作品文情并茂、细腻清新，还因为从中感受到正直而崇高的人格魅力。朱先生的文品和人品是完美统一的，正如他的学生余冠英所说，和朱先生相处得愈久，他的品格高洁之处就发现得愈多；对他的文章也要细读，多读。"此外在现代文学史上，文品和人品完美结合的作家还有很多。他指出：

　　鲁迅的硬骨头精神，叶圣陶的温厚严谨，巴金的敢讲真话，冰心的赤诚之爱……他们风格各异，又都是文如其人，体现出高尚的道德情操。他们都是语言大师，在写作上一丝不苟，这与他们严肃认真的人生态度是一致的……

　　青少年学生首先应读哪些书呢？我以为首先要读那些文品和人品完美结合的作家写的书。读这些书，不仅可以学到许多写作方法，提高写作能力，还可以学到许多做人的道理。好的文章能提高人的精神境界，有了高尚的精神境界，才能写出真正意义上的好文章。追求文品与人品的完善，理应是我们终生奋斗的目标。这就是我对青年朋友们的"新春寄语"。

　　在文章中他是这样教导别人的，在日常生活中他也是努力追求着这样做的，唯其知行合一，方显其难能可贵。何以见得？请看朱琴在题为《花开时节——忆潘树广先生》的文章中的回忆。

　　她说："初识先生，其实是从另外一位老师的口中，当时我还是大学二年级的学生。有一次，教中国文学史课的

涂小马老师（潘先生指导的首届'文学文献学'硕士研究
生之一）在课堂上偶然说起导师与学生之间的关系。他议
论说：'现今大学里有些老师不能为人师表，常任意驱使
学生，有的甚至于侵占学生的劳动成果；而在我所认识的
老师中，潘树广先生之人品、师表则令人尊敬。'"

因此一年之后，当她准备报考本校硕士研究生，在选
择导师和研究方向的时候，就毫不犹豫地选择了潘先生及
其设立的"中国古代文学文献学"研究方向——

潘先生当时是苏州大学文学院古代文学专业为数不多
的博士生导师之一，在文学文献学研究领域，造诣很深，
在学术界很有名望。他给我们几个授业的第一节课主题是：
学问与人品。他说人品是立身之道、立业之本；真正的大
学者应是人品与学问兼备，而不是舍弃人品独取学问的。

"治学与做人要一致。"翻开我五年前的听课笔记，这
些话就记在第一页上……从潘老师身上，我所领略的不只
是一个老师对学生学业的关心，先生对于我们每个学生生
活上的关怀，决不比学业上的少。我第一次习惯跟一个师
长说说心里话，说说自己，说说家庭。古人有"一日为师，
终身为父"之语，在那些年里，我慢慢品出其中滋味。一
直以来，潘先生都要求我们能成为品学兼优的学生，可自
问两者皆不突出而有幸忝列门生，故心里常感到不安。

当朱琴同学研学时，该已是潘门硕士生之第四届，由于
师生辈分的客观关系，她自然只会把潘师的话，当作一个老
师的人生经验和课堂教导。我却因偶然的机遇，在六宅头潘

家的沙发上同他有过一次深入而广泛的交谈，从而知道了他的若干家庭背景和人生经历，再综合旁人有关他的街谈巷议，因此已不难将之解读为是言者自己的人生教训和成长心得。

朱琴同学还说："我们几个硕士（生）的毕业论文，早在一入学，潘先生就根据每人的个性、爱好给定好论题了，像这种导师根据每人的个性趣味拟定论题的方法，在我所认识的老师中，是绝无仅有的，我想这就是古人所谓的'因材施教'吧！"

她在研学过程中印象极其深刻的，是带着毕业论文一部分文稿到医院里送审阅，结果遭到严厉批评的那一次：

我把文稿交给先生的时候，他正躺在病床上，打着点滴。我静坐一旁候着，渐渐发现先生脸色不对，果然他就很生气地说："这种文章根本不像我的学生写的；如果你拿去投稿的话，人家编辑都不要看内容，就把你毙掉了。你看你各级标题不一，有引论没有结论，大段引文与正文不分，最基本的排版格式通通不对。编辑学的课有没有上过，书有没有看过？"

半晌，先生从口袋中掏出笔，开始在我的文稿上圈圈画画，又帮我理清一些思路，提了一些他个人的意见。此后，我写文章对于格式就特别讲究，甚至于现学现卖，对舍友们的大作常常指手画脚。

对于潘师的疾言厉色，如今我作为一名也带着十几位弟子在专业学途上走着的硕士生导师，已特别能予以同情和理解：他自己既然是那么一个各方面自我要求尽可能完美的人，必然对于自己的弟子也有着同等的"潜要求"；更何况他在病中，个人健康所带来的焦虑自不必言，而原本来自圈内的教书育人的压力他并未能够忘却。正如一贯注重仪表仪容的他，绝不能容忍自己光着因"化疗"而秃了发的头，出现在他门下弟子的博士论文答辩会上那样。

集好强争胜、严于律己和追求完美于一体的性格，也许让潘师的内心世界特别累，精神负担也特别重，因此表现于外的，也就是对自己的刻度、对他人的完美度要求也就特别高。遗憾的是，当日在国家最高教育行政机关做着浮躁工作的我，阅历浅薄，少年不识他人愁滋味，因此从来只看到他一丝不苟的体面，却从未能略窥他百不容一失的那颗疲惫之心。

（四）

潘师在为人和为学上的风格，就我的观察思考，大致已如上述。需特别指出的是，除了讲究"文品与人品"外，"将勤补拙"其实是他一贯的为学信条。他在《漫步在文献丛林》中说：

我并非出身于书香门第，没有条件像许多学者那样自幼受家庭藏书的沾溉。在治学道路上给我以深刻影响的，是学校、书店和图书馆。我也不是那种自幼聪颖的人。儿时，母亲常说我"将勤补拙"。知子莫如母，"将勤补拙"确是我的真实写照。小时候是这样，中年以后仍是这样。

七十年代后期，我除了教古代文学之外，还从事文献学的教学与研究。我之所以选定文献学作为自己的研究方向，一是因为读大学时已爱上这一学科，二是把它作为自己打好基础的途径，三是通过它向学生传授治学的方法。

潘师在知识天地之中，从来都保持着洞视八极、博采众长的姿态，他决无故步自封、闭关保守之时。这也可能同他的南粤血统和商家背景有关。在大学教授中，他可能是最早熟练运用计算机作为自己作文治学的先进工具的人之一。积极进取的求知态度，让他在学术创新方面多得先机。

在时代跨入二十一世纪之前，潘老师积其二十年的文献学教学和科研的心得，开始思考和探索起两大学术问题：一是文献工作者如何将“实证研究”和“理论研究”结合起来，相辅相成；二是如何融会“古典文献学”和“现代文献学”，打通知识壁垒和分疆而治的固有局面，建设统一的大文献学学科的问题。他坚信，两者的研究对象都是文献——“知识与信息的载体”，因此，“两者的根本任务、研究内容、研究手段与方法都存在着质的共通性”。

“时代呼唤古典文献学和现代文献学的交融！”他在其领衔编著的《文献学纲要》（广西师范大学出版社，二〇〇〇年版）前言中这样呼吁。本书也正是他联络黄镇伟、涂小马两位中青年学者，对于这一理念的实践尝试和著述成果。

（五）

适才找出一份我偶然夹存在他给我的赠书《古典文学文献检索》（陕西人民出版社、知识出版社，一九八四年版）中的资料，原来是一位用"小河"笔名写他的一篇"人物专访"：《文献丛林中的探索者——记苏州大学文献研究室主任潘树广》，发表在《情报资料工作》一九八八年第六期上。小标题依次有："文科文献检索的开拓者""人是要有点精神的""成功之路""不断追求，永远进取""我希望我的学生超过我"和"艺术沙龙的常客"。作者通过采访披露出来的教学和治学细节，足以深化我们的认识：

在一九七七年的高校，很少有人同时开两门课，潘树广却同时开出"古典文学"和"文献检索"两门课，等于为自己增加了一倍的工作量，对此他心甘情愿。

在他的书桌上，贴着一排排小字条和表格，上面记满了他的近期、远期工作，教学、科研、读书计划。"今天事今天毕"，是他的座右铭。某个计划必须在哪一天完成，不容更改，不完成就不睡觉。因此，"开夜车"是他的家常便饭，有时直开到旭日临窗。以致当他的第一本书《古典文学文献及其检索》刚脱稿，他就病倒了。为此贤惠的妻子不得不对他下了禁令：深夜十二点一定要熄灯！他执行了几天，依旧是"夜车"照开不误！

……一九八五年以前，他全家只有一间房子，十分拥挤，他不得不与当中学教师的妻子和上小学的女儿合用一个写字台，晚上他总要等她们备完课、做完作业后，才把他的书摊开，伏案工作。他的前三本奠基之作，就是在这种艰苦的条件下完成的。

那么，我们高等学府的办学氛围，以至这个社会的制度安排，又有多少成分是在扶持和鼓励如潘树广教授这般乐于向善、肯于求进的学人的呢？别的不说，仅据我所知，当他一边在医院治疗，一边在心里还为高额的医药费用开支发着愁呢！

得缘还需惜福，知恩当图报答。

当我几乎在第一时间被镇伟兄长途电话告知，潘师日前被查出不治之症的坏消息时，首先想到的，就是该为他做件实实在在的，对于他的学术生命有所裨补的事。那么，出一部不必他费多少时用多少力的书，用那稿费来补助他一点治疗和营养的费用，便成为我当时能够想到的最佳报效方案了。

恰逢雷雨和我主编的《六朝松随笔文库》即将启动，于是我力排众议，约请潘老师在积极治疗之余，亲自编辑他历年来发表在各种报章杂志上的文艺随笔和学术文章，编为一集。其实当时我并不知这书将编成什么样子。幸亏他是个精细人、用心人，且是一个精通编辑学的人，没多久就编出了一个框架和眉目来了，这就是他亲自选编并精心安排了八九十幅插图的最后一本书，也是他在专著和教材以外问世的唯一文集——《学林漫笔》。当他安排好所购样书的一系列赠送对象，并看到包括我的首届硕士研究生朱敏同学所写的书评后，于次年八月初谢世。

《学林漫笔》(东南大学出版社，二〇〇二年五月版)，全书二十四万字。他自己在序中解题道：

全书分为三辑。第一辑"学问与人生"，又分两组，一组是对古今人物生平、著作、学术思想的考证与评论，探寻他们的学术成就与人生经历、道德情操之间的联系；另一组是我的自传性文字，半数是应报刊或出版社之约撰写的。

第二辑"文学与文献"，又分五组，依次为文学、语言、文献、计算机文献检索、古籍丛书研究。

第三辑"书序与书评"，分三组，前两组是为友人著作写的序言和书评，后一组是为本人著述写的自序。

其实当年元月，他还应我所请，抱病写成了一篇有关"秋禾读书随笔三部曲"的长篇书评——《从〈秋禾书话〉到〈书房文影〉》，补排于该书第三辑之中。

这是一篇极有章法的有关我之读书随笔的评论，分为四章：第一章提纲挈领地依次介绍《秋禾书话》《雁斋书灯录》和《书房文影》三部书；第二章记述与我订交的过程，并借鉴"乐感"的定义发明了"书感"一说，提出"敏锐的书感"，是一个人"从事文献学研究和书评写作的基础"；第三章分析我的读书历程，指出虚心向学、勤奋积累和文学修养，是"既有学术深度，又有书卷气和辞章美"的秋禾读书随笔自成一家的原因；第四章在进一步总结我的书评经验外，指出"有思辨力，才能写出优秀的读书随笔来"，而思辨力的源泉则是"学理的思考和现实生活的思考"。在这一章中，我想不到的是他十分认同我在《书房文影》中所写有关评论老大学图书的一组文章，他举例赞扬的是我所评《老武大的故事》和《海上学人漫记》两文。

当然潘师在文末是不会忘记指出我因为"阅读不周"，以致在《读书之乐》一文中存有一处以讹传讹的问题，因

为这个问题学术界此前早已有过澄清之文发表。他要通过
这个举例，告诫我"读书不可不慎"，而我则把他的话解
读为这样的金玉良言："著书也不可不慎啊。"

潘老师去世后的第一个清明节前，我曾请镇伟兄陪
同，专程看望了闲住在他女儿家的师母。师母在谈话中痛
心地说起，"阿潘就是要求自家忒严格哉，写书的自我压力
忒大哉，每天晚上睡觉的辰光忒少哉！是我没有照顾好他
啊……"我闻言后颇为吃惊！

因为从来在场面上看到的潘老师，无论是到京城开会
还是在苏州闲话，在哈尔滨讲课还是在长春开会，甚至二
〇〇一年四月在南京北极阁的茶会……他从来是一派洒脱
自如的样子。真想不到在日常生活中，在电脑桌前的读写
状态里，他竟是如此苛己责己！

有的人也许认得了数十年，却还只是永远的认识而不
熟识；有的人也许只是一篇文、一本书、一席谈，却就此
由相识而相知，由知己知彼而终成知交知音。

我与潘师年差廿三载，地距百千里，却因书成缘，由
书缘而缔学缘，由学缘而结人缘，终为世人百不一遇的忘
年之交。于是在平淡苍白的世俗日子里，彼此平添了多少
欢愉的精神因子！而平淡苍白且时有无聊泛起的人生，更
因为有了读书作文、治学问难、人情世故诸因素作用其
间，而使人在精神欢愉之外，更多了一些人文的光华，进
而得以超越人类作为高级动物而不可避免的一些本能局限
和功利关系。这其实是上苍对寒窗冷凳苦读成才的读书人
的偏顾，也是每一位读书人应当惜缘惜福的全部理由啊。

因此，在纪念潘师去世两周年的日子里，我由衷感念

着他曾经给予我的关怀提携和赋予我的人生启迪。还记得
一九八六年他又一次从苏州到北京来开会的时候，我们北
京大学学海社的几位社友请他题词，他写道：

> 洞视八极，有师承而无门户之见；
> 博采众长，有胆识而无浮华之风。

回思我在大学本科毕业后，没有继续留在母校深造专
业，而是不知天高不晓地厚地一步跨入了中国社会大学之
"研究生学院"，当时似乎四顾坦然，也还有不少人生发展
的道路可供选择……应该说，完全是得益于潘树广教授等
师友对我的引领和提携，我才得以走上继续读书业余研学
之路。由于当年岗位性质的决定，我得以在交往和请益
中，切实感受和领悟到他们横溢于外的才华，完全不是源
于什么"天赋"，而是来自持之以恒的"积累"和孜孜以
求的"勤奋"；在人生许多具体方面，我正是博采并吸收
了他们的经验，尽量接受并规避着他们的教训，才至于今
日之境的。

总之，昔贤所谓的"良师益友"，我想大抵就是如潘
树广教授这般的人士罢！

二〇〇五年暑假中，于金陵江淮雁斋

补记：潘树广教授（一九四〇—二〇〇三）不幸病逝
后，潘门弟子李熺俊（韩国）等斥资编印了七十万字的
《潘树广自选集》（江苏大学出版社，二〇一二年九月版），

依次分为"语言文学""文献学""辞书学""编辑出版""散文杂著"及"自序和自述"六辑,附录有著述及文章目录,年谱(一九四〇年一月—二〇〇三年八月)。在潘师母诸美芬女士的提议下,上文被用作为该书"代序"。师母于二〇一二年一月二日所写本书"后记"中说:"翻阅潘树广的日记、文章和著作,仿佛穿越时光,回到了过去。他笔耕不辍,我认真誊写,一起校对书稿清样的情景又浮现在眼前,令人感慨。阿广一生学习勤奋刻苦,工作踏实,治学严谨,待人和善,对学生既严格又关爱,是学科的带头人,家庭的顶梁柱。"

二〇一九年七月九日下午,于金陵雁斋山居

劳者自歌的『护花使者』
——从李高信先生的读书随笔集说起

浙行数日归来，偶从网讯上获悉李高信先生在西安逝世的不幸消息，那一个面容清癯而身材挺拔的商州读书人样子，便霎时浮现到了脑海里，心中不免发生阵阵隐痛。正琢磨着该写上一篇纪念性的文字，来表达忆往致敬的情愫，正好南通"毛边书"收藏家沈文冲兄来讯说，拟在《参差》小杂志第二期上刊登一组追悼文字，这一番拳拳心意，也就不谋而合了。

以文会友，以友辅仁，虽说是一句老话，却也与日常新。因为志士仁人们，总是在不断地延伸着他们的人文注脚。

李高信先生于一九四二年十月二十四日出生于陕西商州市。一九六二年高中毕业后，自学成才，以一部《鲁迅笔名探索》（陕西人民出版社，一九七九年版）走上文坛。我与高信先生则结缘于编辑《中国读书大辞典》（王余光、徐雁主编，南京大学出版社，一九九三年版）期间。在编写词条的过程中，我注意到他几乎系列性地出版了《品书人语》（陕西人民出版社，一九八八年版）、《书海小语》（陕西人民出版社，一九九〇年版）、《书斋絮语》（重庆出版社，一九九一年版）和《北窗书语》（陕西人民出版社，一九九一年版），于是我在《中国读书大辞典》之"读书品评录/读书之书荟萃"的部类中，为之分别撰写了四个条目，以"高信书话四语"的名义以广传播。

多年后，高信先生在列入蔡玉洗先生与我联名主编的"华夏书香丛书"之一的读书随笔选集《常荫楼书话》（陕西师范大学出版社，一九九八年版）中说，从一九八八年到一九九二年五年间，"我印出过四种类似书话的集子，被一些喜欢书话的朋友称之为'高信四语'……大抵有七十万余字。每种印数平均两千余册，最少的一种，征订数竟不满一千"，他因而认识到，世界上"哪里有人人都爱读，都能读的书呢？为'爱读''能读'的人写书、出书，看来也是必要的了。《常荫楼书话》的编选出版，也正是为了那些'爱读''能读'的读者。"我就是文中那些个"喜欢书话"的朋友之一。

这部《常荫楼书话》，分为"书里风景""书外乱弹""我读鲁迅"三辑，共计二十七万余字，陕西师大出版社的主事者竟都开印了一万册，以至于市场行销不良，直接造成了已印出在书后勒口广告读者的"第二辑"图书的选题出版计划，竟胎死腹中。

结果是在三年后，这原本应为"华夏书香丛书"第二辑的读书随笔，改换了门庭以及头面，以"读书台笔丛"

李高信先生部分著作合影

的名义在江苏教育出版社问了世——不过那书目和作者都已有所变化，譬如说在前者预告了的六种书，就未能列入：（一）台湾隐地（柯青华）的《尔雅堂书事》；（二）湖北古远清的《隔海说书》；（三）湖北黄成勇的《佣书斋随笔》；（四）辽宁潘芜（上官缨）的《惜书斋书影》；（五）山西杨栋的《梨花村读书记》；（六）浙江徐重庆的《人间过路书斋札记》。

由此可见，"书，是有自己的命运的"，影响那运程的该是"缘分"——只有那一份人缘到了位，书稿才有可能如约出品面世，读者也才有书缘读到它们。

不禁想起第一次在西安见到李高信先生的往事。那又是一段早先的"书故事"了。

话说一九八九年秋，我怀抱着从书、刊、报上获得的二十世纪二三十年代的书业印象，从国家最高教育行政机关调到了南京大学出版社做图书编辑，满心一意地想为读者编辑出版几本有可读性的好书。正是在为《中国读书大辞典》增补词条时，读到了一九九二年十月十日上海《文汇读书周报》"书人茶话"版上，几乎整版刊登的舒芜先生所写《积极的文学结缘者》一文，原是为梁永先生《雍庐书话》所写的序言。

我如获至宝，便托付李高信先生代访此书，却得知这部书稿在多家出版社遭遇曲折，至今未能面世的坏消息。于是我抱着"斯文同骨肉"的惺惺相惜态度，积极促成了该书于一九九三年十二月在南京大学出版社出版，并自任编辑。不出所料，该书问世后，在读书界好评鹊起，而作为组稿者和责任编辑的我，却在社里遭遇了一点非议（那些个上不了大雅之堂的闲言碎语，不说也罢）。

二十余年过去了，作为我"编辑作品代表作"的《雍庐书话》的阅读和收藏价值，被时光打磨得与时俱增。且看二〇〇四年三月十三日晚阴山暖石斋主人所写的话：

我国现当代书话名家，都是从事文学创作或者报刊编辑工作，如周作人、郑振铎、唐弢、叶灵凤、黄裳、冯亦代、锺叔河、姜德明等，无一例外。唯一例外的，就是这本《雍庐书话》的作者梁永先生。梁永本名钟朋，是一位建筑工程学教授，我国高层建筑专家，他在业余及退休以后，对新文学的兴趣却始终不衰，取得了令人瞩目的成就，他去世两年后由南京大学出版社于一九九三年出版的这本《雍庐书话》，就是他为新文学做出的可贵贡献。

《雍庐书话》分"雍庐书话"和"雍庐记事"两辑，共收入书话等文章一百三十一篇，近三十万字。文章大多以三十年代中国新文学书刊为话题，兼及长期访书拜友的经历……《雍庐书话》出版以后，责任编辑徐雁先生曾造访梁永先生在西安的家属，嘱他们注意搜集其余遗稿，终得《咏苏斋书话》，并收入由徐雁策划的《华夏书香丛书》，于一九九八年由陕西师范大学出版社出版。

《雍庐书话》当年仅印一千五百册，至今未有再版，已成为书话珍本。十年后的今天，许多书话爱好者四处搜求，也难如愿……

暖石斋主人所说"许多书话爱好者四处搜求，也难如愿"，情节属实。但只有我才知道该书在旧书市场上稀贵

之极的真实原因，原来该书版权页上虽然白纸黑字地印着
"1—1500"（也就是说第一版印数为一千五百册），其实在
社长签发开印单时，被其大笔减去了三百册。也就是说，
《雍庐书话》初版实际印刷数只有一千二百册（内含作者
家属自购一百册毛边本，及我用编辑费情购买赠友朋同
好的一百册毛边本）。

如今你只要在百度上输入书名，从孔夫子网上出现的
《雍庐书话》的价格会让你震心一惊：一册由我编号（第八
十八号）后赠送给南京大学图书馆时任馆长包忠文先生的
《雍庐书话》毛边本的标价是两千六百元，更有高达三千
至四千五百元的，而当年它的定价才是十四元五角！

记得在《雍庐书话》出版之后，我曾造访梁永先生在
西安冶金建筑学院的家属，其向导即为李高信先生也。因
此，署名为"乐朴"的梁永先生女儿在一九九八年四月所
写的《咏苏斋书话》后记中说：

《雍庐书话》是我们于丧亲之痛后，整理编辑的家父
的一部遗作。此书幸得南京徐雁、西安高信先生及诸多相
识或不相识的友人鼎力帮助，得以在南京大学出版。彼
时，家父尚有两部遗稿《咏苏零文》和《新感觉派穆时
英》早已杀青，以待付梓。现在《咏苏零文》易名为《咏
苏斋书话》将要出版了。为了纪念父亲，我们在书前保留
了家父生前为此书写的"小引"一篇。《新感觉派穆时英》
是一篇较长的介绍穆时英生平和创作的文字，原拟冠于同
名图书之前，现据原稿加以修订，编入此书……《咏苏斋
书话》能作为《华夏书香丛书》之一种得以出版，我们不

作者（右一）与李高信先生（中）、任平编辑（左一）合影

能不深深感谢以弘扬祖国文化，辛勤耕耘在书话出版领域的诸位编委和编辑同志。他们就像护花使者，默默地劳作，无私地奉献，致力于为文苑增光添彩。

这种编法，编者"乐朴"一定是听从了高信先生的建议。其实，不仅仅是《咏苏斋书话》，连同整套"华夏书香丛书"十种，高信先生作为"编委"是就近做出了许多具体而扎实的奉献的。他才是真正的"护花使者"——"默默地劳作，无私地奉献，致力于为文苑增光添彩"。

然而，谁能料想到，高信先生和我的密切联系，也就差不多停摆在了这套书问世后的一九九七年秋！在写于当年五月二十五日的《常荫楼后记》中，他曾夸说道："秋禾先生是我多年的朋友。他人虽年轻，但勤勉饱学，著述宏富，又诚笃谦虚，是我十分敬重和信赖的一位年轻朋友。几年交往，秋禾对我多有理解和帮助。对于他这次的不容推却的（编书）热情和决定，我当然乐于遵命……"但因前述陕西师大出版商操作上的失误，"华夏书香丛书"受困于市场，社方竟没有对他为编校书稿所做的大量付出兑现原先的诺言，而我作为第二主编在多次催问无效的情况下，也只能对于这位为"丛书"问世而默默劳作的"护花使者"徒唤奈何了！这是我人际交往史上的抱憾之一，至今思之，余痛倍增也。

如今，高信先生已经走在远去幽方的归路上，甚至连他的背影也不免渐渐隐约而模糊起来了，那么或许只有自己重读和向人推广他那些辛勤笔耕于世的作品，才是纪念他的最好方式了，因为他早已把自己的生命分段移栽到了这些作品之中——白纸黑字，不可漫灭！

二〇一六年一月六日，于金陵江淮雁斋

　　补记：李高信先生（一九四二—二〇一五）在上述文中所及的"高信书话四语"及《常荫楼书话》外，尚有《长安书声》（三秦出版社，二〇〇五年二月版），凡十四万余字，印数仅一千五百册，殊不易见，得者宝之。其话题多与三秦相关。此外还有一种风格稍异者，其书名为《商州故人》（山东画报出版社，二〇〇九年四月版），凡十二万字，乃是其写记其人生道路上所交往的寻常人物的散文，以及杂记其家乡风物的随笔，淳朴的乡土气息与作者淳厚的乡情柔怀，读来别具风采。

二〇一九年六月十九日，于金陵雁斋山居

遥念『人间过路书斋』主人
——记湖州文贤徐重庆先生二三事

日前湖州学人张建智先生为其任执行主编的《问红》季刊（慎志浩主编，德清图书馆编印）约稿事通电于余，言次谈及苕溪老文友徐重庆先生的近况，不免忧虑之至。晚间开拆宁文兄邮递来的《开卷》杂志第二期，在《开卷》之作中刊有成放君所写《布衣文人徐重庆》，绘声绘色地记述了重庆先生的为人、处世和做事风貌，读之如见其人。

徐重庆先生于一九四五年九月二十三日出生于重庆，故此得名。后随其双亲居住湖州，在十六岁时入职本地电影公司。业余从事中国现代文学史料的搜集和研究，声誉裴然。二〇一五年七月十四日，《光明日报》记者严红枫、叶辉以《湖州文脉的守望者——文化学者徐重庆的故事》为题，较为全面地写出了这位自学不辍、勤奋笔耕的学人的事迹。

我与重庆先生是先有书信来往，后在湖州谋面叙谈的。他的书信箧中积存甚多，因篇幅关系不赘。且以手边现成的这通写于二〇〇三年七月十一日的来说事罢。

重庆先生用的是其自备的印有"人间过路书斋"六个墨绿色铅字的信笺，此通短柬正好龙飞凤舞地写满一页，论字节差不多也就是后来"手机短消息"那么一些吧，却颇能反映出他一贯的古道热肠。全函文字引述如次："徐雁兄！近好！久没联系，常在念中，想必一切如意。这几天在翻《南浔志》，见有一诗涉及'卖书船'，现抄录附上，或有什么用。需办什么事，请随时来示吩咐。天气奇热，多保重！匆此不尽，顺颂健好！弟重庆 拜上"

信封已经佚失，想是在其旧家——湖州市衣裳街竹安巷 6 号时所投寄者。二〇〇三年夏间，正是我在电脑上发愤赶写《中国旧书业百年》（徐雁著，科学出版社，二〇〇五年版）之时，重庆先生主动为我抄录的正是张隽的《寓浔口号》："自于香火有深缘，旧管新收几缺编。旅食数年无可似，最难忘是卖书船。"并用圆珠笔细心地抄录了诗作者的生平及此宗文献的出处。一切中规中矩的，正如同其一笔不苟的字迹那样。

此诗我于《中国旧书业百年》中随即加以引用，并在发表于浙江图书馆编印馆刊《图书馆研究与工作》二〇一一年第四期上的《万卷图书一叶舟，相逢小市且邀留——活动于江南古书旧籍市场上的"书船"》一文中再次征引。如今在百度上能够便捷查检并分享到这首绝句，乃是重庆先生之史料发掘首功也。

那么，何以重庆先生知道我有此研究需要呢？乃是因

徐重庆先生学术随笔集二种

为此前自有一段书缘垫着底。原本计议得好好的，在"华夏书香丛书"（蔡玉洗、徐雁主编，陕西师范大学出版社一九九八年版）第二辑中，要入选编印他一本读书随笔集，名唤《人间过路书斋札记》，后因出版方的变卦，第二辑选题计划不再持续，我于抱愧之余，又发起主编"六朝松随笔文库"（雷雨、秋禾主编，东南大学出版社，二〇〇二年版），于是为统一成"四字格书名"的体例，重庆先生的《人间过路书斋札记》便易名为《文苑散叶》问世。二〇〇二年三月二十七日夜，重庆先生在该书自序中表示："从一九七七年在山东大学《文史哲》上发表《鲁迅与斯诺的革命友谊》以来，为国内外报刊杂志写的东西数量已不少。该书作文仅是业余的一种爱好，没有想到过要结集印书。现得从未见过一面的徐雁先生热情真诚相约……成书之际，是很要感谢的。"《文苑散叶》凡二十五万字，分为"人物书简""达夫漫谈"及"文坛旧闻"三辑。

顷查日记方知，我与重庆先生的首次晤面，迟至二〇〇六年十一月十三日湖州浙北大酒店的一个晚宴上。后来留下数十字印象记曰："重庆先生为性情文人，能酒，善谈话，虽为初见，却已神交，乃（余）向来交往中所识之第一位湖州朋友，故即席快谈甚欢。"此次得奉重庆先生所携见面礼，一为其旧藏《杭州市古旧书店图书简目》（一九五九年五月，系蜡纸刻写油印本）一册，二是其任总顾问之大型摄影图册《记忆湖州》（上海社会科学院出版社，二〇〇五年一月版）。

按，徐重庆先生出生在一个医生之家。因遭遇"文革"，未有机会继续上学，仅有初中学历。因业余喜欢读书，师从赵景深、孙席珍、黄源等文化老人，在一九六六年开始的"文革"运动期间，被人指为"裴多菲俱乐部"成员，接受群众批判，身心俱遭迫害。但他坚持自学读书，在一直单身的枯寂生活中，保持着对现代文学作家和湖州文化历史的钻研，成为当地著名的"湖州文脉的守望者"及有影响的现代文学研究学者，还是中国鲁迅研究学会的创会会员。二〇一四年，湖州申报"中国历史文化名城"成功，其中也有他的一份功劳。据走访过他后来搬迁的公寓房的文友说，其家门厅里都是挤得满满当当的书报资料，有三个房间四壁皆书，却在厨房门口摆一张七十厘米宽的钢丝床作为其卧榻，遂有"书住正室，人居偏房"之说。

又据与重庆先生相识相知数十年的湖州晚报社高级记者汤建驰披露，徐家珍藏有刘延陵、赵元任等名人的信札原件，徐志摩亲手设计的拜年片、钱君匋订婚的请柬、李健吾在法国祝贺朋友结婚的明信片，以及茅盾、李何林、黄源、赵萝蕤、胡道静、汪静之、王瑶、郑逸梅、范用、刘海粟、姜东舒等知名人士签名赠书近千种，这些藏品是中国现代文坛的重要见证。他还曾为湖州师范学院图书馆创建过一个"香港作家文库"，借助其广泛的文坛人脉关系，为之收集到香港五十多位作家的两千多册图书。"赵紫宸赵萝蕤父女纪念馆""沈行（左尧）楹联艺术馆""包畹蓉京剧服饰艺术馆"等，就是因为他的热心奔走，才得以落户于湖州城内的，至今为文化界人士所乐道。

为了出书，我与重庆先生还有过一次"合作"。其中因缘，居间谋划的湖州师范学院图书馆馆长王增清先生在

所编《读书生活散札》（赵萝蕤著，南京师范大学出版社，
二〇〇九年版）"编后记"中曾经说道分明。他写道：

> 二〇〇六年春，赵萝蕤胞弟景心、景德、景伦三位先
> 生捐资，与湖州师范学院一起在赵先生的故里建造了"赵
> 紫宸赵萝蕤父女纪念馆"，他们捐赠了赵紫宸父女的部分
> 遗物，其中包括赵萝蕤的手稿和她生前保存的作品剪报。
> 这些剪报大部分发表于上世纪三四十年代，多数手稿未发
> 表过。这些文稿在当代已难得一见，予以结集出版，既是
> 馆方的责任，也是读者的祈盼。本文集的编辑出版，缘由
> 南京大学徐雁教授与湖州贤达徐重庆先生的合力推动……
> 徐重庆先生是中国现代文学的研究学者、地方文史专家，
> 也是"两赵纪念馆"建于湖州师院的撮合者，与徐雁教授
> 文缘颇深。

为此书的编辑出版，记得在二〇〇九年五月底，还有
过一次湖州之行，在餐桌上得与重庆先生再次把酒说文。
《读书生活散札》随后编入"凤凰读书文丛"（秋禾、董宁
文主编，南京师范大学出版社，二〇〇九年版）之中
问世。

记得五年前，孔夫子旧书网上曾拍卖过一回徐重庆先
生致"胡老"的一通两纸书信，写于二〇〇一年十二月十
四日，闻以人民币六十元成交。而今重庆先生竟缠绵病
榻，已不能执笔作书，更无论把酒说文了，不觉思之泫
然。我想，重庆先生行走人间边缘数十年的书信如能汇成
一编，个中内涵应该是十分丰富的。但此事非易，唯书林

好事者如津门振良、白下宁文诸君子不办也。于我而言，则乐意以此文起而响应宁文君接受杭州文友钟桂松先生网信建议后，在今年第二期"开卷闲话"中所发的代邮号召："欢迎与徐重庆有交往的朋友撰写短文，祝愿重庆先生早日康复。"

二〇一六年二月二十二日上午，于金陵江淮雁斋

补记：徐重庆先生于二〇一七年一月三十日不幸去世后，当年三月十日，夏春锦在桐乡所写《梧桐影》杂志，"徐重庆先生纪念专辑"（二〇一七年第一期）之《缘起》中云："徐先生自二〇一四年（因中风）一病不起，卧病床达两年有余。其间各地书友牵肠挂肚，探问不绝。前有钟桂松先生于《开卷》杂志，首倡以文章为徐先生祈福，南京大学徐雁教授率先响应，著文念叨彼此交往点滴。言为心声，均是情真意切的好文字……"，遂推出纪念文章专辑，凡五十六篇。

同年七月，在周音莹女士及夏春锦先生共同组稿的"蠹鱼文丛"首辑中，安排出版了《文苑拾遗》（徐重庆著，刘荣华、龚景兴编，浙江古籍出版社，二〇一七年版），内容分为"文坛佚闻""名人遗物""辛亥史料""湖州人文"及"秉烛闲谈"五辑，华东师范大学中文系陈子善教授序称，该书与《文苑散叶》一起，"较为全面地体现了重庆兄的学术兴趣和追求"。

『那难忘的岁月，仿佛是无言之美』

——以钱文辉学长的随笔集《往事踪影》为中心

　　多年前的一天，因为共同出席政协常熟市委员会举办的常熟文化研讨会的缘故，我与北京大学校友钱文辉先生邂逅于虞山福地。乍见结缘，再会话多的精神基础，完全是因为我俩先后在"燕园"这一个空间里求过学——他是我的"大学长"。虽说口头上叫起来是"大学长"，但其实际上的内涵差别，可就大了去啦。文辉学长出生于一九三七年，他在一九五五年考取的，是北京大学的中文系，当年的本科学制是五年；而一九六三年出生的我，在一九八〇年入学北大。系科和学制的差别还是其次，关键在于其间有着整整二十五年的时代差距。

　　戊戌年大暑将了之时，忽得常熟市图书馆馆长李烨先生寄赠的《钱文辉文集》（东方出版中心，二〇一八年版），系大三十二开平装本，全两册，依次为《往事踪影》及《读书赏评》，凡五十余万字。书捧上手，顿起欢喜之心。

因为本书，既是其人生历程的记事本，更是其担任教书育人的学术菁华录。

一、二十世纪五十年代的北大教育氛围

长达二十五年的时差，在中国，可不仅仅是花开果落、冬去春来二十五度的时间问题哪。其关键之处在于当我入学之时，中国内地已经历了诸如"反右派—反右倾"（一九五七—一九五八）、"文化大革命"（一九六六—一九七六）等一系列时政运动的扫荡，北大内外乃至整个中国内地社会的精、气、神，已被全方位、深层次地"改造"。不必细说，五十年代的校风、学风，与国家恢复按高校文化课考试成绩录取学生才三年四届的时期（一九七七—一九八〇），完全不可同日而语啦。

而当年，在经过一九五二年全国高等教育界的院系大调整之后，北京大学成了一所只有文、理科的所谓"综合性大学"，但因吸纳了原清华大学、燕京大学文、理、法各系科的教师，一举成为了名流学者荟萃一校的"最高学府"。

于一九五三年夏考入北大西方语言文学系，毕业后任至人民文学出版社编审的关惠文学长，在《我在北大——从学风谈到成材》一文中说，当年文科一级教授，在"全国共有十位，北大就有五位"。他回忆说，因为到校较早，我有幸在老师们指导下，马上加入了迎接新生的工作：

在陪送他们的路途中，我们都像见了好朋友似的叙说

家乡的风光，农田的收成，特别是热烈地畅谈各自的志向和理想。一个问："你为什么要考北大?"或答："我是奔冯至先生来的，我也要做他那样的诗人和学者。"或答："我是慕杨晦先生之名而来的，他是中文系的名教授，五四运动的急先锋。"或答："我要做曹靖华先生的学生……"——热爱自己的专业，准备为自己选定的事业献出一切，这就是北大人的精神。

在校时，谈论学校的名流教授，是我们青年学生的热门话题。有一次，我们几个不同系别的同学聚在一起，谈到老教授的讲课情况。大家一致的印象是：很多老教授讲课不大讲究"教学法"，他们常常一个课题旁征博引大加发挥。高年级的同学告诉我们：这样的课听起来最带劲，为什么呢? 你只要聚精会神地听讲，有重点地"心记"加"笔记"，回去后再细细咀嚼，你就会发现不可多得的宝贵知识、论点和提示，促使你去研究和提高。这样的课，你只要善于听，善于记，善于琢磨，肯定会受益匪浅。这就是"淘金"啊! ……在名人门下也必须有淘金者的精神，这就是北大人尊师重道的态度。

当时执教于中文系的教授，占了全北大的十分之一。同在一九五三年夏考入北大中文系，毕业后曾任唐山市文联副主席的马嘶学长（一九三四—二〇一七），在《燕园师友记》（清华大学出版社，二〇〇八年版）的代序中是这样记述的，在刚由沙滩红楼迁至燕京大学校址——燕园的"新的北京大学"里，"我们面对的是一个名师荟萃、学风严谨、读书空气异常浓郁的大好局面"，"负笈燕园四年，

是我的一生中精神最为昂奋、心情最为愉快、求学最为上
进、生命色彩最为亮丽的时期……那几年中，我有幸受业
于二十世纪下半叶中国第一流的著名学者，亲聆他们的教
诲，他们的深厚学养和人格力量给予我的惠泽，使我终生
受用不尽，由此打下学问的扎实功底。"

　　果然，据晚于关、马两位两年入学的钱学长说："教我
们文学的，有杨晦、游国恩、林庚、吴组缃、王瑶、浦江
清、季镇淮、冯钟云、川岛、吴小如等；教语言的，有王
力、魏建功、高名凯、周祖谟、朱德熙、岑祺祥、袁家
骅、林焘、梁东汉等。北大外系教授请来讲课的，有朱光
潜、冯至、曹靖华、翦伯赞、季羡林、金克木等。从外单
位请来讲课的，有王季思、何其芳、刘大杰、郑奠、蔡仪
等。我在北大读书五年，最感到幸运的是全部听过诸位先
生的授课，亲睹过他们的风度、神采。"（《追忆北大师容·
听杨晦先生上课》）

　　——上述这些璨如文曲星般的学者、专家，对于我这
样尽管也读了北大文科的"八〇学子"来说，简直是仰若
天人。他们的杏坛，完全是后生如我辈可望而不可即的仙
界……何况除了在课室中所获得的名师亲炙，钱学长们还
有缘亲聆校长马寅初（一八八二——一九八二）、现代文学
家何其芳（一九一二——一九七七）及时任中国共产主义青
年团中央书记胡耀邦（一九一五——一九八九）等名流，在
"大饭厅"等处的演讲、报告和专题讲座呢。

　　因此，开卷阅读《往事踪影》这部作者的回忆性文
集，首先入目的篇章，自然是《追忆北大师容》（凡十题）
和《燕园忆旧》（凡十五题）两组文字，虽说其所占篇幅还

不到该书的四分之一。据钱先生的大学同窗、著名学者杨天石先生在本书序言中披露，这部分文章的社会影响比较大，此前在报刊上首刊后，转载者甚多。他自谦道："文辉所写的北大教授们也都是我的老师，然而，他却善于捕捉形象和细节，准确而生动地写出了他们的神采、风度、性情和学识，这些可以说是我心中都有，但却是我笔下写不出来的"，由此对于这位老同窗的往事记忆力和写人状物能力，"倍加佩服"。

诚然，钱学长脑海记忆里和文字回忆中的中文系教师风采，令人心神向往，但在后辈看来，其不乏曲折的个人遭际，及秉笔直书的时政观感，似更能抓住读者的注意力。因为他在大学深造的五年间，有其幸，也有其不幸。

正如许德珩先生（一八九〇——一九九〇）为《北京大学校史（一八九八——一九四九）》（北京大学出版社，一九八八年增订版）所写的序言中所指出的，在中华人民共和国成立后的三十多年里，"北大与全国的情况一样，也不是一帆风顺地发展起来的，而是沿着曲折的道路前进。既有胜利和成功的经验，也有挫折和失败的教训……"据钱学长在本书中的说法：

（我）一九六〇年二十二岁离开北大，五年中看到了"真、善、美"，也看到了"假、丑、恶"，使我逐渐有些长进。五十年代并不像有些人回忆中所说的那么纯洁，以我的体会，一九五七年"反右"之前，党中央提出"向科学进军"，政治环境宽松，老师们精神焕发，学生们认真读书。后来，"反右""拔白旗""批判资产阶级学术权威"

"大跃进""反右倾"，运动一个接着一个，虽则我们还能听到一些先生们开的好课，而且还在先生们的指导下修订编写了《中国文学史》（四卷本），但气候已经与以前大不一样。

"反右"斗争中，在我们年级学生中就先后揪了四批"右派"……我们中文系老师当"右派"的不多（但也有遭难的，如教我们《人民口头创作》课的朱家玉先生，她是中文系解放后第一个研究生，钟敬文先生最器重的女弟子，因不愿受当"右派"的屈辱，竟自沉渤海湾），但在以后的"拔白旗""批判资产阶级学术权威"中，教师们遭到无情批判，我们尊敬的老师游国恩、林庚、吴组缃、高名凯等先生，都被当作"白旗"拔过，当作"资产阶级学术权威"批过，组织者还发动学生来批老师……被动员起来的天真的同学枪口朝向老师，写批判老师的文章（当时《光明日报》给予配合，留出版面专供发表），汇总起来，竟隆重推出了四厚本的《文学研究与批判专集》。

（《追忆北大师容·那"无言之美"的时光》）

当年北大社团活动很多，用现在的话说，就是很重视"素质教育"……北大有文学月刊叫《红楼》（创刊于一九五七年元旦——引用者注），主要是我们年级的几位同学在编办，诗歌、散文、小说等类都登，销路甚畅，校内达数千份。一九五七年"反右"前夕，登了中文系高年级同学张元勋和沈泽宜（被划为"右派分子"，至一九七九年才获得平反——引用者注）两人联名写的长诗《是时候了》，此诗被批为"右派进攻的号角"，《红楼》也由此垮台停办。"反右"之后，校内披遍萧瑟之气，社团活动也因之或消失，或虽存而失去光泽。

（《燕园忆旧·社团活动》）

值得致敬的是，钱学长在校求学期间，学习态度向来端正且颇为积极，到课堂上总是抢占前排座位认真听讲，而且还仔细做好课堂笔记。依我猜想，他之所以能在晚年细细写出母校师容，一定与他当年的认真听讲并做细致笔记的学习方式有关，甚至也完全可能，他一直还珍藏着当年的课堂笔记。

钱学长回忆说，当年在北大师生之间，"平时几乎没有什么私人接触，教师上课，学生听课，知识的传授和感情的交流，都通过课堂进行。学子见先生们课余都在争分夺秒做学问，埋头于研究、写作，尽管有学业上的问题要向先生讨教，也不好肆意去打扰他们。有事没事找先生瞎扯闲聊，这不是北大学子的习性"。（《追忆北大师容·先生和学生之间》）

如今看来，更为可贵的是，"我本人因为死读书，不热心参加政治斗争，特别是因为对老师愚忠，拒不参加为拔老师'白旗'效力的编写'红色文学史'活动，得了个'走白专道路'的罪名，属学生中挨批、挨拔之列，故深知老师之痛，然亦无可奈何"。（同上出处）

原来一九五八年"大跃进"狂浪席卷华夏大地，北大中文系一九五五级学生的"科研大跃进"项目，是日夜苦战三十天，编出了一部七十万字的红皮本《中国文学史》。该书虽曾以"红色文学史"轰动一时，但用"现实主义与反现实主义"及"民间文学是正宗"两条线索来贯串文学史，"我始终认为是头脑发热发昏的产物"。

钱学长在晚年如此自表心迹，不免被人作高标自榜之讥。幸好有杨天石先生在本书序言中为之举证说：一九五五年，我俩同时考入北大中文系，"这是学校改为五年制的首届，也是完全按照考试成绩排队录取的首届"，当一九五八年，组织上要求中文系集体编写一部"红色的《中国文学史》"时，他"不愿意将自己的老师当'白旗'批判"，干脆回常熟家里过暑假去了。其后果是，被视为学生中的"落后分子"及"走白专道路"的坏典型：

> 在教授们面前，我们是"无产阶级新军"，然后在拔了教授之中的"白旗"后，接着就奉命拔同学中的"白旗"了。我因为功课较好，说过"进了北大，今后要通过学术为社会主义服务"之类的话，被当作"白专"典型在全年级遭到批判，文辉则因为在美国诗人惠特曼的诗选《草叶集》中写了些批语，被视为"资产阶级文艺思想"，受到班上小规模的批判。
>
> 到"毕业鉴定"时，全国大批"苏（联）修（正主义）"，我们的年级也就乘风批判"有问题"的同学。给文辉做"鉴定"时，其"上纲"之高，用词之狠、之严，使我听起来都感到害怕。接着是"毕业分配"，那是严格执行"政治第一"标准的。被视为"又红又专"的同学留在北大，或者分到中国科学院哲学社会科学部等处，我被分配到南苑一所训练拖拉机手的学校，文辉则被分配到怀柔县文教局，后来转到红螺寺中学。

明珠在哪里都会发光，文辉被评为北京市优秀教师，后来调回老家常熟，在教师进修学校任教，是江苏省特级教师。他在北大学的是文学专门化，却搞起属于语言专门化的古代汉语和训诂之学来，还从事地方文献和碑刻研究，很有成绩，成为当地名人……文辉是从常熟考入北大的。他不愧是这座江南文化古城走出来的才子，不愧于在北大所受的文学教育和熏陶。

据介绍，钱学长曾任常熟市教育局教师发展中心的高级讲师，业余从事中国古典诗歌及常熟地方文史研究。这部新出版的《钱文辉文集》，不过是其众多著述中最新问世的一种。换言之，尽管在北大毕业前后的那一段青葱年华，钱学长就不幸地被时政强加上了"走白专道路"等若干负面标签，但因其有着颇为坚实的学业基础做支撑，再加上不乏坚定的人生信念相扶持，因而在后半辈子，在自己的家乡，终于还是发出了其作为科班出身的高级知识分子所内含的那份光彩，那份能量。

二、作者忆念中的北大名师风范

"树欲静而风不止。"在二十世纪五六十年代，校内外的时政运动不断，自一九五七年"反右"之后，"拔白旗""大跃进""反右倾"运动接连不断地左右着高等教育界，以至于校园之大，又"安放不得一张平静的书桌了"！在历次运动中的言和行，则直接成了鉴别一个大学生所谓"思想好或坏"的依据，于是档案中那一张记录着其时政表现的“政治鉴定书”，基本上决定了他的职业前程，乃至一生的命运轨迹。

于是，一九五五年夏“按成绩排队录取”的这一届“全国最优秀”的学生（杨晦语），到了五年后毕业分配工作岗位时，不仅没有得到任何专业上的倚重，反而还背负起了诸多被人为强加的“时政负能量”。或如钱学长所说，当年，“很多同学带着深刻的反思，带着北大人特有的忧国情怀和顽强的自我生存能力，告别燕园，走入风雨人生”（《燕园忆旧·阶级斗争》）；“我们班级的北大学子毕业之后，留校在业师身边做薪传之人的极少，大部分人……将燕园的湖光塔影载在心头，然后星散四方，有的还浪迹天涯。我在北京‘混’了十年”。

按：这“十年”，是指一九六〇年夏毕业时，作者背负着个人档案中一纸“走白、专道路”及“同情右派（分子）”“怀疑‘三面红旗’”“对胡风是‘反革命’有怀疑”等“政治鉴定”中的差评之语，被组织上分配到了北京市怀柔县文教局，再转至红螺寺中学教书，直到一九七〇年调回家乡常熟执教。这期间，他又经历了所谓“三年自然灾害时期”（一九五九——一九六一）及“四清”“文革”运动（一九六六——一九七六），因而基本上没有能够好好做专业方面的事，故用“混”字以自嘲，其实亦深嘲那个举国上下“政治挂帅”，大搞“阶级斗争”的荒唐时世也。

话说三十八年后的五月四日，正是北大一百周年的校庆纪念日。钱学长北上首都，在与老同学们聚会之余，他深刻地感悟道：“我们这帮老北大学子，不管日后是幸运者

还是命运坎坷者，都把考入北大认作前半辈子最好的人生
选择……这是因为在北大学到了真学问，夯实了知识基
础，学到了不人云亦云的脾气和创造性的思维方式，而这
和业师们在教学上求实、民主的作风，大有关系。"（《追忆
北大师容·沐浴求实与民主之风》）

诚然，在北京大学的教书育人史上，最不能让人忘怀
的，该是作息其间的优秀教师了。那么，在钱学长的笔
下，北大中文系教师真是人文个性最为独立、鲜明的那一
群优异学人么？

钱学长记述道，游国恩先生（一八九九——一九七八）
讲先秦文学，"他上课的特点是脸上一直挂着笑，但有一次
上课时我见他脸上少了笑容，有点不开心的神色。课后得
知有人写文章批评游先生把屈原说成为与人民站在一起的
诗人是'贴标签'，游先生可能为此生气"，"我们学子真心
敬爱老师……我们为先生而愤愤不平，但也没有去向先生
讲，我们愿意把对先生的爱藏在心里。"有一次，我在请
教游先生对那部所谓"红色文学史"的看法时，他正色
道："抬高民间（文学），不必压低文人。"

时任中文系主任杨晦先生（一八九九——一九八三）的
学术视野极为广阔，"北大中文系培养研究工作者，不培养
作家，作家靠生活培养；要守规矩好好读书，要上套"，
就是他在新生入学教育时公开发布的学科理念。在具体的
学术规矩和学问套路上，他又特别强调文学专业与语言学
专业之间的"有机联系"，反复说明"文学专业化的同学
要多学语言，语言专门化的同学要多学文学"的必要性。
仅在入学后的第一个学期，就安排了《古代汉语》《现代汉

语》《语言学引论》《人民口头创作》《形式逻辑》等专业课程。当一九五八年"大跃进"狂热袭至燕园，系里部分学生吹起"集体写超过《红楼梦》的小说""十年出一个鲁迅，五年出一个郭沫若""快速赶超游国恩"之类的大牛时，杨先生及时训诫道："你们在学术上能赶上游先生，就算不错了！"数十年以后的事实证明，确实班上无人能够"赶上游先生"，但在各自的职业生涯中，同学们还是尝到了这"有机联系"的好处："不少人成为专才兼通才，既拿得起文学，又拿得起语言，甚至历史、哲学，成为教育界、学术界的多面手"。（《追忆北大师容·沐浴求实与民主之风》）

魏建功先生（一九〇一—一九八〇）教《古代汉语》《汉文学语言史》课时，按惯例分发下大量古籍原文要求阅读。当同学们想请他做点注释时，魏先生正色道："读古书要下死功夫、笨功夫，不能走快捷方式，也没有快捷方式可走。老把注释做拐杖，将来离开拐杖，不是连走路也不会走了？"

吴组缃先生（一九〇八—一九九四）是"作家型的学者"，能"以现代著名小说家的眼力，剖析古代小说，时发新见，十分精彩"；在临时讲述"茅盾文学创作"专题课时，彼此关系十分友好的吴先生"一反常情，在公允肯定茅盾创作的巨大贡献的同时，很有道理地指出茅盾创作的不足，敢于顶撞《子夜》《春蚕》等几部（篇）碰不得的经典。这几堂课对我来说，简直是振聋发聩，闻所未闻，给我的印象极为深刻"（《追忆北大师容·吴组缃献疑茅盾创作》）。吴先生讲课时喜欢以打比方的方法来说明问题，曾对当时忽"左"忽"右"的中央文艺政策发表了一些自己的看法，结果被人举报了上去，"挨了批，险些打入另册，'文革'遭迫害时也被翻此老账"。（《追忆北大师容·一流教授的幽默》）

至于其他年资不等的专业教师，自然也是当行出色，令其印象深刻而终身敬仰。如林庚先生（一九一〇—二〇〇六）在讲课过程中，"注重艺术形象的分析，而且落到实处，注重用作品语言本身去分析形象"；吴小如先生（一九二二—二〇一四）讲《宋元文学史》时，才三十六七岁，"这位旧清华、北大毕业的高才生……上课精神饱满，发音洪亮，诗文、戏曲、小说、训诂、掌故、经学门门精通"，凡此皆令好学如饥渴的同学们信服而佩服。如此等等，精彩纷呈。因此，钱学长写道：

不仅有求实精神，当时教学民主空气也很浓。不同学术观点的先生们在课堂上展开争鸣。高名凯先生在课堂上，宣传他自己的"汉语缺乏形态变化，实词无词类可分"的观点，而王力、朱德熙先生则把在学术刊物上与高先生的争论，延伸到课堂上；吴组缃先生讲《红楼梦》，主张薛宝钗属"反面人物"，而同时请来讲《红楼梦》的何其芳先生，则认为薛（宝钗）是"封建主义的牺牲品"，不是"反面人物"；请来朱光潜与蔡仪对讲美学，朱先生认为美是审美主体的主观感受，而蔡仪则认为美是纯客观的。杨晦先生一贯反对"现实主义与反现实主义斗争贯穿中国文学史"的传统公式，写文章申述，在课堂上也申述，这种独立思考、决不泛泛而论人云亦云的精神，对学生很有感召力……

何况五年间的授课者，"几乎都是全国最知名最有发言权的教师"，还有周扬、邵荃麟、冯至、朱光潜、蔡仪、翦伯赞、冯雪峰、范长江、冰心等许多名流人物的专题讲座。把课内课外的学习内容组合到一起，足以让同学们在毕业前后，因曾学习过如此广博的知识而深感自信自豪。

"时间如流水，那难忘的岁月，仿佛是无言之美……"是林庚先生在《膨胀的星空》中的诗句，也是其不断被人欣羡，也时常自我欣赏的得意佳作。一九九〇年，当一九五五级中文系学子为毕业三十周年而聚会于母校时，林先生书赠大家的也是这三行诗。钱学长正是受此启迪，写作了《追忆北大师容·那"无言之美"的时光》一文，并引用了杨晦先生《中国文艺思想史》课堂教学时的语录："审美感情不是单一的，既有对美的感受，也有对丑的感受，由丑而引起厌恶它的感情，这也叫美。"他进而认识到："看到了真、善、美，这是美；看清了假、丑、恶，这也是美。林庚先生说那些岁月有'无言之美'，我想恐怕应作如是观。"

可以说，收录在《往事踪影》中的《追忆北大师容》《燕园忆旧》两组文章，呈现了作者亲闻、亲见、亲历的这种复合且复杂的"美"，从而为作者在求学时代就领略到的"中国特色"，留下了不可多得的文字证言。

诚然，在北京大学的教书育人史上，最不能让人忘怀的，该是作息其间的优秀教师了。那么，在钱学长的笔下，北大中文系教师真是人文个性最为独立、鲜明的那一群优异学人吗？

三、"行万里路，读无字书"的行旅收获

在《往事踪影》中占据最大篇幅的，是钱学长"行万里路，读无字书"的行旅散文。他在本书后记中自述道：

> 书名得自新疆塔塔尔族的一首民歌《在那银色的月光下》……此歌中的"寻找往事踪影，往事踪影迷茫"，实使我心神摇曳。我十七岁离家到北京念书，五年后毕业在京郊工作十年，以后是申请回家，在常熟教书。一辈子读书、教书，有时写点东西，有时外出旅游。所谓人生，所谓往事，也超不过这个范围。
>
> 本书所写，一是忆旧，主要回忆学生时代生活，回忆恩师，兼及记述我眼中的马寅初、郭沫若、曹禺诸人诸事；二是忆游，记国内外旅途中所见的人文山川，特别记及那些难忘之人事。几次历险，几乎丧命，也有记及。人生中的有些往事，不想写，不忍写，埋于心间，让它们迷茫乃至消失吧。

对于钱学长的旅径游踪，我最先关注的，自然是那些异时同游之地。如长江航道上的三千里客运之旅，空间的差别仅在于，他是在一九九〇年夏日，从上海港码头乘船，一路上行，至于重庆。而我呢，是在二十世纪八十年代末九十年代初，先后有过三次断断续续的旅程：第一次

是从重庆坐船下行到武汉；第二次是从南京上行到武汉，然后换乘火车到十堰，上武当山，坐汽车到宜昌，再上船下行到南京。

不过在浏览了钱学长的行旅散文后，我内心里非常钦佩他所坚持的"游历"方式：一是在出游之前，必做有关旅行目的地的知识备课。他说，"笔者性好游历，深信韩愈游历必先睹文案为经验之谈。在每次旅游前，总要搜罗、查阅游览地的图文资料"。（《欧游三记》）二是对于所见异地人情、他乡风俗和民间事物，始终怀有求解的知晓热情。这种见闻、体验和感悟，乃是"有字书"与"无字书"在真正意义上的参照融合。

如他当年的西上巴蜀之行，其航程跨越了江苏、安徽、江西、湖北、四川五省。一路上，他曾在沿三峡航线的湖北省宜昌、秭归、巴东，四川省巫山、奉节五地经停逗留，或一天，或两天，以感受风物，欣赏名胜，寻访当地的历史人文遗迹。

再如对于当地百姓的背篓，他的实地观感和亲身体验是："湖北的巴东和四川的巫山，仅一站水程，背篓的式样竟完全不同：巴东的中部收缩，呈细腰形，主要不是用来装物而是用来托物，托百来斤还算是轻载；巫山的则是直桶形，主要作装物之用。我在两地出于好奇，向山民借背篓背过，两根藤做的背条，恰好贴在背肩上，尺寸和构制合宜之极。"（《川游之最》）对于这种基于民生需要而又如此巧慧的山民之具，能不令人致敬于先民的聪明才智？

对于当代巴蜀，钱学长自然也不乏人文的关怀。

钱学长写当地民风淳朴，生动地记述了在奉节县码头旅社邂逅的一位市场采购员，他来自巫山县一个筹建中的饮料厂，他"摆龙门阵"夸说其家乡道："四川是中国最大的省……重庆是中国人口最多的城市，而巫山、奉节一带，则是四川最富的地区"云云。（《三峡沿途寻访录·奉节夜话》）

他又曾记述在香溪遇见的一个"眉宇间透着灵秀、淳朴之气"的小女孩，她是为其家庭旅舍招徕生意而在码头迎宾引路的，结果因为我对其家客舍条件的挑剔而弃之未顾，当我拂袖而去时，才下意识地感觉到这小女孩将因此受责了，结果"心头不觉怅怅然，失却了平素常有的那种旅途晚宿的舒泰之感"。（《难忘旅途陌生人》）

一般说来，引领一个人行旅的，不外乎是个人爱好、知识背景及文化底色，但在实地见识过之后，有的刻板印象会被革新，也有的认知则会被深化，或者拓展。对于著述有《唐代山水田园诗传》（吉林人民出版社，二〇〇五年版）的钱学长来说，久存脑海中的唐代诗人诗作，始终是他出外游历中的一个知识坐标。

钱学长与唐诗的结缘，来自一位籍系常熟虞山镇的美学名家宗白华先生（一八九七——九八六）。他回忆说，宗先生是哲学系的教授，"他超凡脱俗的高雅气度，只有像北大这样的学府，才能与之匹配。他是我的同乡先辈，我对他有多一份的敬意"。正是其美学论著中，对王维（七〇一——七六一）、孟浩然（六八九——七四〇）诗的精辟论析，"引发我日后对王、孟及其诗派的研究兴趣，我把宗先生认作没有听过课而心神往之的老师"。

因此，在其游记文章中，不时可以看到如下的片段：

读古典诗文，"巴东"一地总是笼着神秘、凄清的色调。《水经注》曰："巴东三峡巫峡长，猿啼三声泪沾裳。"李白诗曰："我在巴东三峡时，西看明月忆峨眉。"白居易诗曰："巴东船舫上巴西，波面风生雨脚齐。"傍晚船到巴东，见到巴东城却是另外一个世界，山坡上层层叠叠的楼阁华灯初上，一直升到天空似的，处处飘来现代音乐的声响，气势之大俨然像一座江滨大城市……古典诗文给"巴东"抹上的那种神秘、凄清的色调，已完全消失在历史的深处。
　　　　　　　　　　　　　（《三峡沿途寻访录·巴东见闻》）

夔门束一江之水，是万里长江的极狭处。江水西来，冲出此夔门，过三峡，即迎来浩浩荡荡的壮阔境界。凝望夔门，我猛悟到李白那首《白帝下江陵》诗，自己读了几十年原来仍未读懂。"朝辞白帝彩云间，千里江陵一日还。两岸猿声啼不住，轻舟已过万重山。"李白因李璘事件流放夜郎，到夔门边的白帝城遇赦，即转头放舟返归。冲出夔门此一长江束江口，岂非如同走出潦倒人生之狭口！绝处逢生的欣喜，自然使告别中的白帝城也染上喜色，熠熠生光浮于五彩云霞间了。一日可还的江陵，坐落在辽阔的江面上，它所喻示的，难道不是诗人心目中的人生大转机？
　　　　　　　　　　　　　　　　　　（《川游之最》）

此外，在《远近看龙门》中，钱学长说位于洛阳龙门一带的香山寺名声很大，白居易（七七二—八四六）晚年不仅长期客居寺内僧舍，而且还自署"香山居士"，把自己在洛阳十二年所写的《白氏洛中集》十卷八百首诗存放在该寺经堂内典藏。那么，白氏晚年为何"半移生计入香山"？钱学长写道："你如今若站在观阙台上俯望龙门，浮想一千多年前'心向佛道，意在诗酒'的白居易，如何默然遥对龙门的大小石佛，就定能揣摩到这位表面通脱豁达的绝世大诗人，内心深处无尽的寂寞和深浓的悲凉。"

再如在《巴山有感》中，钱学长既从读《蜀中名胜记》等地方文献里的记载，得知目前的缙云寺，在晚唐时称"相思寺"的史实；又以所见缙云寺山根多池塘沟壑的地貌事实，顿悟李商隐（约八三一—八五八）名句"巴山夜雨涨秋池"之"池"自非一处，于是联想到："池池皆被夜雨涨溢，诗人在川东思念北地友人（一说'妻子'）之情，何其弥漫深广耳！"

类此情景的精彩片段，在钱学长的笔下还有不少，读者可特别留意之。

"每到假期，我脚底总要发痒，一种超越时空、消失于青山绿水间的旅游之乐，总是在逗引，在呼唤……"，这是他在《旅游之苦》中的心声自述；而"我常年埋头于工作中，偶尔消失在深山老林之间，只是暂时超越一下时空而已……看破人生，才可入通脱之境"，则是他在致长他五岁的陈一凡先生（一九三二—二〇〇九）书信中的夫子自道。

也许是其性情使然，或者是因为早年在北大求学、在京郊执教所曾遭受的心理创伤所致，钱学长特别喜欢的是那种独旅孤游的状态，他非常追求并享受那种身临"无人之境"后，所独有的文史体验和人生感悟。至于随缘在普陀捡拾几枚"紫竹石"，或在崂山海滨买得浅蓝色卵石"黄海之魂"。在《独游》一文中，他分享其经验道：

> 我在北京念书和工作时，曾多次干过"独游"故宫和颐和园的事：先起早赶到故宫或颐和园，排在队首第一个购得入门票，等门一开即狂奔向前冲，如此，则空旷的太和殿，或苍茫的昆明湖，片刻间为我一人独对。
>
> 回到家乡工作后，还时有"独游"兴致，但服老于年龄已无冲奔之力，就采用晚出之法，即游至剩我一人。在姗姗归履中，再独自顾盼风光。游家乡尚湖、人民公园，即用此法。若能在外地过夜，游周遭城市的园林，如南京玄武湖、无锡蠡园等，也用此法。
>
> 大凡当人在独立面对空旷时，即便那刹那之间，也会萌生一种岁月悠长、世事沧桑、生命渺小的感觉，这感觉里有悲哀，悲哀里的人生的顿悟。我的"独游"多半是冲着领受这份感觉而来。平凡如我者，在领受这份感觉之后，总似乎会更明白为什么非凡者如陈子昂登蓟北城楼要垂涕，郭小川望星空要叹喟，托翁要借《战争与和平》中的安德烈仰卧战场望天宇而感慨……

如"今暑有闲，独游龙门，花了一整天时间，无拘无束地把它远远近近看了个遍"（《远近看龙门》）；"我从刚修好的码头登岸后，发现游人甚少。我到千步沙，更发现山海之间的千步沙湾，竟专为我一人而设……以为大自然给予的这种难得的机会如同恩赐，不可不悦目赏心一番"。

（《旅游美学》）这千步沙湾属于舟山市普陀区，而普陀山则是钱学长多次涉足之地。他在海滨观浪后体悟道："人生的美丽犹如波浪，行色匆匆，一心一意奔向前方，最后在如梦的朦胧中终结。"（《旅游美学》）在对登封辕辕古关做惊鸿一瞥后，他感受道："古中国的风从几千年、几百年的远处扑面吹来。在此关前，我猛悟到人生之渺小和短暂。我看辕辕关，是历史的载体，永恒的象征；辕辕关看我怕是像看飘过的一缕烟、闪过的一个影吧！"（《车过辕辕关》）

岂止有这种独赏孤悦之美？其实，更有钱学长实地读史的刻骨铭心之感。

如他在《游秦二世胡亥墓》中写道："墓在黄土荒野的土墩上……我走七八步即登上墓顶，上面长着丛丛野酸枣树，钩住裤腿，碍于行步。墓边本有一圈小径，已被杂草掩住。整个墓地，显得凄凄凉凉。环视四周，墓区除好事者鄙人一个，加上售票、收票的两位，一共才三人。似乎也只有这等冷落景象，才和胡亥这样的无能昏庸的亡国之君相配。"文章末尾写道："一个朝代的历史可以顺着看，也可以倒着看。先到胡亥墓，看一个朝代的倏然而灭；再到始皇墓，看一个朝代的如日中天，这何尝不是一种读史法！"

对于这样一位个性鲜明而又富有底蕴的行者，难怪陈一凡先生要称之为"千里独游客"，并在同名随笔文章中写道，"文辉是个忙人，教学忙，科研也忙……但他善于偷闲，每年总要出门远游几次"：

为了寻访训诂大师许慎的墓地，他不远千里，从常熟赶到河南郾城，抵达目的地已近黄昏。暮色苍茫中，他独立墓前，抚碑凭吊，畅抒平素积贮的仰慕之情。

夜宿岳阳楼，他在月色朦胧的洞庭湖畔，寻觅杜甫"老病有孤舟"的停泊处，惝恍中把夜风吹竹的声音，误听作湘灵鼓瑟。

他从来不找旅行社，嫌那儿太拘束，不如独来独往自由。偏又酷爱猎奇，往往负气鼓勇，这就不免遭遇许多险情……他的做派，融合了徐霞客的执着和袁中郎的洒脱，还带点余纯顺式的浪漫与悲壮。(《千里独游客》，见陈一凡《秋雨拉茬的日子》，珠海出版社，二〇〇一年版)

除了在行旅见闻及感悟上的诸多收获外，还值得一说的，是作者在写作手法上的妙处。由于这组游记文字，大多是在一九九〇年五月五日至一九九六年十二月十八日之间，在《常熟日报》副刊及"旅海撷花"专栏上发表的"千字文"，因此，作者十分重视文章的标题艺术，诸如《走马登封》《情迷少林》《万县观石琴》《洛阳听牡丹》《黄帝陵寻祖记》《夜访大明宫遗址》《扬州园林的书卷气》等，以颇具地标特色和体现人文情怀的字词组成，不仅开宗明义，而且言简意赅，足以将读者引领至作品的情境之中；至于体现在行文中的色彩美、韵律美和人文涵养美，则给人以开卷获教益、读罢留余思的接受美感。

"人在旅途，供诸美学思考的东西确是不少的……请回眸旅途，那里是美学的课堂。"在《旅游美学》一文中，钱学长通过其家乡的虞山，"出北门见平缓的山势、秀丽的

树林，出西门则层岩鳞鳞，峰峦高耸"，证说了德国古典
哲学创始人康德（一七二四——一八〇四）的"优美与崇高
的交叉"美学观；又通过在武汉东湖边，"遥望酷似虞山、
辛峰亭的珞珈山及山上的小亭，或你走在极像（虞山）家
乡二环路的长春斯大林大街，都不由得会惹起浓重的乡
恋"，来说明旅游审美心理中的"联想"。由此可知，钱学
长对于作息于兹的常熟家乡，是怀有极其深厚的感情的。

更何况，作者历年来著有《琴川杂说》《常熟文史纵横
谈》，主编有《常熟碑刻集》《历代名人咏常熟》等地方文
献著述，非常熟稔常熟乡邦文化。因此，我们完全有理由
期待，"少小离家老大回"的钱学长，能够把脑海中所拥有
的常熟城乡生活记忆，及时细述成文。因此，建议在《钱
文辉文集》之中，还应该及时组稿出版以此类题材为主体
内容的第三册。

最后值得一说的，是李烨馆长赠书予我的因缘，乃是
因为《钱文辉文集》两册，系常熟图书馆组稿后出版的
"读书台文丛"第一种。李馆长作于二〇一六年九月的总
序，交代了何以要精心编印该文丛的理由，以及拟分为
"研究的著述"和"整理的文献"两个系列进行组稿的规
划，其"积跬步，致千里"的愿景，令人乐望其成。

二〇一八年秋，于金陵雁斋山居

『读书，是有无穷乐趣的……』
——从《谢灼华文集》忆至《蓝村读书录》

　　五年前的一天，忽然收到一个来自广州的快递邮包，打开一看不免惊喜于心：原来是一部红布纹装帧的精装本《谢灼华文集》（中山大学出版社，二〇一四年版），喜滋滋地捧在手里翻阅起来，居然还在书首的照片中，发现了一张在二〇〇八年四月十七日上午，一同参加中国图书馆学会第二届图书馆史学术研讨会时的照片，谢先生与其两位高足程焕文教授、李彭元馆长及我在温州图书馆前的合影。

　　继而浏览全书目次，又发现其中有数篇文章，与我有交集。显性的两篇分别是：一九八六年底，谢先生应邀所作《续补藏书纪事诗》（辽宁人民出版社，一九八八年版）序言，及二〇〇六年底，时为武汉大学硕士研究生李雅笔录的《书籍的文化与古旧书业的价值——谢灼华先生谈荟》，其实是评述我的专著《中国旧书业百年》（科学出版社，二〇〇五年版），其中特别指出："作者从各不相同的角度来说明旧书业的种种史实，在方法论上起到了很好的示范作用"，这是学术门道之语，于我则有学问知音之感。

至于隐性的一篇，是《博导系列访谈：谢灼华教授》的第一话题，因为湖南的《高校图书馆工作》的访谈者，是从傅璇琮和谢先生担任主编的《中国藏书通史》（宁波出版社，二〇〇一年版）说起的，而我正是此书的副主编之一。谢先生交代该书背景道：

这套书直接形成的原因，就是一九九六年宁波的"天一阁及中国藏书文化研讨会"，主要讨论天一阁在中国和世界图书馆中的地位，以及中国藏书事业的文化内涵。在这个会议之后，南、北两派学者就分别组成两支队伍，参与到中国藏书史的研究当中来。一队就是以任继愈先生为代表的北派学者，编著了《中国藏书楼》；另一队就是傅璇琮先生和我为代表的南派学者，催生了《中国藏书通史》。

一个研究者只有爱书，他才能用自己的心去看书，去研究书，从而具备精神的人文学术素养，这种学术素养就会渗透到他的研究成果当中去……《中国藏书通史》是按照历史分期的研究思路进行的，每个时期都是联系到当时历史发展的背景，在这种经济与文化背景中来透视古代图书馆的发展轨迹……我们有意把图书馆史提升到整个文化史的高度来研究，把它作为文化构成与建设的重要的一个组成部分来研究。这样也就更容易把它和经济、政治联系起来，在这个框架内来思考经济基础和上层建筑的作用与反作用的关系。这也许是《中国藏书通史》研究思路上最大的特色吧。

可谓一语中的。这种精准把握问题核心的学术能力，正来源于谢先生长年以来爱读书、勤读书和善读书的知识积累，而这部列入"图书馆学家文库"之一的《谢灼华文集》，正是其学问人生的荟萃文编。

（上）

《谢灼华文集》凡七十余万字，分为"古代藏书与近代图书馆史研究""古代藏书思想与图书馆学史研究""目录学与文献学研究""典籍纵横与图书评论"及"岁月留痕"五部分。附录有一九五八年至二○一三年间的"著述系年"。

其中，原刊于《图书馆》杂志一九六四年第一期的《古越藏书楼在中国近代图书馆史上的地位》，正是我做大学生期间偶然读到过的，从而引导了我俩之间的这段忘年之交。不过，谢先生在其主编的《中国图书和图书馆史》（武汉大学出版社，一九八七年九月版）的出版说明中就说过，除一九八六年十月，应邀参加在武汉大学举办的该书研讨会的如来新夏等专家学者所提出的修改意见外，"还收到张遵俭、罗敏文、徐雁、郑伟章等同志的书面和口头意见，这些意见都是十分有益的"。我当时正在国家教育委员会文科教材办公室做业务科员，分工联系的正是图书馆学、情报学、档案学三个学科的教材规划之事。

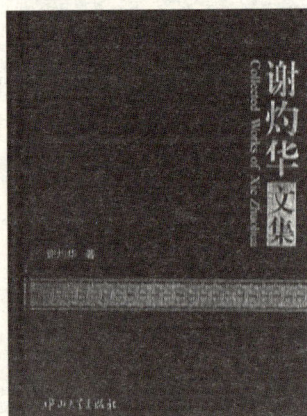

谢灼华先生学术文集二种书影

　　因着共同编写《中国藏书通史》的机缘，我曾陪同谢先生一起登临天一阁"宝书楼"，晨步于天一阁旁的月湖公园，也曾联袂逛过宁波、杭州的书店，至于在杭州大学、温州图书馆、中山大学图书馆等单位承办的研讨会及有关活动中，也多有侍座请益之乐。

　　我是一九八〇年九月入学北京大学图书馆学系的，当年随师问学，自然用的是刘国钧先生（一八九九——九八〇）原著、郑如斯老师订补的《中国书史简编》（书目文献出版社，一九八二年版），而非谢先生主编的《中国图书和图书馆史》，但深心敬爱这位年长于我二十八载的先生的书卷气性情。虽说我在一九八四年本科毕业之后，并没有由硕士而博士地去求取为时所重的学位，但我在做学问的道路上，是把谢先生作为我专业领域的导师之一的。也因此，当我们夫妇在一九八六年行将完成《续补藏书纪事诗传》时，能够在专业界想到的作序长者便是他了。

　　一九八六年十二月，谢先生在珞珈山下的公寓中，呵冻撰写了这篇数千字的序文。他写道，"把散见的纪事诗体藏书家传，编校撰补而成为《续补藏书纪事诗传》，为学术界提供一部研究近代私家藏书和学术文化发展的文献，这是一件很有意义的工作"。他指出：

　　首先值得重视的，是伦明等撰辑藏书史料内容的真实性……其次值得重视的，是伦明等所撰藏书史料的广度问题……第三需要注意的是伦明等撰辑的藏书家传，较之叶（昌炽）著的辑录有了新的深入……最后不能不特别指出，点注校补者为此集所付出的辛勤劳动。通过如今印出的这部集子，我们不难发现它的体例已较如今陆续出版的那些续补藏书纪事诗的单行本有了较大的改变，即变得更加充实丰富和更加方便切用了……中国藏书史的研究，对于了解古代中国的文化发展、学术成就，研究我国图书的历史发展，总结我们今天可供借鉴的精神财富，是有极其重要的意义的。

大抵正是基于上述共识的前因，因而在十余年后，当宁波出版社编辑马玉娟女士动议，要组织学术界专业人才，组稿出版一部《中国藏书通史》时，当时还是中青年学人的我们，一致推举傅璇琮和谢灼华先生共同担纲主编，以引领全书编写进程。所喜该书出版后，获得了第十三届"中国图书奖"等荣誉。

也正是有了《中国藏书通史》的愉快合作，所以，当河北教育出版社社长邓子平先生动议，请傅璇琮先生担纲主编一套学术随笔丛书时，傅先生便提携我做了该丛书的第二主编。我则提议以"书林清话文库"为名，并在第一辑中，就安排了谢先生的一部随笔书稿。谢先生后来将之定名为《蓝村读书录》。他在"写在卷首的话"中的首段，开宗明义地释名道：

广东东部的梅县，是操客家方言的客家人的集中居住地。现在称梅县为"文化之乡""华侨之乡""足球之乡"。我的出生地，是梅县东郊蓝塘村，所以，我往往用"蓝村"作为笔名发表文章。这本文集以《蓝村读书录》为名，也是不忘故土的意思吧！

梅县……基本上居住着从北方流徙而最后定居于此的中原人后裔。他们保留着中原人淳朴、勤劳，崇尚文化、重视教育的优秀传统，尤以保持一种古代中原音系经过岁月洗练的汉语方言，相对于原住民，故称"客家人"。所以，他们文化上有一种新的特质，既有中国传统文化的巨大凝聚力，形成了一个礼仪之邦、文化重镇，而且又因适应新的地理环境，逐步养成勇于开拓、善走四方的新群体。总之，那种重视文化、发展教育的传统，是世代相传的。

"客家人"喜欢读书，"客家人"走遍天下，已经是人们共同的认识……作为"客家人"，都以读书求上进为荣，以不识字为耻，家庭里形成一种传统，就是借钱也要供子弟上学，所以，这里的所有社会成员都具有较高的文化程度。

正是在此种客家文化的环境氛围中，"读书，是有无穷乐趣的……"文教价值观念，在谢先生还不过是蓝塘村里一个毛头儿时，就已经被潜移默化地植根于脑海之中，并牵引着他走出一条符合自己心性和个人追求的人生之路来。

（下）

据谢先生自述，谢家在当地既非文化世家，也不是豪富大族，并没有所谓"家学渊源"的熏染，但当地的文化氛围，尤其是读书风气，对人的文化素质的影响是客观存在的。"我有幸在这种社会文化的熏陶下成长，也自然学会并养成了读书、爱书的习惯。"于是，天遂人愿，在一九五六年，"好像有一种力量的推动，使我踏入了高等学校，从而进入到更大更高的文化殿堂。"回首来路，他在晚年曾夫子自道：

> 一九五六年夏天，党中央号召"向科学进军"的口号是那样吸引人，我萌生了继续学习的念头……我立即在短时间内备考，八月份得到通知，录取于武汉大学图书馆学系。
>
> 大学的学习阶段是人生道路中很重要的一部分，这里既培养了我们优良的道德品质，科学的世界观和人生观，又锻炼了我们的工作能力与社会交际能力。我有时在总结生活道路时想，如果我小有成绩，没有浪费青春的话，关键之处在于小学打得基础好，中学没有浪费时间，扩大了阅读面，大学学习专业性强，基本知识掌握比较扎实。

这一番"写在卷首"，包含着"乡思""求知""梦想""积累"及"读书"五题的话，说得多么朴实而且诚恳啊。这种实诚的文风（虽与"桃之夭夭，灼灼其华"的谢师名字典故相左），实际上也正是谢先生学风乃至教学、科研之风，也正是我虽未列墙门而私心师事之的原因所在。

话说这部凡二十六万字的《蓝村读书录》，或絮语书话，或经纬典籍，或礼赞前贤，或漫谈书城，梳理藏书流变，缅怀前辈学人的文集。书中说了很多关于书、关于人的实在的话。

《蓝村读书录》从陈原《书林漫步》、唐弢《晦庵书话》、郑振铎《西谛书话》、谢国桢《江浙访书记》等现代作家、文人的书话及序跋集，谈到历代中国书籍及藏书家的命运；又从古代、近代藏书楼讲到近代、现代公共图书馆，在似乎随意的知识漫笔中，传播了众多书人和书事，以及过往时代的藏书制度、藏书楼兴衰和古今文人的藏书轶事，展现给读者的是一幅历史文化长卷。

二〇〇四年六月，谢先生在本书后记中感慨道：

当我再一次阅读这些稿子，重新核对文字，补配一些图片时，我一次次地回顾过去，历史的景象总是浮现在眼前。踏进社会的五十年，应该说，容许我们能够坐下来读点儿书，做点儿学问，也就是从上个世纪八十年代算起的廿多年，所以，这里的绝大部分文字，都是这些年所写的……这些文字，一句话，离不开书。因为谈到书，就有古今载籍的命运，所以，书的收藏、整理和利用，书楼的设置和主人的命运，往往又连成一个整体，构成一幅历史文化的图卷。我在这一组文字中，由书话谈到书的命运，又由谈藏书楼伸展到近代的图书馆，因为这些都牵涉到图书的传承、文化的兴替。插入一组纪念书业前辈的文章，则正是为了说明，只有这种世代传承，才能使关于图书的研究、藏书的探讨得以发扬光大……感谢河北教育出版社的同志们出于弘扬文化传统的远大眼光，策划出版有关图书文化方面的文集；同样，应该感谢徐雁先生的关心，感谢一切支持图书和藏书研究的同志们。

因此，在我看来，专业内外的读者，其实是应该把《蓝村读书录》作为"导论"之书先行读过，然后再去啃读厚重的《谢灼华文集》的。

二〇一九年三月二十九日上午，于金陵雁斋山居

策 划
───────
宁孜勤

主 编
───────
董宁文

图书在版编目(CIP)数据

转益集/徐雁著.—上海：文汇出版社,2019.8
(开卷书坊/董宁文主编.第八辑)
ISBN 978-7-5496-2914-5

Ⅰ.①转… Ⅱ.①徐… Ⅲ.①随笔-作品集-中国-
当代 Ⅳ.①I267.1

中国版本图书馆 CIP 数据核字(2019)第 121977 号

转益集

策　　划／宁孜勤
主　　编／董宁文
书名题签／白谦慎
篆　　刻／韩大星

作　　者／徐　雁
责任编辑／鲍广丽
封面装帧／观止堂_未泯

出 版 人／周伯军

出版发行／文汇出版社
　　　　　上海市威海路 755 号
　　　　　(邮政编码 200041)
经　　销／全国新华书店
排　　版／南京展望文化发展有限公司
印刷装订／安徽新华印刷股份有限公司
版　　次／2019 年 8 月第 1 版
印　　次／2019 年 8 月第 1 次印刷
开　　本／889×1194　1/32
字　　数／190 千字
印　　张／9.5

ISBN 978-7-5496-2914-5
定　　价／49.00 元